エリア・スタディーズ 207

ラテンアメリカ文学を旅する58章

久野量一
松本健二（編著）

明石書店

はじめに

ラテンアメリカは広く、日本があるアジアからは地理的に遠い。それでも、数多くの文学作品が日々翻訳され、わたしたちのもとに届いている。書店に行くと、それらは国別、地域別、言語別、作家のアルファベット順に並び、その相互関係はなかなか見えにくい。とくに昨今、この地域の文学は、研究の進展と相まって翻訳紹介にも拍車がかかり、ありがたいことに、ますますその多様さは際立っている。本書はそうした状況に応じ、ラテンアメリカ文学を読もうとする人のためのハンドブックを志している。

一般にラテンアメリカ文学というと、アメリカ大陸にあるスペイン語やポルトガル語で書かれた文学を指すことが多い。しかし本書では、執筆言語をスペイン語とポルトガル語に限定せず、英語、フランス語、先住民の言語による文学作品を含め、地域的にも、北はアメリカ合衆国で書かれた作品から、カリブ諸島の作家も取り上げている。

作家や具体的な作品をメインに据えた58章と、それでは捉えきれない横断的な項目をコラムとして6本用意した。全体は四部構成で、日本におけるラテンアメリカ文学の受容史を踏まえ、20世紀の記述が分厚くなっている。章の並べ方については、作家の生誕年を基準にしつつも、33章から39章までは環カリブ地域の緩やかな繋がりを示すために、内容の連続性を優先させている。必ずしも文学史を意図するものではないが、本書全体を通じて、主要なラテンアメリカ文学作家・作品を一望に見渡せるようにしている。

本書最大の特徴となっているのは、こうした地域の文学の魅力を、翻訳や研究を通じて専門性の深いところから伝えてくださっている方々に執筆をお願いしたことである。作家が生きた具体的な場所や、作品の場所、その場所の言語、社会、歴史といった背景をクローズアップしながら書いていただいた。読むとわかるように、多くの執筆者は現地を訪れ、作家の歩いた同じ道を歩き、同じ空気を吸い、そこでしか得られない経験に基づいて書いている。執筆者たちは、驚くべきフットワークで作家や作品を追いかけ、遠い旅に――場合によっては何度も――出かけていることがわかる。容易には訪れることのできないラテンアメリカ各地域の文化が味わえるのも、本書の醍醐味の一つである。

編者2人は編集部と相談し、世界の文学、とりわけラテンアメリカ文学に興味を覚えつつある読者を対象に、彼ら彼女らにとって、作品を読み進めるための入口となるようなエッセイ集を企画していた。そうした初学者向けの本が存在しなかったのが大きな理由である。とはいえ、でき上がった原稿には、本格的な研究の成果や、今後の研究の方向性を示す貴重な視点が随所に見られ、執筆者が作家や作品に抱く熱意の大きさが感じられる。本を読み、外に出るとは、自分の言語や文化から外に出ることで、その行為には多くの苦労がつきまとうが、苦労があればあるほど、得られたものを伝えようとする思いもまた強いのだ。

世界の多くの場所で起きているのと同じように、ラテンアメリカでも作家のゆかりの場所には記念碑が置かれ、生家は博物館などに生まれ変わりつつある。生誕年や刊行年を起点として、区切りの年には記念行事が催され、作家や作品を多面的に捉えるような試みがなされている。それだけでなく、ラテンアメリカ各地では巨大なブックフェアが催され、そこに足を運べば、作家の朗読や批評家との討論を直に見ることができる。

　本書には、作家にとって重要な場所のみならず、こうしたイベントや書店などで撮影された写真も掲載されており、これらはここでしか目にすることのできないラテンアメリカ文学の重要な視覚史料でもある。主要都市をマークした地図のほか、執筆者には文献を挙げてもらい、巻末に読書案内を設けた。本文テキストに加えたこれらも大いに役立てていただきたい。

　冒頭に書いたように、ラテンアメリカは広い。本書の執筆陣でできるかぎり多くの項目をカバーしたつもりだが、取り上げられなかった作家や重要な作品もあることをお断りしておく。

　本書を企画立案してくれたのは、明石書店編集部の長尾勇仁さんである。彼がいなければこの本は生まれなかった。お礼を申し上げたい。

２０２４年４月

編者を代表して　久野量一

＊人名の表記については、従来、父方と母方の姓の2つを「＝」で結ぶ場合が多かったが、本書では原則として、「・」を用いた。
＊本文中における引用について、既訳がある場合にはそれを参照しつつ、引用者が改訂している場合がある。
＊本文中、特に出所の記載のない写真は、執筆者の撮影または提供による。

◉中央アメリカ周辺地図

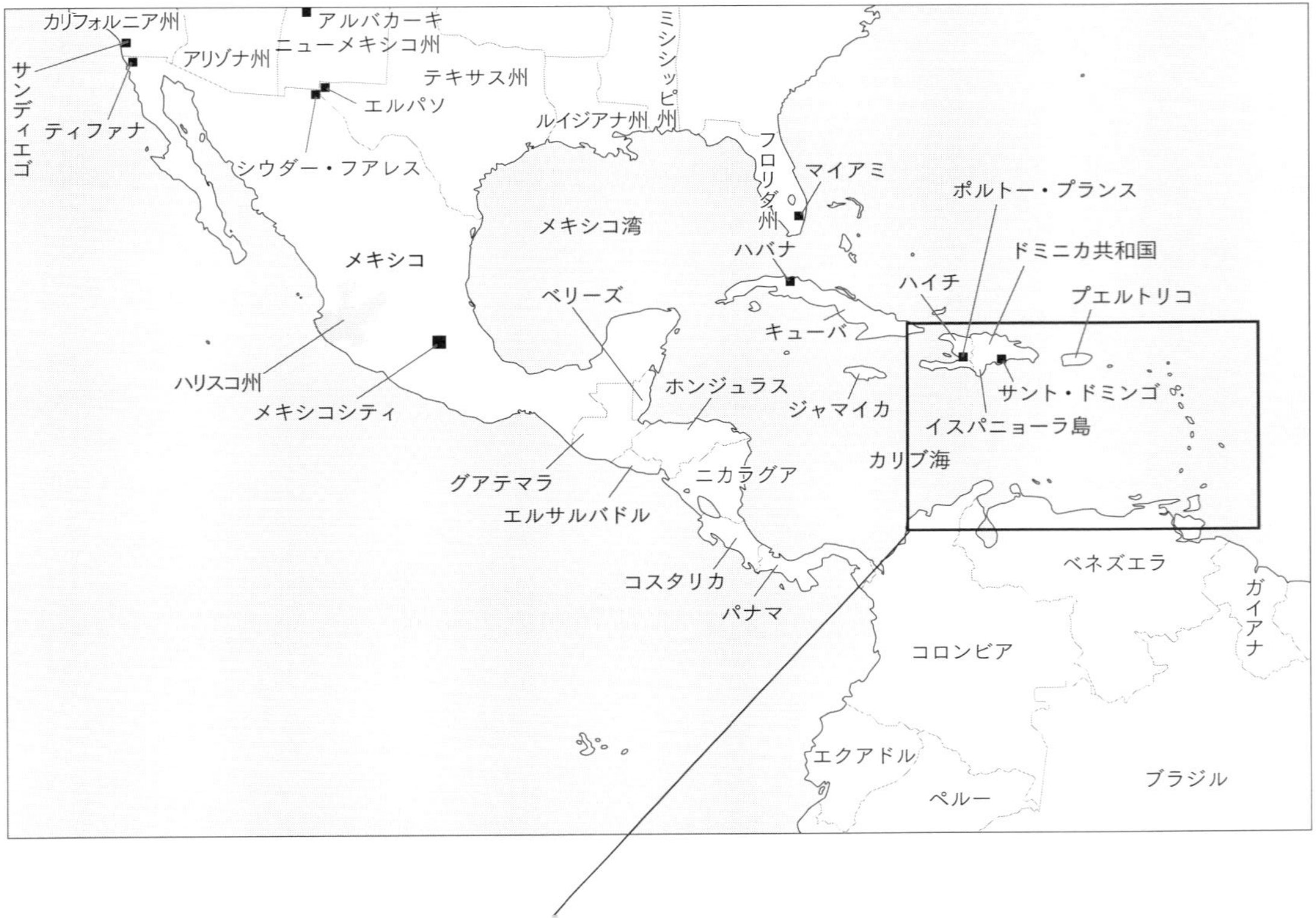
カリフォルニア州
アルバカーキ
ニューメキシコ州
アリゾナ州
テキサス州
ミシシッピ州
サンディエゴ
エルパソ
ルイジアナ州
ティファナ
シウダー・フアレス
フロリダ州
マイアミ
ポルトー・プランス
メキシコ湾
ハバナ
ドミニカ共和国
メキシコ
ハイチ
ベリーズ
プエルトリコ
キューバ
ハリスコ州
ホンジュラス
サント・ドミンゴ
メキシコシティ
ジャマイカ
イスパニョーラ島
カリブ海
ニカラグア
グアテマラ
エルサルバドル
ベネズエラ
コスタリカ
ガイアナ
パナマ
コロンビア
エクアドル
ブラジル
ペルー

◉カリブ海周辺地図

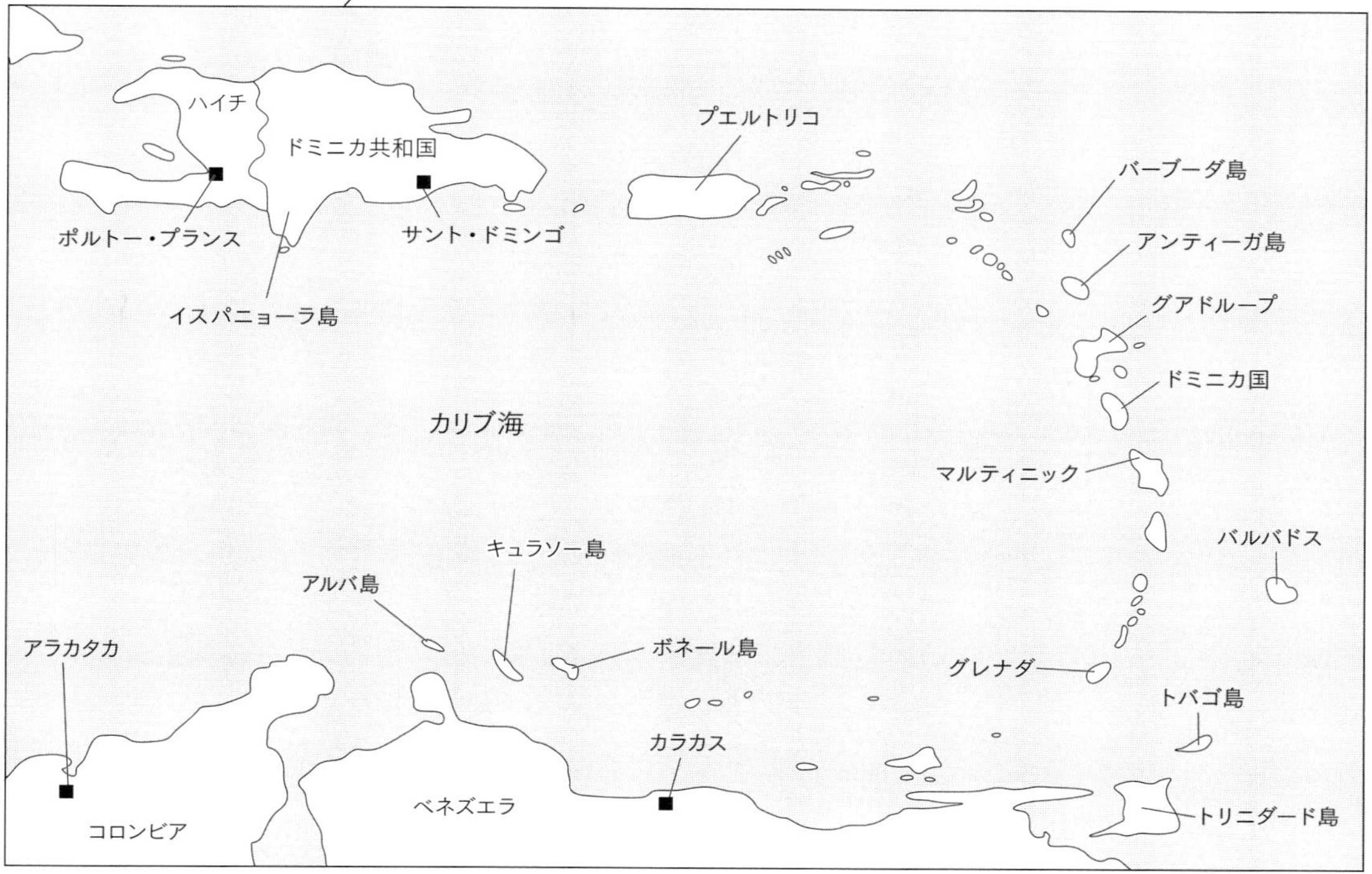
ハイチ
ドミニカ共和国
ポルトー・プランス
サント・ドミンゴ
イスパニョーラ島
プエルトリコ
バーブーダ島
アンティーガ島
グアドループ
ドミニカ国
カリブ海
マルティニック
バルバドス
キュラソー島
アルバ島
ボネール島
グレナダ
トバゴ島
アラカタカ
カラカス
ベネズエラ
コロンビア
トリニダード島

◉南アメリカ周辺地図

ホンジュラス
ニカラグア
パナマ
コスタリカ
アラカタカ
カラカス
ボゴタ
ベネズエラ
コロンビア
ジョージタウン
パラマリボ
カイエンヌ
ガイアナ
スリナム
仏領ギアナ
(ギュイヤンヌ)
キト
エクアドル
マチュピチュ
ブラジル
ペルー
サルヴァドール
クスコ
リマ
ラパス
ボリビア
ミシオネス州
パラグアイ
リオデジャネイロ
アスンシオン
チリ
サンパウロ
ヘネラル・ビジェガス
ウルグアイ
サンティアゴ
モンテビデオ
アルゼンチン
ブエノスアイレス

ラテンアメリカ文学を旅する58章

目次

I

征服・植民地時代

第1章　ラテンアメリカ文学の「出発点」

『コロンブス航海誌』

１４９２年の大西洋横断の記録はラテンアメリカ文学に多くの着想を与えてきた。この記録とは通例『コロンブス航海誌』（以下、『航海誌』）を指すが、コロンブス本人がすべてを書いているわけではない。伝えられるところによれば、彼の没後、ラス・カサス神父がコロンブス家を訪れ、コロンブスの息子の蔵書から航海日誌（この時点で写本である）を借り出して、ラス・カサスが引用を交えて書いた本だとされている。コロンブス本人による文章となると、サンタンヘルに宛てて書いた手紙（『全航海の報告』所収）が残っているが、手紙である以上、自身にとって不都合なことは書いていない可能性がある。いずれにしても、コロンブスが大西洋の向こうで見聞きした内容を記した二種の文章はともに――コロンブスにとって母語ではないスペイン語で書かれ、これは非母語話者による記述として興味深いのだが――、現物は存在せず、彼の出自同様、幾ばくかのいかがわしさが漂っている。来歴のいかがわしさ、起源の曖昧さはラテンアメリカ文学の魅力の一つである。

コロンブスにラテンアメリカ文学（アメリカ大陸の文学）の出発点がある、と言ったのはカブレラ・インファンテ（キューバ作家）で、「真にアメリカ大陸らしい最初の詩行」として『航海誌』からある一節を引いている。本章の最後に紹介しよう。

『航海誌』は類をみない冒険譚ではあるものの、コロンブスは船乗りであって文章家ではなかったので、読み物としての魅力に溢れているわけではない。同じような表現が繰り返され、公証人が書いたようだとも言われる。その頃のスペイン語の読み物としては騎士道小説が人気ジャンルで、騎士道小説の書き手が征服の記録を書いている場合もあるが、コロンブスはそういう卓越した書き手とは比べられない。読みやすさや完成度の高い「冒険物語」を求めるのなら、ベルナール・ディーアス・デル・カスティーリョの『メキシコ征服記』（全3巻）の方がいいだろう。

専門家でもない立場で手に取るとき、『航海誌』は少しばかりの予備知識が必要である。冒頭に書いたように、『航海誌』はラス・カサスがコロンブスの日誌を引用しながら書いている。つまり大枠はコロンブスに同行していないラス・カサスの地の文があって、その中にコロンブスの日誌が「　」を使って引用されている。ラス・カサスは引用するとき、頭に浮かんだ疑問点を註として付している。したがって全体は、地の文、引用、註の三層構造になっている。この註部分からラス・カサスの肉声が聞こえてくるのも面白い。

10月11日から12日にかけての先住民との遭遇場面は有名だ。「そこには裸の人間のいるのがすぐ見えたので、提督（＝コロンブス）は、武器をつんだ端艇にのって、陸地に赴いた」。コロンブスはこんな風に、先住民が「裸」であることを記しつつも、彼らの存在そのものには少しの驚きもなく平然と綴っている。

「〔先住民の〕幾人かに、赤いボンネット帽と、首飾になる硝子玉や、その他たいして値打ちのないものをいくつか与えました。するとか彼らは非常に喜び、全くすばらしいほど我々になついてしまったのであります」。

その先々でも基本的にはこれが繰り返される。コロンブスは当たり前のように先住民と出会い、彼らは等しく一行になつき、従順である。目にする光景についての描写も淡々としている。湾は上陸しやすく、山、川は総じて美しく、鳥やこおろぎの鳴き声は心地よく、たいてい立ち去りたくない思いを抱かせる。人喰い族は別の島にいると聞かされ、直接恐ろしい体験はしていない。食料にも水にも事欠かず、洋上の嵐を別にすると――帰路の最後で遭遇する嵐の場面の記述は悲壮で、転覆して全員死んだ場合に備え、新大陸での記録を羊皮紙に記し、それを木製の樽に入れて海に投げ入れるのである――、少なくとも陸地では波乱万丈ではない。

カリブの島で彼の目に留まった新奇な物としては煙草が有名だが、それ以外には、先住民の移動手段である丸木舟と網で作った寝具があり、この現地語をコロンブスはスペイン語に領有する。それがいま日本語に英語経由で入っている「カヌー」と「ハンモック」の二語で、これは歴史上、『航海誌』ではじめて書き記された単語である。

1492年は、スペイン語の文法書が出版された年で、ヨーロッパ言語としては突出して早い。『カスティリャ語文法』と題されたこの本の序文には、「言語は帝国の伴侶」とある。コロンブス以降の時代を予見しているかのように、この本には外国人にスペイン語を教える方法を書いた章が設けられている。コロンブスの大西洋横断は、同じ年に完結したレコンキスタの延長線上に位置付けられるが、そこには言語的な征服も組み込まれていたのである。そしてもう一つ、コロンブスの念頭にあったのは先住民の奴隷化である。最初の遭遇の時すでに彼は、先住民が「利巧なよい使用人になるに違いありません」と書いている。サンタンヘルへの手紙でも、奴隷はいくらでもスペインに送ることができると言っている。

メキシコシティのコロンブス像撤去後の「闘う女性たちの広場」
（Luisalvaz, CC BY-SA 4.0 DEED）

領土の征服、言語の征服、現地人の奴隷化――現代世界において問い直され続けている植民地主義がもたらす諸問題の根源がここに見られる。「ブラック・ライブズ・マター」運動の中にコロンブス像の破壊があることから見ても、コロンブスはいまだに生き続けているのだ。

コロンブスを描くことにおいて、日本では内村鑑三『コロンブスと彼の功績』、欧米ではポール・クローデル『クリストファ・コロンブスの書物』やワシントン・アーヴィングが基本的にコロンブス礼賛物語を書いてきたが、20世紀のラテンアメリカ作家たちは違う。彼らにとって、コロンブスをいかに乗り越えるのかは大きな課題だった。

礼賛に反発したアレホ・カルペンティエールは

『ハープと影』で、死の床にいるコロンブスに一人称で過去を回想させたり、日誌の淡白な描写を肉付けしたり、スペインの女王との関係まで描いてしまう。『航海誌』の吠えない犬をモチーフとしたアベル・ポッセ『楽園の犬』も奇天烈な小説だ。彼らが行っているのはコロンブスの脱神話化、『航海誌』のラテンアメリカからの書き直し、書き返しである。

ガルシア・マルケスもまたコロンブスへの言及が多い作家だ。「豚の尻尾のある人間」が出てくる『百年の孤独』はサンタンヘルへの手紙にある「尻尾のある人間」への意趣返しだろうし、『族長の秋』では、10月12日の遭遇を先住民の目線から書いている。あるエッセイでは、マヤの人びと、あるいはアステカやインカの人びとが大西洋を横断してイベリア半島に到達し、彼らの宗教と言語によってヨーロッパを征服した可能性を想像する。一種の歴史改変小説のアイデアだが、ラテンアメリカに発達していた高度な文明からして、そういうことがあったとしても不思議ではないと、この作家は本気で考えている。

さて、カブレラ・インファンテが最初のアメリカ大陸文学の詩行として挙げているのは、10月9日の以下の一節である。彼に言わせれば「アメリカ大陸文学史上、もっとも神秘的にして荘厳で、また美しい」というのだが、いかがだろうか。

夜通し、鳥の群れが渡っていくのが聞こえていた。

〈久野量一〉

第2章　クロニカ

ラテンアメリカ文学の源流

クロニカとは

コロンビアの作家ガブリエル・ガルシア・マルケスは、1982年のノーベル文学賞授賞式のスピーチを最初に世界一周をしたことで知られるマゼランの記録からはじめている。アントニオ・ピガフェッタというイタリア人の書いたその記録について「今日のラテンアメリカ小説の萌芽が早くもそこに見られる」（鼓直訳）との評価を下しているのだ。

後年同じくノーベル文学賞を受賞することになるペルー／スペインの作家マリオ・バルガス・リョサは、学生時代、ヘスス・ポーラス・バレネチェーアという歴史学者の授業にすっかり魅入られ、文学ではなく歴史学を専攻しようかと迷ったほどであるという。そのポーラス先生に頼まれて蔵書整理の手伝いをしたところ、ラテンアメリカの歴史がなぜこんなにも面白く、人を惹きつけるのか理解したということだ。先生の部屋にあった歴史文献というのがどれも面白く、そこでマリオ青年はラテンアメリカにおける文学と歴史との関係について理解した。つまり、ラテンアメリカにおいては最初の歴史書であるはずの文献が虚構を思わせる奇想天外な記述に満ちており、ほとんど小説のようだったのだという。

バルガス・リョサの言う「最初の歴史書」の中にはもちろんガルシア・マルケスのあげたピガフェッタの記録も含まれる。ふたりのノーベル賞作家は歴史書の中に小説の要素がすでに含まれていると主張しているのだ。

この最初の歴史の本を総称してクロニカという。「年代記」との呼称もあるが、ここではクロニカと呼んでおこう。一方で、このスペイン語の単語 crónica は現代でもジャーナリズムの一ジャンルをさすのに使われる。時事問題などにこと寄せてジャーナリストが自らの意見を開陳する、ちょうどコラムのような文章のことだ。しかし、この近・現代的な定義は今は措いておこう。大航海時代、新大陸に渡ったヨーロッパ人たちが残した記録全般がクロニカだ。ヨーロッパ人たちは新大陸に出かけ、先住民を征服し、彼らに布教し、彼らの文化を記述し、未踏の土地を冒険し、自然を観察・記述したのだから、クロニカとは戦記、旅行記、聖職者伝、文化人類学、博物学等々、多くのジャンルにわたる。それどころか、一部の学問分野はこれらのクロニカから発生したと言ってもよく、そうした分野の初期の基本文献となっている。そして、それらは20世紀ラテンアメリカ小説にとっての基礎文献でもあるというわけだ。

クロニカと20世紀ラテンアメリカ文学

実際、ある種のクロニカは冒険に満ちた、小説のような面白みを持った読み物として読むことができる。その代表格はアルバル・ヌニェス・カベサ・デ・バカの『難破と注釈』（１５４２、未訳）だろう。フロリダ遠征隊に加わったものの難破し、先住民の捕虜となり、奴隷のような扱いを受けつつ逃走を繰り返して北米大陸を徒歩で横断、さらに南下して現在のメキシコまで逃げて救助されたカベサ・デ・バカの体験を綴ったものだ。１９９１年にはニコラス・エチェバリーア監督によってメキシコで映画化され、高い評価を得ている。

ガルシア・マルケスとバルガス・リョサのみならずブームと呼ばれたラテンアメリカ文学の隆盛の時代に知られた作家たちの少なからぬ数の人々は、クロニカがラテンアメリカ小説の出発点にあるとの認識を共有していたとみてもいいだろう。20世紀のラテンアメリカ文学では歴史的人物が数多く取り上げられた。つまりクロニカに取材したものが多いということだ。フアン・ホセ・サエール『孤児』をはじめ、いくつかの小説で取り上げられたフランシスコ・デル・プエルトはフアン・ディーアス・デ・ソリスという征服者の遠征に参加した見習水夫だが、このソリスなる人物はラ・プラタ河周辺で先住民に取り押さえられ食べられてしまったとして有名な人物だ。デル・プエルトは食べられることなく生き延びた唯一の人物だ。

ロペ・デ・アギーレはもっと多くの作家が取り上げた。16世紀、最初のペルー副王に同道してペルーにやって来たアギーレは、マラニョン川を旅して黄金郷エル・ドラードに達したとされる人物で、自らの独立王国を宣言して副王に対立した。この人物についてはベネズエラのアルトゥーロ・ウスラル・ピエトリ、同じくミゲル・オテロ・シルバ、スペインのラモン・センデール、アルゼンチンのアベル・ポッセなどが小説化している。このうち、唯一オテロ・シルバの『自由の王ローペ・

『メキシコ征服記』書影（岩波書店、1986年）

デ・アギーレ』のみ邦訳がある（牛島信明訳、集英社）。また、ドイツのヴェルナー・ヘルツォーク、スペインのカルロス・サウラが映画化していずれも日本でも公開された。

クロニカはヨーロッパ人によるアメリカの記録なのだから、もちろん、最初にそれを記したのはコロンブスであり、彼の航海日誌や報告書簡、そして彼自身の人生に焦点を当てた作品もある。代表的なのはカルペンティエール『ハープと影』、アベル・ポッセ『楽園の犬』、そしてフエンテスの短篇「二つのアメリカ」などだ。ただし、これらの作家たちの描くコロンブス像は、一時期流布したような未知の世界への航海に乗り出す英雄としてのそれではない。先住民の大量虐殺の端緒となった人物でもあれば、アメリカには人喰い人種がいるとの流言を流布した人物でもある。キリスト教の理念を広めることを約束してスペイン国王から援助を受けつつ、その実、金を求めて動くだけの卑しい人物でもある。20世紀の作家たちはクロニカをただ情報源として利用したのではなく、それらを批判的に読み、ラテンアメリカの歴史を読み直そうとしたのである。

クロニカの批判的読み

クロニカはヨーロッパ人たちがアメリカに渡ってそこで経験した驚きを書いた書でもあるわけだから、コロンブスの残した記録に限らず、総じてそこには数多くの未知の世界に対する偏見や恐怖が反映されている。事実が書いてあるとは限らないのだ。そうしたことに気づき、クロニカを情報源としてでなく批判的検討の対象として読み返す姿勢は、歴史学等の学問でも取られてきた。ラテンアメリカの作家たちがコロンブスに始まる征服者たちを批判的に描き得たのは、そうした学問の動向を踏まえているからこそだろう。

たとえばコロンブスが実際はアジアを目指していたので、そこに未知の大陸があることを認めようとはせず、そのために様々に言を弄することになった経緯を、エドムンド・オゴルマンは『アメリカは発明された』（１９５８）で分析しているが、上記、フエンテスの「二つのアメリカ」がこれを大いに参考にしていることは明らかだ。

〈柳原孝敦〉

第3章　ソル・フアナ・イネス・デ・ラ・クルス

植民地期メキシコに咲いたバロック文学の精華

メキシコ市旧市街から南東に車で2時間、ポポカテペトル山の西麓に、かつてサン・ミゲル・ネパントラと呼ばれていた町がある。植民地時代のラテンアメリカ文学を代表する修道女ソル・フアナ・イネス・デ・ラ・クルスは、この町で17世紀の半ば（1648年もしくは1651年）、イベリア半島出身の男性とクリオーリャ（植民地出身の白人女性）の間の3人の婚外子の末子として生まれた。「ソル」は修道女につける敬称、「デ・ラ・クルス」は「十字架の」を意味する。

出生の地はその後、詩人を顕彰してネパントラ・デ・ソル・フアナ・イネス・デ・ラ・クルスと改称され、生家も資料館を併設したカルチャー・センターに改修された。フアナは近隣の町アメカメカにあった祖父の農園で幼少期を過ごしたが、この農園跡にも資料館があり、また誕生日とされる11月12日は、1979年、大統領令によってメキシコの「本の日」となっている。

出自については「婚外子であることは　たしかに／私の汚点になったかもしれません／もし私が自分が生まれた時と同じく／婚外子をもうけていたならば」（第95番）と、汚点のように表現しているが、別の男性とさらに3人の婚外子をもうけた彼女の母のような女性は、当時、珍しくはなかった。むしろ男性に頼ることなく、農園を経営しながらたくましく生きる母の姿は、詩人の男女観や人生観に大きな影響を及ぼしたとされる。

半生を綴った「ソル・フィロテア・デ・ラ・クルスへの返書」によれば、3歳頃には読み書きを覚えて祖父の蔵書に親しみ、好物のチーズが頭に悪いと聞けば食べるのをやめ、大学があると聞けば男装して入学したいと母に懇願したという。ラテン語を学んだ際には（それ自体、女性には例外的なことだったが）無知な頭を髪で飾るのは不当だとして、学習が進まないと髪を切ることさえした。のちに副王が彼女の学識を試すために専門家を集めて実施した試験では、すべての質疑に見事に解答してみせた。親戚に預けられるかたちでメキシコ市に上京したファナが、博識と詩才と美貌によって注目されるのは、時間の問題だった。

ミゲル・カブレラによる肖像画（メキシコ国立歴史博物館）

1664年、ファナは副王妃付きの女官として、副王宮殿（現・国立宮殿）に出仕するようになる。副王妃はファナを寵愛し、ファナもまた副王妃を慕った。王妃付きの女官としてスペイン黄金時代の宮廷文化に通じた副王妃との交際は、詩人の才能を大いに育んだことだろう。現存する最古の作品はフェリペ4世の死を悼んだソネットだが、彼女は折節の依頼に応えて、弔辞をしたため、慶事を寿ぎ、祝宴の舞踏に歌をつけ、挨拶や謝辞を韻文に綴った。

恋愛詩もまた女官時代に書かれたとされるが、その多くは恋愛を分析したり「愛してくれない人の無残な奴隷となるよりも／愛してくれる人の専横な主人となる方がまし」（第168番）と論ずるなど、どこか冷めたところがある。メキシコ人なら誰もが知っている彼女の詩は、男性をこう非難する。「愚かな男性の皆さま　あなた方は／女性のことをよく非難できますね／断罪していることの原因はまさに／自分たちだという自覚もないまま／……／でも　あなた方は傲慢ですから／武器を取り替えて攻め続けるでしょう／女に約束したり　まとわりつく時／男は悪魔と肉欲と卑俗の塊ですから」（第92番）。ことほどさように「結婚というものに対して全面的な拒絶を抱いていた」ファアナは、「もっとも不適切さの度合いが低い選択肢」として、修道女の道を選ぶ。

1669年、副王夫妻の聴罪師ヌニェス神父の強いすすめもあって、ファアナは聖ヒエロニムス会修道院に入る（それ以前に別の修道院に入会しているが、厳しさに耐えず退会している）。副王宮殿から南へ15分ほど歩いたところにある同修道院の建物は、現在、私立のクラウストロ・デ・ソル・ファアナ大学（「クラウストロ」は修道院の回廊の意）のキャンパスとして利用されており、ソル・ファアナのものとされる遺骨を納めた講堂や資料館などが見学できる。

結婚を忌避して修道女になったソル・ファアナだが、文芸を俗なものとして嫌悪するヌニェス神父の指導に苦悩することになる。当時の心情を彼女はこう吐露している。「世の人よ　なぜ私にまとわりつくのですか？／何か悪いことをしたでしょうか？　私はただ／頭の中を美しくしようとしているだけで／美しいものに頭を悩ましているのではないのに／……／私が確かな価値を見出せるのは／人生から虚飾を省くことであって／虚飾に人生を費やすことではないのです」（第146番）。

ソル・ファアナの肖像画は、チャプルテペック城の国立歴史博物館などで見ることができ、メキシコの200ペソ紙幣にも使われているが、彼女によれば、肖像画もまた虚飾に過ぎない。「この色あざやかなまやかしは／卓越した技術を駆使して／まことしやかな色彩で／感覚を巧妙に欺いている／ここでは　阿諛《あゆ》追従の類が／容赦なく過ぎる歳月を逃れて／非情にも戻らぬ時間を超えて／老衰や忘却を克服しようとしている／でも所詮　こざかしい小細工／風に翻弄される花／運命には無力の防御／見当違いの愚かな努力／つかの間の熱意　そもそも／遺骸　埃　影　そして無」（第145番）。

1680年、ソル・フアナに転機が訪れる。副王を歓迎する凱旋門の意匠を、当代随一の知識人シグエンサ・イ・ゴンゴラとともに依頼されたのだ。木工ながら機知に富んだ寓意像で飾り立てられた凱旋門は、大聖堂の西側に設置された。シグエンサ・イ・ゴンゴラが歴代のアステカ王の美徳を誇示したのに対し、彼女は副王の肩書ラ・ラグナ侯爵が「湖沼」を意味することに着目すると、海神ネプトゥヌスになぞらえて、水上都市テノチティトランの理想の統治者であると絶賛し、灌漑工事や大聖堂の落成を懇願した。「右手のパネルには／神々が力を振るえば／大事業も可能であることが／浸水した都市に示されております／……／建設された当初から／猛る海洋の脅威にさらされてきた／アメリカの副王領の首都もまた／他ならぬ陛下の御手で／海水による侵食から庇護され／平穏な地になることを望んでおります」（「凱旋門解説」）。副王夫妻は大いに感心し、殊に副王妃マリア・ルイサは公私にわたって詩人を支援することになる。

副王夫妻の庇護を得たソル・フアナは、ヌニェス神父と訣別して旺盛な創作活動を展開する。彼女はまずビリャンシーコと呼ばれる聖歌の作詞家として知られたが、インディオや黒人なども登場させる軽妙な聖歌は、聴衆を魅了し、各地の聖堂で歌われた。また植民地の作家が劇作を依頼されるのは稀だったが、ソル・フアナの戯曲は、大司教の着任や副王の誕生日を祝するために副王宮殿などで上演され、宗教劇『神聖なるナルキッソス』に至っては、マドリードでの上演を前提として創作された。そして、スペインに戻ったマリア・ルイサの尽力によって作品集が出版されると、増補と再版を繰り返し、新古典主義を迎えるまでの40年間、好評をもって広く読まれたのである。

ソル・フアナは度々「書くことが私自身の発意であったためしはなく、いつでも他の人の要請でした」と釈明しているが、その例外としたのが「第一の夢」と題する長篇詩である。スペイン・バロック詩の最高峰たるゴンゴラの向こうを張って、神話に依拠した難解な比喩を駆使しながら、全知への挑戦という知的冒険を描く夢の世界において、詩人の魂は身近な事象すら理解できない現実に絶望するが、太陽の二輪車を御せずに撃墜されたパエトンの姿に自らを重ねると、人知の限界を認めつつも、その限界に挑み続けようと決心する。「燃え盛る車を駆った勇敢な御者に／目を向けると／その不幸ながらも雄々しい覇気に／心は火を点されるのだった／……／雷鳴轟く制裁が／どれほど警告しようとも／決然たる勇気は変わることなく／生を蔑み　破滅の中に／名をとどめようと決意した」。

盛名を馳せるソル・フアナを、一連の不幸が襲う。副王、クリオーリョ有力者、高位聖職者らの間では、かねてより権力闘争が繰り広げられていたが、その抗争の渦に巻き込まれていったのである。1692年には、凶作を主因として大規模な暴動が起こり、副王宮殿も略奪の対象となって破壊される。これらのことが影響してか、ソル・フアナは生涯の伴侶だった蔵書を売却するとヌニェス神父に赦しを請い、文筆活動から身を引いてしまう。そして断筆から2年後の1695年4月17日、病を得て逝去。葬儀では親友でもあったシグエンサ・イ・ゴンゴラが弔辞を述べている。

〈中井博康〉

コラム1

ラテンアメリカの先住民言語文学

何をもって文学と呼ぶかはとりあえず不問に付すとしても、どのようなテクスト（口承も含む）が先住民文学なのかは自明なことではない。先住民の言語文化が反映されたテクストでなければならないことは言うまでもないが、先住民の手によるものであれば、どんな言語で書かれていてもよいわけではない。また、先住民言語で書かれていれば、作家が先住民である必要はないとも言い切れない。そもそも先住民とは一体どんな人を指しているのだろうか。

20世紀前半インディヘニスタと呼ばれた先住民ではない作家たちが先住民の社会文化を描いた。中にはペルーのホセ・マリア・アルゲダスのように少年期からケチュア語話者となった作家もいた。先住民の生活に通暁したアルゲダスは、スペイン語でしか書かなかったが、先住民の心的世界を描くことに成功したと言ってもいいだろう。だが、アルゲダスの文学が先住民文学と呼ばれることはない。なぜなら、彼は先住民ではなかったからだ。一方、カクチケル語を話す家族に生まれながら、スペイン語で教育を受け、作品もすべてスペイン語で書いたグアテマラのルイス・デ・リオンは現代マヤ文学（先住民文学）を語る上で外すことのできない作家である。アルゲダスの作品に比べてリオンの作品の方がより先住民的であるとか、リオンの方が人種的により先住民的であるからというような理由によるわけではない。先住民であることは社会や時代によって基準が揺れ動く相対的なものだ。それゆえに先住民文学は国や時代によってその定義はまちまちである。

先住民文学であるか否かの判定において、スペイン語で書かれていても先住民が書いたものならば先住民文学と認める場合もあれば、先住民言語で書かれていることが先住民文学であることの前提条件となる場合もある。ラテンアメリカのほとんどの国は前者を採用するが、メキシコだけは後者を基準とする国である。それはメキシコでは社会的・文化的・身体的に混血が果てしなく進んでいるため、先住民性を担保する手段として先住民言語の使用が最も簡便かつ有効な指標であるという事務手続き的な事情に起因するのだが、同時に現在の先住民文学は、スペイン語への同化を強要されてきた先住民、特にその知的エリートたちが「失われた」自らの言語を取り戻そうとする言語復興運動の中で展開しているからでもある。彼らは日常的に先住民言語を使っているから先住民言語で文学作品を書いているのではない。むしろ、先住民のあるべき世界を先住民言語で描こうとしているのだ。そもそも先住民言語で書かれているからといって、先住民たちが読めるわけではない。それは先住民言語で読み書きができるようになった未来の先住民に向けて書かれた文学なのである。

2018年度ユカタン大学主催マヤ語文学賞授賞式の様子

　未来の先住民を最終目標にしているとは言え、文学作品は現在を生きる読者に対して書かれ(販売され)る。となると、先住民言語で書かれる文学作品は実際に読んでくれる読者のためにスペイン語などへの翻訳が必要だ。それゆえ、メキシコの先住民文学には必ずスペイン語の対訳が付いている。翻訳をするのは通常作家自身だ。先住民言語で書くことは許されても、そのままでは読んでもらえない。先住民は依然として文学という西洋の植民地主義の枠内で書くことを強いられているのである。

〈吉田栄人〉

II

19 世紀

第4章　イスパノアメリカ独立期の文学

ベリョ、エレディアと望郷の詩想

いわゆるラテンアメリカのうち、かつてスペインに支配されていたイスパノアメリカと呼ばれる地域は、19世紀初頭、本国スペインがナポレオン麾下《きか》のフランス軍によって侵略され、それに対する抵抗運動（スペイン独立戦争）が激化する中、この混乱を機に独立を目指していった。イスパノアメリカの独立戦争は１８１０年代に始まり、１８２０年代に多くの地域がスペインからの独立を達成する。いまだスペイン植民地体制下にあって書かれた文学を「植民地時代の文学」と呼ぶのは日本人にもわかりやすいが、１８１０～20年代のイスパノアメリカ文学が「独立期の文学」と呼ばれることについては、多少説明が要るだろう。

10年から20年近く続いたこの時期、イスパノアメリカ各地ではスペインへの忠誠を誓う王党派と独立派が戦闘を繰り広げていただけでなく、植民地時代の行政単位だった副王領がまとまって独立するのか、より地方ごとに細分化された国が成立するのか、あるいは副王領より広い地域が連合して国家を作るのかといった、将来の国家像も定まっていなかった。目まぐるしく政治情勢が変化する時期でもあり、同じ人間でも時期によって信じる国家像が移り変わることが普通だった。そうした条件をイスパノアメリカ全体が共有し、「国境」を越えた人々の移動も激しく、地域ごとの違い以上に全体としてまとめてイメージする方がわかりやすい時代が、「独立期」なのである。

文学史上で独立期の３大詩人と呼ばれるのが、現ベネズエラ出身のアンドレス・ベリョ（１７８１〜１８６５）、キューバ出身のホセ・マリア・エレディア（１８０３〜１８３９）、そして現エクアドル出身のホセ・ホアキン・オルメド（１７８０〜１８４７）である。このうちオルメドは、スペインからのイスパノアメリカ独立を決定づけたアヤクーチョの戦いに先立ち、独立戦争の英雄シモン・ボリーバルが直接戦闘に携わっていたフニンの戦いでの独立派の勝利を言祝ぐ長詩「フニンの勝利」は確かにその迫力ある戦闘描写もあり重要だが、他に注目に値する作品がないので、この章ではベリョとエレディアの紹介に絞ろう。

ベリョは現ベネズエラのカラカスに植民地時代末期に生まれ、若くして現地の知識人サークルで頭角を現す。ボリーバルの家庭教師を務めたこともあり、１８１０年に独立派がいったん権力を掌握すると、ボリーバルと共にイギリス政府の独立支持を取り付けるためロンドンに赴く。しかし現地で外交交渉を行っている間にベネズエラ第一共和制が崩壊したため、ベリョは故国に帰る術を失い、長い亡命生活を強いられる。この間ロンドンで独立派のイスパノアメリカ知識人のために様々な情報を提供する雑誌刊行に携わるのだが、文学史上まず重要なのは、ここで発表された長詩「詩神への誘い」（１８２３）と「熱帯地方の農業に捧ぐ」（１８２６）である。特に活気を喪い退廃したヨーロッパを離れ、文学や芸術の題材に溢れた新世界アメリカに移り住むよう詩神に呼びかけて始まる「詩神への誘い」は、「文学におけるイスパノアメリカの独立宣言」と称されることもある。それまでヨーロッパ・スペインとの連続性を前提として作られるのが普通であったイスパノアメリカ文学において、ヨーロッパにはない題材としてアメリカ大陸の自然環境や文化、独立戦争に至る歴史の意義を強調し、スペイン文学とは異なる独自の文学を創り出すことを訴えた「詩神への誘い」のインパクトは大きかった。また「熱帯地方の農業に捧ぐ」は、独立がほぼ確定した時期にあって故郷カラカス周辺の自然環境の豊かさを歌い、戦争のための武器を捨て農業開発によって復興を進めるよう国民に誘うというプランの中で、魅力的な熱帯の自然やダイナミックな開墾活動を生き生きと描き出し、まさに新しいイスパノアメリカ文学の可能性を自ら示すものとなっている。

１８２０年代、イスパノアメリカの独立が確定してゆく中、ベリョは故郷への帰還を心待ちにしていたが、なぜか旧友ボリーバルからは声がかからず、１８２９年チリ政府の招聘に応じてこの地に移り住み、以後広範な学識を活かしてチリの法的文化的基盤整備に尽力した。チリ民法典起草者の一人であり、チリ大学の設立に尽力しその初代総長でもある。こうした公人としての活動の陰に隠れがちではあったが、チリ時代の文学作品として重要なのは、匿名で発表された詩「僧院の炎上」である。この詩はチリの首都サンティアゴで実際にあった火災の猛威を描くものだが、燃え広がる火の脅威や破壊の凄まじさ、被災者の悲しみを鮮やかに描き出し、チリ文学初のロマン主義詩と称されている。

ベリョは18世紀生まれで古典文学の教養を身につけて育ったこともあり、チリでは古くさい古典主義者として若い知識人から攻撃されることもあったが、「僧院の炎上」には彼が19世紀前半に一世を風靡したロマン主義にも造詣が深かったことがうかがわれる。それに対して19世紀生まれで、古典主義的な要素も備えているが、何よりロマン主義詩人として評価されているのが、エレディアである。生まれはキューバだが、大学教育は当時同じヌエバ・エスパーニャ副王領だったメキシコでも受けており、代表作の1つ「チョルーラ神殿にて」（1820）はメキシコで書かれている。雄大な火山ポポカテペトル山を望むチョルーラの先住民遺跡に佇む詩人が、美しいメキシコの自然と日没の光の変化に感嘆し、文明の盛衰に思いをめぐらすというこの詩は、新大陸独自の自然と文化をヴィヴィッドに描き出し、イスパノアメリカ文学史上で重要な作品となっている。キューバで独立運動に関わったエレディアは、運動が挫折すると亡命を強いられるが、まず赴いたアメリカで、もう1つの代表作「ナイアガラ」（1824）を書く。この作品はナイアガラ瀑布の激しい水の動きをダイナミックに描きながら、そこにそれを眺める詩人の心の動きを重ね、さらにキューバへの望郷の念も絡めた絶唱であり、この後多くのイスパノアメリカ詩人がナイアガラに一種の聖地巡礼をしては詩を書くという伝統を生み出すことになる。

チリ大学前のベリョ像

　この2作品で中心となって描かれているのはメキシコとアメリカの自然だが、エレディアには故郷キューバの自然を謳った作品も多数ある。亡命以前に書かれた「太陽に捧ぐ」（1821）や「嵐の中で」（1822）、亡命後最終的に居を定めることになったメキシコで書かれた「憂鬱の快楽」（1825）などは、エレディアをキューバ文学史上に位置づける重要な作品になっている。

ベリョにせよエレディアにせよ、運命の巡り合わせで生まれ育った土地を離れ、望郷の念断ちがたいまま遂に故郷に帰ることなく、新たに住むことになった国で文学史に残る作品を残してゆく。スペインからの独立運動に始まる人々の激しい移動と故郷への思いは、独立期の文学の特徴であると同時に、やがて現代まで続くイスパノアメリカ文学の「伝統」ともなっていくのだ。

〈花方寿行〉

第5章 『ペリキーリョ・サルニエント』

イスパノアメリカ最初の長篇小説

1810〜20年代、スペインからの独立戦争が続いていた時代の文学には過渡期ならではの特徴が見られるが、イスパノアメリカ最初の長篇小説と呼ばれるメキシコの作家フェルナンデス・デ・リサルディの長篇小説『ペリキーリョ・サルニエント』（1816）もその1つだ。

この小説は、死の床にある主人公ペリキーリョが子どもたちへの教訓にしようと、自分の若き日の過ちを振り返って書き残したものという形式で語り始められる。ペリキーリョはそれなりに裕福な家に生まれるが、母親に甘やかされたことでわがままに育ち、しつけと教育を求めて通うことになった学校では古くさい実用性のない教育プログラムと無能で権威的な教員のために何も身につかず、大学では悪友と遊んでばかりで要領よく世渡りしようというなめた了見と学位だけを得て卒業。親戚の農場で働き始めるが続かず、悪友に声をかけられギャンブルや小さな犯罪で安易に儲けようとするが、そんなにうまくいくはずがない。逮捕され投獄され、出獄しても各地を転々としながら底辺の仕事に就くばかり。たまに堅気に戻ろうとしても結局は不安定な状況に引き戻されることが続く……という物語は、16～17世紀のスペインで人気のあった文学ジャンル、ピカレスク文学に属している。

このジャンルの嚆矢となった作者不詳『ラサリーリョ・デ・トルメスの生涯』(16世紀半ば) のように、主人公が貧しい生まれであることがピカレスク文学の特徴とされることもあるが、ケベードの『ペテン師ドン・パブロスの生涯』(1626) のように大学出の主人公が身を持ち崩す作品もすでに存在していた。いずれにせよ主人公が職業や居住地を転々としながら、同時代の裏社会や底辺を見聞し、それを通して社会を批判するというのがピカレスク文学の特徴である。本国スペインでの流行は17世紀で終わり、18世紀には啓蒙主義のフランスで書かれたルサージュの『ジル・ブラース物語』やヴォルテールの『カンディード』などが有名になっていた。『ペリキーリョ・サルニエント』は、作者リサルディがこうした18世紀フランスの作品から影響を受けて書いた、一種の逆輸入ピカレスクである。それがちょうど独立戦争真っ只中のメキシコで発表されたことが、「スペイン語圏最後のピカレスクにして、ラテンアメリカ最初の長篇小説」と評されるゆえんだ。

この作品が20世紀後半になり広く注目されるようになったのは、ナショナリズム研究の必須参考文献であるベネディクト・アンダーソンの『想像の共同体』で言及されたことによる。アンダーソンは、ペリキーリョがメキシコ国内を転々としながら、しかしどこも同じメキシコ社会の一部と見なして行う社会批評が、いずれ独立国家を形成するメキシコを1つの共同体として読者が想像することを、独立に先立って可能にする機能を持っていると主張する。この主張はある程度は正しいのだが、修正も必要だ。先に記したように、主人公が各地を転々としながら社会批評をするというのは、アンダーソンが近代ナショナリズムの形成期と見なした18世紀を遥かに遡る16世紀に誕生したピカレスク文学のジャンル的特徴であり、『ペリキーリョ・サルニエント』独自の要素ではない（ただしナショナリズムの起源を後期中世から近世に遡るものとする考え方からすれば、本家ピカレスク文学にナショナリズム形成機能があったと考えてもおかしくはない）。なお『ペリキーリョ・サルニエント』は独立戦争中に発表されているのだが、戦争が始まる前のはずのペリキーリョの子ども時代（1770年代生まれと設定されている）の教育批判は、メキシコ独立後に刊行されたリサルディ自身による改訂第2版でも同時代批判として有効なものとされており、戦争についての言及は最低限に抑えられている。この作品をスペイン植民地体制の害を批判し独立を訴えたものと考える人もいるが、リサルディにとって批判の対象となっているメキシコの問題は植民地体制下から独立後まで継続して存在しているものと見なされており、少なくともこの作品においてはメキシコ独立は大きな意味を持っていない。

メキシコ市大聖堂

　もう1つ修正が必要なのは、ペリキーリョの遍歴が独立後のメキシコに限定されないということだ。ペリキーリョはメキシコ国内を移動しながら様々な職業に就くが、やがて大佐の従者となってその赴任先であるフィリピンに向かう。メキシコとは異なりリサルディが行ったことのなかったフィリピンのこと、少々記述が薄めではあるが、ペリキーリョはここで黒人奴隷制度や差別をめぐる考察を行う。さらには大佐が死んで帰国することになるが、船が難破して中国南部の島に漂着し、そこで理想の法治国家の姿を見て、メキシコの現状を嘆くことになる。リサルディは中国に関する文献情報を利用しているが、現実の中国ではなく、トマス・モアの『ユートピア』同様、理想郷のトポスとしての「島」を描くことに重点が置かれている。なお16世紀に書かれたモアの『ユートピア』がスペインによって征服されたインカ帝国などアメリカ大陸の文明に関する情報に触発されていることを思うと、300年後にメキシコで書かれた小説でユートピアを設定する場所が、太平洋を挟んでさらに先ではあるが、依然西洋文明の「西の向こう」になっているのが面白い。

理想郷での生活に心惹かれるペリキーリョだが、メキシコへの望郷の念断ちがたく、商船を利用して故郷に戻ってくる。紆余曲折を経て愛する人と結ばれ、今度こそ堅気になったペリキーリョが、堅実に事業を続けた末に病に倒れ、自分の若き日の過ちを子どもたちに書き残すという冒頭に戻ったところで、このペーパーバックで本篇850ページを超える長篇小説は終わる。

先にも記したようにこの作品は「ラテンアメリカ最初の長篇小説」と呼ばれる一方、登場人物の心理に複雑さがなく、19世紀初めの作品ではあるが近代小説以前の「小説」に近いと評される。それが「最後のピカレスク文学」と呼ばれる理由でもあり、確かにエピソードの前後や合間に作者自身に近いペリキーリョの考察・教訓が延々と書かれるという形式は古くさく感じられる。とはいえ読んでいてつまらないということは決してない。主人公の遍歴を通して描かれる当時のメキシコ社会の様々な側面は興味深いし、具体的なディテールは変わっても、指摘自体は今の日本人にも有効というものもある。最後にペリキーリョが語る教育批判の寓話を１つ紹介しておこう。

カニは横向きに歩く。文明化されたカニがこの問題に気づき、文明ガニにふさわしく真っ直ぐ歩くよう子どもたちを教育しようと主張する。大人ガニはみな賛同して、子どもたちに真っ直ぐ歩けと命じるが、逆に「真っ直ぐ歩くってどうやるのか見せてよ」と言われてしまう。教訓――実際に見たこともも聞いたこともない生活態度を取れと子どもにただ要求しても無理。子どもにそうしてほしければ、口でがみがみ言うだけでなく、まず親が自分の生き方・暮らしぶりで手本を見せなければ。

〈花方寿行〉

第6章　アルゼンチン・ロマン主義文学とロサス独裁政権

エチェベリーア、サルミエント、マルモル

近年日本ではアーティストが政治的発言をすることに対してネガティヴな反応が示されることが多い。一方欧米ではアーティストは積極的に政治的・社会的な発言をするだけでなく、メッセージを持った作品を発表することも一般的であり、その内容に対して賛否両論が寄せられるとしても、発言をすること自体が問題視されることはまずない。こうした違いの背景には、日本と諸外国のアート＝芸術に対する考え方の違いがあるが、ラテンアメリカ文学を含む欧米文学においては、「芸術のための芸術」が唱えられた一時期を除けば、文学を含む芸術活動は時の政治や社会の状況から「刺激」を受け、それに積極的に反応しながら作品を生み出してゆくものという理解がある。

１８３０年代から40年代にかけて重要な作品を生み出し、イスパノアメリカ文学史においても重視されるアルゼンチンのロマン主義文学は、当時のロサス独裁政権に対する抵抗活動と切り離して語ることはできない。植民地政府の強力な拠点がなかった新興地域のアルゼンチンでは、スペインからの独立は比較的速やかに達成されたが、その後首都ブエノスアイレスを頂点とする中央集権体制を理想とする中央集権派と、地方分権を主張する連邦派の間で内戦が勃発。これを終息させたのがブエノスアイレス州出身ながら連邦派のファン・マヌエル・デ・ロサスだったが、彼は実質的に権力を握っていた1829年から1852年までの長期にわたり、支持基盤だった牧童ガウチョを私兵として利用し、自分に反対する中央集権派を暴力を用いて徹底的に弾圧する独裁制を敷いた。この時代、もちろんロサスを支持する作家もいたのだが、政治的にはヨーロッパやアメリカ合衆国型の民主主義を、芸術においては当時欧米で最先端だったロマン主義をラテンアメリカに導入しようとする若手作家たちが、反ロサスにしてロマン主義的な新しい文学作品を次々と発表してゆく。本章ではこのようなアルゼンチン・ロマン主義文学を代表するエステバン・エチェベリーア（1805〜1851）、ドミンゴ・F・サルミエント（1811〜1888）、ホセ・マルモル（1817〜1871）を紹介しよう。

エチェベリーアは1820年代にフランス留学経験もあり、アルゼンチンに帰国した1830年代から積極的にロマン主義の導入を志して文学活動を始める。キューバ出身のホセ・マリア・エレディアの方が活動は早いが、エレディアはロマン主義者を自称はせず、作風も後期古典主義からの移行期的なものと位置づけうることもあり、エチェベリーアはイスパノアメリカ初、ひいてはスペイン語圏初のロマン主義作家と見なされることもある。評価を高めたのは1837年に発表された中篇詩「虜囚」で、アルゼンチン平原部パンパの遊牧先住民に拉致され捕虜となっていた女性が、傷ついた夫を庇いながら脱出、照りつける日射や湿地帯、猛獣など自然の脅威にさらされながら白人「文明」社会に帰還しようと苦闘する姿を描いた作品である。ロサス政権の先住民政策批判を目的としつつ、アルゼンチン固有の表現を用いながら、先住民と開拓民の対立を背景に、雄大な自然と暴力、激しい感情の動きを描くロマン主義文学らしい作品である。

エチェベリーアは政治的にも積極的に自由主義活動を行うが、ロサス政権による締め付けでウルグアイへの亡命を強いられ、帰国が叶わないまま病死することになる。文学史上最も重要なのは１８３９年から40年にかけて書かれ死後に発表された、イスパノアメリカ初の近代的短篇小説と見なされている「屠殺場」だ。ブエノスアイレス郊外の屠殺場を舞台に、前半はここで牛の屠殺に関わる下層階級の人々（ロサス支持者）のグロテスクで暴力的な活動を鮮やかに描き、ロマン主義から早くも次の時代の自然主義に移行した作風と評価されている。後半では屠殺場にやって来た自由主義者の青年がロサス支持者たちにリンチにかけられ憤死するまでが描かれ、ロサス批判が前面に出ている。

やはり自由主義者としてロサスをはじめとする連邦派を批判し続けたのが、アンデス山脈に近い山岳地帯のサン・フアンに生まれたサルミエントだ。彼は連邦派など敵対勢力の追及を受ける度にアンデスを越えてチリに亡命することを繰り返しながら、反ロサスおよびロマン主義と自由主義振興の言論活動を続けた。代表作である『ファクンド。文明と野蛮』が発表されたのもチリであった。この作品はロサス独裁政権を批判しながらも、その強権政治の原点をロサスに先立つカウディーリョ（地方ボス・軍閥の長）、ファクンド・キローガの心性に見出す。サルミエントによれば、ファクンドやロサスの権力は彼ら個人の特質によるのではなく、その支持基盤であるガウチョの心性を彼らが体現し利用することに由来し、またガウチョの心性は彼らが暮らすパンパの自然環境によって形作られるものである。サルミエントはパンパとガウチョに代表される内陸部の「野蛮」と、港湾都市ブエノスアイレスに代表されるヨーロッパ由来の「文明」の対立がアルゼンチンの政情不安の原因であるとして、最終的には「文明」が「野蛮」を否定するのではなく、取り込み改善することによってアルゼンチンの近代化を図るというプランを提示する。ヨーロッパ的な「文明」とアメリカ的な「野蛮」の対立にラテンアメリカの政治・社会問題の元図を見出すというサルミエントの考えは、この後形を変えながら現代までラテンアメリカ政治・社会思想史に息づくことになる。このように『ファクンド』は大枠としては政治学・社会学・歴史学的評論なのだが、合間に挿入されるファクンドの伝記的エピソードが、歴史的には信用がおけないものの、物語的な面白みに満ちており、近年はむしろ日本で言うなら ば司馬遼太郎風の「小説」として評価されている。1868年から74年にかけてはアルゼンチン大統領職を務め、膨大な論考を刊行したサルミエントだが、文学的にもう1つの代表作とされているのは、サン・ファンで過ごした少年時代から青年時代の思い出を中心に綴ったエッセイ集『地方の思い出』（1850）である。

ホセ・マルモルは同時代的にはイギリスのバイロン卿の影響を感じさせるロマン主義的な未完の連作長篇詩『巡歴者の歌』（1845～52）で知られていたが、現在は何よりも長篇小説『アマリア』（1851～55）の作者として文学史上に名を留めている。エチェベリーアやサルミエントがパンパやブエノスアイレス郊外を舞台に自作を展開したのに対し、『アマリア』の舞台はロサス支配下のブエノスアイレス都市部。ロサスを支持するガウチョから成る武装集団が反体制派を標的に大っぴらに暴力を振るう中、反ロサスの地下活動を行うエドゥアルドと彼を支える婚約者のアマリアを中心に、分断されたブエノスアイレス社会を描く作品だ。基本的にはロサス派＝悪、反ロサス派＝善の図式だが、暴力に心を痛めるロサスの娘など、多彩な人物が魅力的に描かれている。特に反ロサス派だがロサス支持者を装い潜入活動を行うエドゥアルドの親友ダニエルは実質的な主役と言える存在感があり、彼が敵の追求をかわしながら情報活動を続けていく姿には、サスペンス・ドラマとしての面白さもある。

〈花方寿行〉

第7章　マシャード・ジ・アシス

地名に表われる心の動き

ブラジルの文学百選のアンケートをとると必ず上位に入るのがマシャード・ジ・アシス（1839〜1908）だ。その傑作の『ブラス・クーバスの死後の回想』（1881）と『ドン・カズムッホ』（1899）が1位と2位を占めることも珍しくない。その一つ『ドン・カズムッホ』は、主人公のベント・サンチアーゴが亡き妻カピトゥを、親友のエスコバールと不義を働いたとして告発する長篇小説だが、おもしろいことに語り手が告発しているにもかかわらず、妻が本当に不義を働いたかは判断がつかない不思議な小説だ。出版後、60年の長きにわたり、妻の姦通は自明とされていたが、1960年に英訳者ヘレン・コードウェルが「カピトゥは無罪」という主張を発表すると、たちまち姦通は嫉妬に駆られた夫の妄想という見方が広まった。まさに逆転勝利、カピトゥは一躍、あらぬ嫌疑をかけられた悲劇のヒロインに躍り出た。そして探偵小説さながらに、カピトゥは有罪か、無罪かをめぐる論争が、一般読者のみならず批評家や研究者のあいだでも繰り広げられた。現在ではシロクロはこの小説の本題ではなく、どちらにも解釈可能な両義性こそが魅力だと決着がついている。

では、なぜ夫ベントは、事実でもない（かもしれない）妻の不倫を疑うことになったのか？　結局は、男女につきものの嫉妬、それが原因なのだが、ルシア・グランジャが指摘しているように、その嫉妬心が次第に高まっていく経緯の一端が地名からも見えてくる。

まずは簡単にあらすじを紹介しておこう。リオの郊外のエンジェーニョ・ノーヴォに住むベント・サンチアーゴは、「人生の両端を結び合わせ、老境に青春をよみがえらせる」ために、幼少時を過ごした旧マタカヴァーロス通り（現ヒアシュエーロ通り）の家をそっくりそのまま復元することを思いついた。だが、建ててみても何かが違う。そこで代わりに着手したのがこの回想記の執筆だった。

ベントは15歳のとき、マタカヴァーロス通りの隣に住む少女カピトゥと恋仲になる。2人は結婚を望むが、なんと母親は子どもが無事に生まれたら神学校に入れるという願をかけていた。第一子が死産だったため、第二子が無事に生まれたら教会に捧げると約束をしていたのだ。そうして神学校に送られるが、同級生で親友のエスコバールの知恵を借り退学に成功する。その後は法科を出て弁護士になり、晴れてカピトゥとの結婚を果たす。このとき新居は都心の南方にあるグローリア地区に構えた。他方エスコバールも神学校を退学し、カピトゥの親友のサンシャと結婚し、こちらは住まいを都心からは離れたアンダライーに置く。家族同然の親密な付き合いをするうちに、エスコバールが近所のフラメンゴ地区に引っ越してくる。アンダライーの家を引き払い、そこに新居を購入したのだ。

だが、彼らを悲劇が襲う。フラメンゴの海で水泳していたエスコバールが溺死したのだ。しばらくするとベントは、息子がどんどんエスコバールに似てくるように思えてくる、さては彼と妻は……、ベントの猜疑心は膨らむばかりだった。思い悩んで自殺を考えたり、子どもを殺そうとしたりまででするが、別居を選び、妻をスイスに追いやってしまう。カピトゥは客死し、成人した息子が一人でブラジルに帰ってくる。会うと、やはりエスコバールと瓜二つ（のように思えた）。考古学を専攻した息子は、発掘調査にでかけたエジプトで病死し、最後はサンチアーゴ一人が残され、この回想記を執筆する。それがこのストーリーだ。

さてベントが子ども時代を過ごしたマタカヴァーロス通りは、当時、富裕階層の住宅街だった。ベントは、かつて父親が下院議員を務め、リオ県内に農場も所有していた旧家の生まれだ。父亡き後、農場は売却されたが、まだアルファベットの頭文字すべてが揃いそうなほどの数の奴隷を有し、10余りの建物や株券も持っていて、働かずとも暮らしていける身分だった。結婚後に住んだ市南部のグローリアもそれなりの場所だ。一方、同時期にエスコバールが居を構えたアンダライーは、都心から遠く、住宅地ではあったが、内陸であるため海もない。エスコバールの父親は地方の町クリチーバで弁護士業を営み、親戚がリオで商売をする中流の出だった。伝統的な名家ではなく、両家には明らかに社会的格差があった。

そのエスコバールがベントの家からほど近いフラメンゴに引っ越してきた。リオの都心の南方は、人口の密集化が進んだ中心街を避けて移り住んできた貴族階層が居を構えていたが、１８６８年に馬車鉄道が本格的に開通したのに伴い、海辺にあることもあり、ますます高級住宅地化していた。つまりエスコバールは出世したのだ。

実はベントは、いつだってエスコバールには敵わなかった。ここまで順調にこられたのもエスコバールのおかげだった。神学校を退学できたのも彼の知恵のおかげ、カピトゥと結婚できたのも、サ

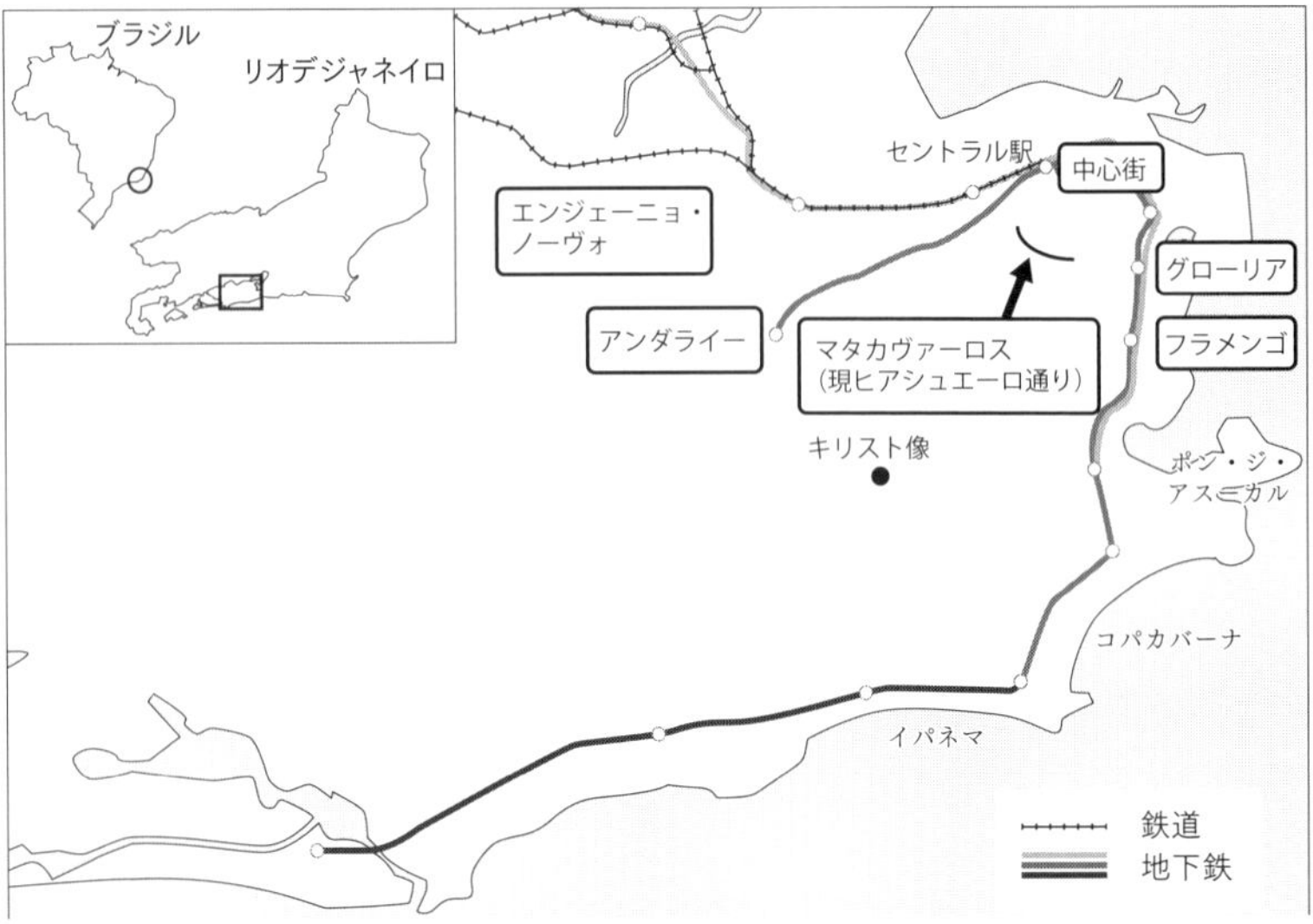

リオデジャネイロの都市部

ンパウロで法学を修めるあいだ手紙の受け渡しの仲介をしてくれたおかげ、弁護士業で成功したのもエスコバールが事案を紹介してくれたからだった。数学も得意で記憶力もよく、人は彼を理想の夫だと言った。おまけにスポーツも得意で、泳ぎも上手い。小説には、たくましい腕を、ベントに触らせる場面が出てくる。ちょうどその頃、近代化とともにブラジルでもスポーツが盛んになり、リオの海岸でも海水浴をする男たちが現われ、理想の身体モデルも変わっていた。ビジネスでも趣味でもエスコバールは時代の先を行っていたのだ。そんなエスコバールがベントは羨ましくて仕方なく、羨望が妬みに変わるのに時間はかからなかった。この男に妻が惹かれないわけがないと……。ベントは、彼がアンダライーに

現在のリオデジャネイロの街。左の海岸地帯がフラメンゴで、さらにその左にグローリアが続く

いるときが一番幸せだったと振り返っている。

　では今、隠居暮らしをしているエンジェーニョ・ノーヴォはどうか。ここは都心からも遠く、リオ市の北地区に位置している。小説は、ベントがある日、帰宅する途中の電車の中で始まる。車内で会った知り合いが自作の詩の朗読をしてくれたのに眠ってしまったために「偏屈卿《ドン・カズムッホ》」というあだ名までつけられた。この一帯にはかつてイエズス会の広大な農場が広がっていたが、１７５９年にポンバル侯爵によってイエズス会が追放された後は細分化され、１８５８年に鉄道の敷設が開始し、エンジェーニョ・ノーヴォ駅はその年に作られている。鉄道の開通とともに宅地ばかりでなく、輸送が便利なことから多数の工場も立ち並んだ。

C・N・フェヘイラ・ドス・サントスやマウリシオ・ジ・A・アブレウによれば、リオの開発において馬車鉄道と鉄道は異なる役割を果たしたという。馬車鉄道はリオの南方に延び、主として富裕層の都心からの移転を促進し、行き先々で高級住宅地を形成していった。グローリア、フラメンゴはその代表だ。他方、鉄道は低所得層のニーズに応えたという。その一例がエンジェーニョ・ノーヴォだ。エスコバールのサポートなき後のベントの成れの果てである。

19世紀のブラジルはすさまじい発展を遂げた。1808年のポルトガル王室のリオへの移転、これによりブラジルは一転して植民地からいわば宗主国になり、22年には独立を果たし、その後はヨーロッパなみの文明国をめざして近代化に邁進した。そんな激動の中で、頭の固い「偏屈卿」は落ちぶれた。他方、ブラジルは、皇子を戴き帝国として独立し、保守性が維持されたため、時代を先取りしすぎても命取りになった。エスコバールはその代表だ。2人の関係は、19世紀のブラジルの斜陽族と冒険家の足取りを象徴している。なおこの南北関係は、現在のゾナ・スウ（南地区）とゾナ・ノルチ（北地区）の関係にそのまま反映されている。

〈武田千香〉

第8章　矛盾に満ちたモデルニスモ

スノビズム、感傷、模倣

ラテンアメリカ文学史を学ぼうとすると、必ず大きく扱われている項目のひとつに〈モデルニスモ〉がある。例えばジャック・ジョゼが、邦訳もある『ラテンアメリカ文学史』の第4章「ガレオン船の帰還（1880〜1920）」でモデルニスモを扱うときの書きぶりはこうだ。「《モデルニスモ》とともにラテンアメリカ文学はついにみずからを主権者として確立し、みずからに最初の定義をあたえたのである。十分な資格に基づいてラテンアメリカ文学は世界文学のなかに位置をしめることになった。いや、さらに《モデルニスモ》は文学史において初めて、イベリア半島の文学にショックを引き起こした。こんどはスペインのほうが、その旧植民地から文体を学ばねばならぬことになった」。19世紀末のラテンアメリカの各地で、それまで根強かったスペイン文学の影響を脱しようと、外来のさまざまな文化を吸収しながら新しい表現を模索しはじめた革新的な作家たちの試みをまとめてモデルニスモというらしい、と文学研究を本格的に始めようとしていたころの私は学んだのだが、それにしても、ボルヘスやガルシア・マルケスといった20世紀の小説家たちの作品からラテンアメリカ文学に興味を持ちはじめた自分にとって、そういった文学史的な記述はなんだか漠然としてぴんとこないものだった。モデルニスタと呼ばれる詩人や作家の作品をためしに読んでも、なにをやろうとしているのか、やはりよくわからない。でも、それがラテンアメリカ文学の重要な一局面であるのなら、ひょっとするとそのわからなさのなかに、ラテンアメリカ文学というものをより深く理解する鍵があるのではないか。そんなことを考えて取り組みはじめたモデルニスモ研究は、ただ作品を読むというだけでなく、当時の社会の雰囲気や都市の相貌、人々の心理といったものを資料から読み取りながら、19世紀末の世界とラテンアメリカを頭のなかに思い浮かべ再構築していく作業だった。その作業はいまもずっと続けているが、これまでになんとか自分なりにわかったように思うところを、ここでは少し嚙み砕いて書いてみたい。

マルクスとエンゲルスは１８４８年の『共産党宣言』のなかで、アメリカ大陸の発見にはじまる西欧諸国の世界各地での植民と貿易をつうじて、工業、商業、航海のありさまが変わり、一地方、一民族において自足していた封建社会が、あらゆる土地や民族が依存関係でむすばれた世界市場へと変貌していくようすを描いている。その現象は精神的所産にも及ぶといい、「多数の民族的および地方的文学から、一つの世界文学が形成される」。この見立てはおおよそにおいて的確で、じっさい19世紀後半には、芸術分野を含む西洋の文化が世界各地へ広がり、人々の生活を変えるほどの影響を及ぼすようになった。明治の日本のいわゆる文明開化のもとで、夏目漱石などの作家たちが西洋文学に学びながら新しい日本語の書き言葉を編んでいったのも、こういう大きな現象の一部と考えることができる。ラテンアメリカに世界一体化の波が本格的に及んだのはおよそ１８７０年代で、それは各国の独

1893 年に竣工したブエノスアイレスの五月大通り（20 世紀初頭撮影）

立後、諸勢力の対立による混乱を経て、ようやく政治的な安定がもたらされた時期と重なる。投資は活発になり、世界と繋がる港のあるところや植民地期からの要所を中心として、各地で都市が発展しはじめる。ブエノスアイレス、モンテビデオ、ハバナ、メキシコシティ、ボゴタ、リマ、サンティアゴといった場所だ。中心街にはフランス風の様式で建てられた官庁や劇場、それに銀行やオフィス、商店、飲食店などが並び、ジョルジュ・オスマンのパリ大改造計画をモデルに近代的な大通りが建設されて、市街地が郊外へと広がっていく。新聞がある程度の発行部数を数えるようになり、記事の原稿料で生計を立てる物書きという職業が、どうにか成立するようになる。そんな新しい職業にたずさわり、情報通で、ヨーロッパの最先端の芸術に触れていた若者たちが、同じような仲間とカフェに集って安酒を飲みながら、自分たちのこれからの芸術について語りあう――これまでになかったこんなライフスタイルと感性に支えられてラテンアメリカ各地で生まれた文学に、1890年の文章のなかでモデルニスモと名前をつけたのが、別の章で紹介するニカラグア生まれの詩人ルベン・ダリーオで、その名づけによって明確な自意識を得たその担い手たちが、連帯感のもとに各自の創作に取り組んだ、というのが1890年代以降に起こったことだった。

都市が発展したと書いたが、とはいえ、ただちにすっかり新しい空間へ生まれ変わったわけではもちろんなく、あらゆる土地が均質になったわけでもない。19世紀末のラテンアメリカの都市には、十分に舗装されていない狭い道路に、平屋かせいぜい2階建ての建物が並ぶような、植民地期と変わらぬ街並みもあちこちにあったし、また、都市部を少し離れれば、近代化とは無縁の風景がずっと広がっていた。辺境めいた環境であるからこそ、時代の支配層となったブルジョワたちは、いかにも近代的で進歩的に振る舞おうと、見せつけるようにヨーロッパ風の生活をし、舶来品を買い込む。これ見よがしの新しがりというスノッブさが、社会に蔓延していた。おもしろいのは、美そのものに価値を置く立場から、実用性と交換価値ばかりを大切にするブルジョワ的な意識に反発していたと言われるモデルニスタたちも、ブルジョワたちと同じように近代性のしるしを渇望していて、したがって同じようなスノッブさをわかちもっていたことだ。ヨーロッパの作家の名前や外来語、当時の流行に言及するような言葉が、モデルニスモの詩語にはふんだんに取り込まれている。

僕のかわいい公爵夫人、僕のことが好きなあの子は
貴婦人みたいにお高くとまっちゃいない

彼女はポール・ド・コックの町娘
ボストン・ワルツは踊らないし
競馬の高級な喜びも
ファイブ・オ・クロックのお楽しみも知らない
（マヌエル・グティエレス・ナヘラ「ホブ公爵婦人」１８８４年）

モデルニスタたちの詩は、都会的なスタイリッシュさとは相反するような、くどいほどの感傷性をあらわにすることもあった。

きみの
すらりとやつれた影と
僕の影は
道の悲しい砂粒のうえに月の光で
映しだされて
あわさった
ひとつだった
ひとつだった
ただひとつの長い影だった

ただひとつの長い影だった
ただひとつの長い影だった……　（ホセ・アスンシオン・シルバ「夜想曲」１８９２年）

加えて彼らはヨーロッパの新しい美学をまねることを創作の根本にし、それでいて、その土地にしかない個性を持った芸術というものがそこから生まれることを、近代国家における国民性の確立に心を砕いたほかの知識人たち同様に、期待してもいた。要するに、モデルニスモの創作は、相反する要素どうしの緊張に満ちた、とても混沌としたところがあって、私がはじめそれを読んでよくわからないと感じたのは、おそらくそのせいだったのだ。

モデルニスタたちは、ヨーロッパ諸国やアメリカ合衆国の文化が地球全体で覇権をふるうなか、それ以外の地で新鮮な、世界にうったえるような創作を行うことの難しさ、複雑さを、ラテンアメリカで身に沁みて体験した最初の世代だった。その宿命的な複雑さを背負い、むしろそこから唯一無二の作品を生み出していったのは、20世紀の作家たちである。

〈棚瀬あずさ〉

第9章　辺境からきらびやかな「いま」を想う

ルベン・ダリーオ

なんてのどかなところなんだろう、というのが、２０１５年、ニカラグア到着から一夜明け、初めて昼の光のもとで首都マナグアの街を眺めたときの感想だった。高台から見渡してもほぼ緑に覆われていて、高い建物はわずかひとつふたつしかない。旧市街の中心部にある「革命広場」では、カテドラルが１９７２年の大地震で損傷を受けたまま、いまなお修復を待っている。広場を歩くと、銅像が二体あった。ひとつは20世紀前半に米国駐留軍に抵抗するゲリラ闘争を指揮したアウグスト・セサル・サンディーノ、もうひとつはルベン・ダリーオのものである。そばの看板にはこう書かれている。「われらはダリーオとサンディーノの子どもたち」。19世紀末のスペイン語圏で一世を風靡したコスモポリタン詩人は、ニカラグア国民のいまも生きるヒーローなのだった。

マナグアから北西へ１００キロほどの場所にあるレオンという街で、１８６７年生まれのダリーオは少年時代を過ごした。ニカラグアを含むラテンアメリカ諸国の19世紀半ばといえば、始まったばかりの独立国家のシステムをめぐって、伝統的な支配構造の存続を支持する保守派と民主的で流動性ある社会を目指す自由派が熾烈な争いを繰りひろげた時期である。自由派の中枢地であったレオンは保守派の牙城グラナダとならぶ当時のニカラグアの二大都市のひとつだが、色とりどりに塗られた簡素な平屋が並び、ところどころに慎ましい教会が現れるその街並みは、ダリーオの暮らした時代を経て現在にいたるまで、植民地時代とほとんど変わらない。幼いうちから即興詩の才能のあったダリーオは、この小さな街で少年詩人と持てはやされながら、自由主義思想をもつ大人たちに感化を受けて、社会と文化の進歩についておぼろげに考えはじめたようだ。その芽はやがて、彼が主導者となる全スペイン語圏的な文学運動モデルニスモに結実するのだが、彼がレオンにいたころには、そんなことは本人ですら想像しなかっただろう。創作をつうじてダリーオが夢見ることになる世界最先端のきらびやかな「いま」と、時の止まったようなレオンの小路のなすコントラストに、圧倒されるような思いがした。

ダリーオは18歳でニカラグアを去り、死の前年まで、故郷にはほとんど戻らない。最初に向かったチリで、世界の流行に聡い文学青年たちと親しくなったことが、彼にとっての転機である。新聞記事を書いて日銭を稼ぎ、ろくなものも食べずに最新の型のスーツでめかしこみ、カフェや酒場で友人とパリの芸術を語るという生活のなかで、彼はヨーロッパの最新の美学への憧れをつのらせ、それを作品によって具現化するすべを模索するようになる。1893年から6年過ごしたアルゼンチンのブエノスアイレスで、いよいよ彼はイスパノアメリカの新しい文学のスター、モデルニスモの旗手として名を馳せる。

ダリーオの詩は、当時のスペイン語詩にはめずらしかった韻律をさまざまに用い、リアリズム傾倒の時代に非現実的なイマジネーションを称えた点において、たしかに新しかった。音声の響きも含んだ全体によって、存在しないものをイメージとして現前せしめる詩の言葉の力を、彼は信じ崇めた。

あれは北か、それとも南のほうだったか
時も日付も国も僕はわからない
でも知っている、エウラリアはまだ笑っていると
彼女の黄金の笑いは残酷で、永遠なのだと！　（「やわらかな調べのなかで」1893年）

ダリーオ、1895年
出典：アルゼンチン国立総合アーカイブ（Archivo General del Nación, Departamento de Documentos Fotográficos, Caja 50）

ダリーオの思いえがいた美は光、輝き、豊満といった素朴な価値をもつものであり、作品においてそれは白鳥、王女、宝石など、いかにもきれいなもののイメージに結びついているのだが、そういう彼の感性は、ともするとあまりに無邪気で浮世離れしたものに映るかもしれない。フランス文学の模倣こそを創作のベースにしていたこともあって、じっさいダリーオは不真面目だとか軽佻浮薄だとかいう批判をしばしば受けることになる。私もはじめは彼の作品をどう捉えたらよいか戸惑ったが、いまは、美しいものの美しさに熱狂する無邪気さ、真摯さこそが、その魅力なのだと考えるようになった。美への真摯な憧れ

と挫折、失望、そしてそれでもなおつづく憧れは、彼が49年の生涯のうちにのこしたさまざまな詩に表されている。１９００年代以降は、自身の経歴に言及するような箇所も作品の随所に織りこまれ、作品と彼の人生とが一体になってひとつのドラマを形づくりはじめる。例えば、１９０５年の詩集『生命と希望の歌』の冒頭の詩。

僕はむかしただわずかに
青い詩と瀆神の歌を唱えただけの者だ
僕の夜には小夜啼鳥がいて
それが朝には光のひばりになった

薔薇と怠惰な白鳥でいっぱいの
夢の庭園の主だった
キジバトたちの主、湖に浮かぶ
ゴンドラと竪琴の主だった

とても18世紀的で、とても古い
とても近代的で、大胆なコスモポリタン
そんな僕とともにあったのは、たくましいユゴーと漠たるヴェルレーヌ

そして幻想への限りない渇望

この詩は、『青』（１８８８年）や『瀆神の聖歌』（１８９６年）を書いたかつての時を、過ぎ去ったこととして一定の距離を置いてながめながらも、理想の美を追い求めていこうという変わらぬ意思をあらためて表明するものである。文壇の注目のなかで寄せられる数々の中傷に応えるように、同じ詩の中で詩人の声は、自身がてらいも偽りもなくひたむきに芸術に向きあってきたことを、つぎのように訴えている。

すべては切望、熱情、純粋な感覚と
自然の生命力。そこには偽善も
喜劇も作りごともない……
誠実な魂というものがもしあるのなら、それは僕の魂のこと

ダリーオは１８９８年末にスペインに渡り、１９１４年までマドリードとパリを中心に生活しながら、ドイツ、イタリア、ブラジル、メキシコなど、さまざまな地へ旅をする。スペインの若い詩人たちにも慕われ、名声はさらに高まっていくが、暮らし向きが豊かにはならない。生活を支えるのは相変わらず詩ではなく、ブエノスアイレスの新聞『ラ・ナシオン』に載せる記事の原稿料である。それも酒などにすぐ使ってしまうので、友人に宛てて借金を頼む手紙を書くこともある。まだニカラグア

ダリーオの育った街レオン（ニカラグア）、2015 年

にいたころから、彼は詩のなかで「放浪者」のモチーフをくり返し用いてきたが——それは理想をもとめて試行錯誤を重ねつづける、周囲の人間とは異質な芸術家のメタファーだった——、ここに来てそのモチーフは、故郷を離れ各地を転々とする彼自身のさまとも重なり、まるであてどなく無為にさまよう運命を示唆しているかのような、悲しい趣を帯びてくる。

こうして僕は、盲いて正気を失い、この世界を行く
道のりはときにはとても長く見え
ときにはとても短く見える……

（「憂鬱」、1905年）

第一次世界大戦が始まった1914年、平和をテーマにした巡回講演の誘いを受けて旅立った先のニューヨークで、ダリーオは病に倒れた。グアテマラにしばらく身を寄せたのち、ニカラグアへたどり着いた彼は、1916年、故郷レオンで息を引き取り、盛大な葬儀によって見送られた。

レオンの街の中心には、横にどっしりと広いファサードをもつバロック様式のカテドラルがある。

レオンに到着した日の午後に訪れてみると、正面の広場はベンチに腰掛けて談笑する地元の人たちでにぎやかだった。カテドラルに入って右手を奥に進んだところのひときわ太い柱の根本にダリーオの墓があり、先に到着した観光客が写真を撮っていた。

ニカラグアという出身はダリーオの創作に影響を与えただろうか、と考えることがある。彼の作品のなかに土着的なものの表現はほぼ見られないので、これとわかるような直接的な結びつきはないと言ってよく、正確なところはわからない。だが、ここにないもの、まだ見ぬものに向ける彼の猛烈な憧れを読むとき、私の脳裏には、レオンの素朴な街の片隅から世界を想う、そんな詩人の姿が浮かぶ。

〈棚瀬あずさ〉

III

20 世紀

第10章 オラシオ・キローガの短篇小説

密林の生と死

ウルグアイで、キローガの本をプレゼントされたことがある。1918年に発表された童話集、『ジャングルのお話』の新装版だ。奥付には2017年にマドリードで刊行とあり、紙工作の動物の画像がふんだんに添えられた瀟洒な造りで、スペインで賞も獲得したらしい。ほぼ100年が過ぎても、国内外で新たな読者を獲得し続けるキローガの根強い人気を再認識した。

オラシオ・キローガというと、「死に取り憑かれた作家」という印象が強い。どうもこうしてバタバタと人も動物も陰惨に死ぬのか。キローガ作品について書こうとすると、やはり生涯を通して死に囲まれた作家本人の生涯から語り起こさないわけにはいかない。

1878年、ウルグアイ第二の都市のサルトに生まれたオラシオ・キローガは、物心つかぬ生後2ヶ月から早くも死に付きまとわれる。祖先を辿れば高名なカウディージョ（地方政治のボス）に連なり、在ウルグアイ副領事を務めるアルゼンチン人の父親が、猟銃の暴発で死亡したのだった。母親の再婚相手である継父もまた脳卒中を苦に猟銃自殺を遂げ、オラシオはその第一発見者となる。パリ滞在を経てモンテビデオに居を定め、文学結社〈悦ばしき知のための枢密会議〉を組織しつつ詩文集『珊瑚礁』（1901）を発表するが、結社のメンバーでもあった親友フェデリコ・フェランドが決闘に向かうに際して銃の使い方を教えている最中、誤ってフェランドを射殺してしまう。心痛からブエノスアイレスに移ったキローガは、以後ウルグアイに長く留まることは決してなかった。

アルゼンチンでは以前から敬愛していたモデルニスモの大家レオポルド・ルゴーネスのもとに足繁く通う一方、そのルゴーネスと連れ立って1903年、北部ミシオネス州のイエズス会教化村跡を訪れる。この密林地帯に魅せられたキローガはやがて開拓プログラムを利用して同地に定住し、結婚し子宝にも恵まれ、失敗続きながらも田舎暮らしを謳歌しつつ短篇作品を発表していくものの、田舎暮らしに精神を病んだ妻アナが服毒自殺する。帰還したブエノスアイレスではウルグアイ領事館に閑職を得て、それまでに発表した短篇を選りすぐった『愛と狂気と死の物語集』（1917）を発表し、時代の寵児となる。以降、代表作となる短篇集を矢継ぎ早に発表していくが、20年代後半から創作意欲が衰えを見せ始め、また新世代の作家たちから時代遅れ扱いされる。諸々から逃れるように再びミシオネスへ移住するが、再婚した2番目の妻マリア・エレナと衝突し、娘ともども出奔される。そしてクーデタに伴うウルグアイの政情不安から領事館での職を失ったうえ胃がんの進行が発覚したキローガは、青酸カリをあおって自ら命を絶つ。

ミシオネスの密林を舞台とした短篇で知られるキローガだが、その作品を見渡してみると、題材に関しては「あらゆるものを少しずつ」といった趣がある。特に初期は都会を舞台としたものが多く、全篇ミシオネスものという構成は、それを殊更に意識した『故郷喪失者』（1926）のみだ。いずれの場合も、無駄な形容を廃した文体で際立った筋を持っている。ダリーオやルゴーネスに傾倒したモデルニスモ詩人として出発しながらもほどなくして短篇小説への才能に気づき、キプリング、ポー、チェーホフを範としたキローガは、短篇のあるべき姿について極めて自覚的な作家であった。あまりに有名な創作指南「完璧な短篇作家の十戒」（1927）では「最初の一語から、どこへ行くのか知らぬまま書き始めるなかれ」と宣言されるし、新世代からの突き上げを否応なく意識する中で書かれた「法廷にて」（1931）では、短篇小説を始めから終わりへとまっしぐらに飛ぶ一本の矢に譬える。余計な部分を削ぎ落とした簡潔さの中に、いかにして緊張を作り出すか。キローガの問題意識は、一本調子と言えるほどに揺るぎない。

その揺るぎなさは、前衛文学の洗礼を受けた後続世代にとっての不満でもあった。彼の最高傑作とも言われる『故郷喪失者』が発表された1926年は、失われたガウチョ（牧童）の世界を煌びやかなイメージで描き出すリカルド・グイラルデス『ドン・セグンド・ソンブラ』、大都会に生きる下層の若者の鬱屈をぶちまけるロベルト・アルルト『怒りの玩具』が登場した年でもある。文体への好みも物語の題材も刷新されつつある中、ボルヘスら若い世代が集った文芸誌『マルティン・フィエロ』は、実質的にキローガを黙殺した。

では実際、200を超えるキローガの短篇作品を今日読んでみると、どんな姿が見えてくるだろうか。登場人物の死という要素に頼るその物語展開は時として、特に怪奇的なイメージを使用した作品において安易な印象を与えるのは確かだ（その最も成功した例が、陰惨ながらも強烈な印象を残す「首を切られた雌鶏」だろう）。他方でいくつかの作品は、いわゆるラプラタ幻想小説の先駆けをなしている。人間になった虎の物語「ファン・ダリエン」、最初のミシオネス定住時にS・フラゴソ・リマの筆名で書かれた「人を殺した猿」（邦訳「転生」）といった変身譚からはポーやキプリングの影響が感じられ、またコルタサルのいくつかの短篇を想起させるところもある。また「幽霊」「吸血鬼」など映画の映像が現実を侵食する作品は、ビオイ・カサーレス『モレルの発明』にも通じるものがある――後年ボルヘスは一度ならずキローガ作品をこき下ろすことになるが、その批判を詳細に読んでみれば、彼が対照的に評価するルゴーネスの幻想短篇との違いも明確には説明されず、そのキローガ嫌いはどこか信念の問題といった色合いが強い。

幻想短篇で援用される科学的知識は、密林を舞台とした作品においても欠かせない。開拓者精神の中で、自然と科学は何の無理もなく結びつくのだ。「オレンジ酒を造る男たち」はその最良の例であり、過酷な自然の中で試行錯誤を繰り返す登場人物たちは、その悲惨な最期にもかかわらず精彩にあふれている。

概してキローガ作品の登場人物は、生に倦むことはない。抜きがたい虚無に捉われ生の意味あるいは無意味を問うたりはしないのである。そんな特質が一層鮮やかに表れているのが、彼の最高傑作にも数えられる「アナコンダの帰還」だろう。人間たちが川を上って自然を荒らしにくるのを防ぐべく、増水によって流される水草で川を堰き止めようと冒険に繰り出すアナコンダは、増水した川を下りながら、自分の納屋もろとも流されてきた瀕死の男を、どういうわけか他の動物から護ってやる。予想どおり死んだ男の傍らで、アナコンダの内心は次のように説明される。

オラシオ・キローガ

その男が何だというのか。彼を護ってやったのは明らかだ。毒ヘビたちの手から守り、一睡もせず、増水の陰で敵の残された命を支えてやったのだ。どうしてまた？　知ったことではなかった。死んだ男はずっとそこ、自分の納屋に納まったきりで、ふたたびアナコンダが思い出すこともないだろう。別のことにアナコンダは気を揉んでいたのである。

万物の生も死も押し流す自然の世界が、それ以上の意味づけもないままに投げ出されている。このようなヴィジョンあればこそ、例えば「死んだ男」や「息子」のように自己あるいは他者の死を前にした意識の流れを追う作品では、愛する家族の幻影が痛切さを帯びることにもなる。思えば『ジャングルのお話』にせよ、そこで描かれているのは、時に対立しながらも、互いに、そして時には人間たちとも手を取り合う動物たちの姿だ。逆に人間たちと蛇たちとの死闘を描き出す「アナコンダ」でも、一匹一匹の蛇たちの細やかな造型が物語に躍動感を与えている。充溢した生あればこそ、キローガ作品の死は最大限にその効果を発揮するのである。

２０１９年には、S・フラゴソ・リマ名義の小説集が、さまざまな国の研究者による論考と併せて刊行された。この側面も、今後さらに研究が進んでいくことだろう。キローガの生は、いまだ続く。

〈浜田和範〉

第11章　ガブリエラ・ミストラル

神格化されたイメージとその後

1945年にラテンアメリカの作家として初めてノーベル文学賞を受賞したガブリエラ・ミストラルは、スペイン語圏の女性作家の中で最もその名を知られた一人と言えるだろう。

ミストラルの本名はルシラ・ゴドイ・アルカヤーガといい、1889年4月、チリ北部の町ビクーニャに生まれた。学校教師だった父は音楽や詩を好む風流人であったが、放浪癖があり、ミストラルが3歳の時に家を出てしまった。15歳年上の異父姉が小学校の教員として働き家計を支え、ミストラルは母と共に異父姉の勤務地であるモンテ・グランデに移り住んだ。ビクーニャよりさらに内陸に位置するこの地は、ミストラルの詩に繰り返し登場する思い出の場所となっている。

ミストラルの幼少時代や青春時代は恵まれたものではなかった。姉の転勤により母とビクーニャに戻ったミストラルは他の同級生になじめず、教材が紛失した際にはクラスメイトや担任の教員から泥棒の汚名を着せられ、石を投げられて非難された。その後も合格した師範学校の入学が取り消されてしまったり、中学校の秘書の仕事に就いても、教育方針をめぐって校長と対立し辞職を余儀なくされたりと、ミストラルの苦難は続いた。その作品に、苦難や悲痛な思いが頻出するのはこういった体験のためと考えられている。また、敬虔なキリスト教徒である父方の祖母の影響から、聖書の教えは彼女の精神に深く根を下ろした。

絶え間なく彼女を襲う逆風の中、15歳の時に小さな学校の助教員として働き始め、やがて大西洋に面した港湾都市コキンボに転勤した。そこでは、連作詩「死のソネット」を執筆するきっかけとなる青年ロメリオ・ウレタとの出会いが彼女を待ち受けていた。この作品はのちに彼女の名を一躍有名にすることになる。

ウレタは鉄道会社に勤務していた素朴な若者で、2人は恋に落ちて将来を約束する間柄となったものの、やがて別れてしまった。新たな恋人ができたウレタだったが、金銭関係のトラブルが原因で自ら命を絶つ。彼と別れて時が経っていたにもかかわらず、ミストラルはその自死に大きな衝撃を受けたとされる。その死をきっかけに詩人は数篇の連作詩を執筆、そのうちの3篇をまとめた「死のソネット」が、1914年首都サンティアゴの詩のコンクールで最優秀賞を受賞した。このコンクールは当時最高の権威があり、ミストラルは詩人としての栄誉を手にした。

教師の仕事にも情熱を傾けた彼女は国内各地の学校で教鞭をとり、その詩は国語の教科書に取り入れられた。その結果、文人や教育者との知遇を得、当時チリを訪れていたメキシコの文部大臣ホセ・バスコンセロスが教育改革への協力を求め、1922年にミストラルをメキシコに招へいする。詩人はこれに応えて女性教育の向上のため、『女性読本』を編纂するなど尽力した。またこの時期、初めての詩集『荒廃』がニューヨークで出版された。

その後、チリ政府により国際連盟の知識人協力委員会の委員に選出され、フランスに赴任する。その間にミストラルは、ファン・ミゲルという名の男の赤ちゃんを引き取り、周囲には異母弟の子であると説明し大切に育てた。しかしファン・ミゲルは、1943年にミストラルが領事として赴任した先のブラジルで18歳の若さで死んでしまう。

ノーベル文学賞を受賞したのは、その悲しみのさなかであった。そののち在ロサンジェルス、ナポリ領事を歴任したのち1953年にはニューヨークに領事として赴任した。1957年がんのためニューヨーク郊外で死去。遺体はその後、チリで埋葬された。

その名を一躍有名にした「死のソネット」3篇は、現在に至るまで彼女の代表作の一つと呼ばれるほど有名な作品である。ウレタとの恋愛経験と、その死が引き金になって書かれたというエピソードに加えて、詩人が生涯独身であったことから、傑作「死のソネット」は「偉大な詩人の初めての、かつ生涯唯一の恋の産物」という幻想を生み出したのである。

ミストラルは、女性にとって母であることが最も大切な使命であると考え、子どもを求める気持ちや、不妊の女性の苦しみを詩に表現した。また、自身も教師として熱心に教育活動を行ったことから、チリでは「国民の母」との扱いを受け、その名は一種の「聖女」のように扱われた。

しかし、ミストラルが生前交わした恋文が死後に本として出版され、「初恋」と取りざたされたウレタとの交際以前に妻子ある男性と熱烈な恋愛関係にあったことが明るみに出た。また、秘書としてミストラルと親しい間柄にあった女性が、ミストラルが甥として育てていたファン・ミゲルは、実は詩人が秘密裏に産んだ実子であることを公の場で発言するなど、その死後、神格化されたイメージとは異なる側面が露わになった。

ある研究者によると、ガブリエラ・ミストラルは、知性だけでなくその飾らない寛容な人間性によって、祖国チリだけではなく世界中の多くの人を魅了したとされる。その詩作品は文学史上でたたえられながら、一見、ミストラルその人のステレオタイプ的なイメージを形成しているように思われる。その詩には、なれなかった母親、永遠に純潔な女性、世界中で愛された教師、つつましい大地に生まれた出自、平和や子ども、弱者の庇護者といったモチーフやテーマが繰り返し現れる。日常語を用い、ありふれた現実生活をうたいながら、詩中の声は力強く、重々しく、かつ素朴である。テーマの一貫性や重厚なリズムの多用が、時にその詩を単調に響かせることもあるが、そこには一貫して人生への深い探究や悲劇的な運命への言及がある。初期の連作詩「死のソネット」は、彼女の詩世界を味わうことができる格好の材料であろう。

Ⅰ

人々があなたを埋葬したその冷たい穴から
私があなたを陽の当たるつつましい大地に下ろしてあげよう。
皆は私がいつかそこで眠ることも、二人が同じ枕で
夢見るはずだということも知らなかった。

眠るわが子に向けた母親のやさしさとともに、

私はあなたを陽のあたる大地に横たえよう
大地は、傷ついた子どものようなあなたの体を受け止め、
柔らかなゆりかごとなるだろう。

それから私は土とバラの粉を撒こう、
青味がかったかすかな月の光が降り注ぐ中に、
あなたの軽い亡骸はとらわれていくのだろう。

私は美しい復讐の歌を歌いながら遠ざかる、
この秘めた穴の中には、あなたの一握りの骨を私から奪おうと、
どんな女性の手も降りて来ないだろうから！　（田村さと子訳を参照した筆者の訳）

死んでしまった大切な人が置かれた冷たい墓所から、陽の当たる温かい場所、それも「ゆりかご」のように包み込んでくれる場所へ連れ出してあげたい、というのが語り手の願いである。2人がやがてともに眠ることになることとは、他の人は知らない、いわば2人だけの秘密である。愛した人と再び結ばれたいという願いを持つ語り手だが、作中においては2人の関係に性的なイメージは薄い。その関係性には、母性が強調されているからだ。語り手の女性の愛情表現にはできるだけ母性を、相手の男性には「子ども」のイメージを重ね合わせるように工夫がなされ、それによって性愛ではなく、母

の子に対する愛に置き換えられている。

それにもかかわらずその世界は、最終連において一種のどんでん返しを見せる。唐突に歌われる「復讐の歌」は、他の女性の介入を拒む「私」の独占欲、嫉妬心といった激しい感情を増幅させる。読者はここに至って、母性のような愛で相手をいつくしむかのように見えていた女性が、実はその人を独り占めし、他の女性に奪われまいとする「母でない、女の顔」を見せることに気づかされる。

このようにミストラルの詩は、一見与えられるイメージとは異なり、比喩につつまれた奥行きのある精神世界に私たちをいざなう。そこで読者は、母性という仮面を脱ぎ捨てた、生々しい女性の感情を突きつけられるのだ。

〈駒井睦子〉

第12章　アルフォンシーナ・ストルニ、魂の詩人

自らを超えることを常に追い求めた不屈の精神

アルフォンシーナ・ストルニは、アルゼンチン北部のサン・フアン州に移住したイタリア系スイス人の両親の第3子として、父の病気療養のため帰国していた先のスイスで1892年5月に生まれた。一家は彼女が4歳の時にアルゼンチンへ戻ったが、その後も父の病状は思わしくなく、子どもたちは学校をやめて家計を助けるために働いた。父の病没後、彼女は働きながら小学校教員免許を取得し、サンタ・フェ州で教職に就いた。しかし家庭のある男性との交際で妊娠したため、職を辞し、単身で首都ブエノスアイレスに移り男子を出産した。当時のアルゼンチン社会ではシングルマザーとして生きていくのは楽ではなく、ストルニは職を転々としながら子どもを育てた。苦難の中で詩を書き、1916年に最初の詩集『バラ園の不安』を出版、男性が大半を占めていたブエノスアイレスの文学界に一石を投じ、やがて作家たちが集う晩餐に出席した最初の女性作家となった。

詩人として認められたストルニは再び教職に就き、その傍ら作家活動に従事した。1918年から1925年にかけ、恋愛や人生などをテーマにした4冊の詩集を出版した。ストルニはリサイタルで

芸術家たちが集った「カフェ・トルトーニ」内の「アルフォンシーナの広間」

詩の朗読を行うなど詩人としての活動だけでなく、全国紙『ラ・ナシオン』をはじめいくつかの雑誌や新聞でコラムを執筆するようになり、女性の生き方や男女の不平等に対する意見を積極的に述べた。しかしその生活はけっして華やかではなく、常に経済的な問題を抱え、過労のためか時に療養を余儀なくされた。

ブエノスアイレスの文壇には１９１０年代後半から欧州の前衛文学運動が伝わった。その影響を受けた一部の若い作家や作家志望の青年たちは文学活動に積極的に身を投じ、誌上だけではなく実際に顔を合わせて文学談義をしたり、自身の作品を朗読したりし、文学を通じて交流を深めた。芸術家たちが集ったブエノスアイレスのカフェ「トルトーニ」では、今でも当時をしのばせる作家たちの肖像画や自筆原稿、写真、レリーフなどが展示されている。ストルニに関わる展示も見ることができるうえ、ピアノと小舞台がある奥まった部屋には「アルフォンシーナの広間」というプレートが掲げてある。

ストルニは詩の中で、彼女にとってもっとも身近なテーマをわかりやすい平易な言葉で表現している。その名を現在まで不滅のものとしているのは、まぎれもなくフェミニスト作家のさきがけとしてだろう。初期の詩「雌狼」は、子どもを持つ雌の狼が、孤独に強く生きていく決意をうたったもので、シングルマザーとして都会で生きていくストルニが自身の状況を反映させた詩とみなされ注目を浴びた。

私には愛の結晶の息子が一人いる、法の外の愛の、
私は他の女たちのように、首枷をはめられた牛の一族には
なれなかったから。私の頭が自由に上げられるように！
私はこの手で草をかきわけたい。（「雌狼」）

また2冊目の詩集『甘美な痛み』に収録されている「あなたは私に白さを望む」というタイトルの作品において、奔放な恋を楽しむ男性が自分の恋人の女性に一方的に「白さ＝純潔」を要求する理不尽さを糾弾した。

ストルニはそのような男性への批判だけでなく、恋愛の喜びに浸る女性、失った恋への苦しさを告白する女性、コケティッシュに男性を誘惑しようとする女性など、さまざまな女性の声をうたった。一見、「恋する従順な女性」と「既存の男性中心的な社会へ抗議の声をあげる強い女性」という2つのタイプが描かれるように読まれるが、それらの女性たちはより複雑な内面を持つ。例えば、コケティッシュに振舞う女性は、実は男性を意のままに従わせようと目論むしたたかな面を見せる。また、恋人の来訪を待ちかねている女性の心情をうたった作品においても、実は鉄柵に囲まれた家で女性が感じている閉塞感が読み取れる。ストルニの手によって造形される女性たちは、男性作家がしば

しば描く理想の女性像や、詩のインスピレイションを与えてくれる女神（ミューズ）として描写するような「美しく、従順で純潔な女性」というステレオタイプに収まることはない。ストルニが描くのは、女性の持つ多面性、心情の揺らぎ、矛盾などを含むリアリスティックな内面性である。

１９３４年に詩集『七つの井戸の世界』を上梓し、テーマ、形式共に前衛文学に接近した、これまでとは全く異なる詩を発表した。そこではこれまで彼女が数多く手がけてきた、女性の語り手による内面描写は姿を消し、物質や風景を主題においている。中でも「海」と「都会」をテーマにした作品が際立つ。ストルニは「海」を生命が循環する場とみなしていたようである。一方ブエノスアイレスを彷彿とさせる「都会」は、いずれも暗く、寒々しく、非人間的な場として描写されている。アルゼンチンは１９２０年代後半から、政治・経済的な混乱状態にあり、１９３０年には軍事クーデタが起き、文学運動もやがて下火になった。こういった社会情勢が、ストルニの都市に対するイメージに影響したのだろう。

１９３８年のストルニの死後、同年に出版された8冊目の詩集『デスマスクとクローバー』では、収録した52篇すべてが14行のソネット形式で書かれている。スペイン語の定型ソネットでは脚韻を踏むことが決められているのに対し、ストルニは敢えて韻を踏まない詩行にし、その形式を自ら「アンティソネット」と命名した。作品のテーマは前作よりさらに多様化し、アルゼンチンとウルグアイの間を流れるラ・プラタ河についての連作、滞在先のウルグアイで五感で感じた風景描写、機械化した愛の神エロスへの破壊行為、自殺してしまった友人（ウルグアイの詩人オラシオ・キローガ）へのオマージュ、子どものボールと襲われる小鳥が脈絡なく並置される情景など、実にさまざまな内容の詩が列挙されている。説明を一切省いた、シュルレアリスムへの接近が読み取れる。
ストルニは20年以上にわたる詩作の中で、常に新たな作品世界への挑戦を続けてきた。その生い立ちは決して恵まれたものとはいえず、十分な文学的な素養を得ることなくほぼ独学で詩を書いたため、教養溢れる言葉遣いや表現を用いることなく、身近な言葉遣いでわかりやすい作品を生み出した。「大衆的」といった批判を時に受けることもあったが、その作品からは彼女が常に真剣に文学だけでなく、人生に対峙してきた強い思いがうかがわれる。当時は先進的であったフェミニズム的な思想を詩に表現したのも、ストルニが実人生で感じたジェンダー間の不平等や女性蔑視に抗議の意を込めたからに他ならない。

ストルニの墓に造られたモニュメント

ストルニは創作初期の、女性の心情をうたい込めた作品の成功に甘んじることなく、自分にとって常に新しい詩を追い求めた。彼女よりも技術的に長け、洗練された言葉を用いた作品を書いた詩人はいるかもしれないが、常に真摯に生に向き合う強い決意がうかがわれるそれらの一行一行を読んだ後では、そういった詩人の詩は時に空疎な言葉遊びのように感じられることがある。本稿の筆者にとって、ストルニには「魂の詩人」という呼び名がふさわしい。

〈駒井睦子〉

第13章 セサル・バジェホ

生誕地アンデスの町を訪ねて

ウルグアイ出身の詩人オラシオ・フェレールの「我が死へのバラード」は〈私はブエノスアイレスで死ぬ／それは夜明けになるだろう〉という忘れがたい2行とアストル・ピアソラの曲によって世界的に知られるようになったが、当時スペイン語圏でこれを聞いた多くの人はペルーの国民的詩人セサル・バジェホ（1892～1938）の詩「白石に重なる黒石」を思い出したに違いない。〈雨ふるパリで俺は死ぬ／すでに記憶がある日に／俺はパリで死ぬ——そして逃げない——／たぶん今日みたいな秋の木曜だ〉。

いずれ訪れる死の瞬間を淡々と呟く声。

フェレールを含めた20世紀後半のスペイン語圏の表現者たちに大きな影響を与えたこのアヴァンギャルド詩人は、1923年に故国ペルーから逃れるように渡欧して以降、主にパリを拠点としつつ、日常に潜む説明のつかない不条理、理由もなく襲いかかる苦痛、人の味わう徒労と無力感、それでも生きざるを得ない哀れな人間が直面する不毛な現実といったテーマを造語も駆使した独自のスペイン語で詩に昇華させた。

〈もうじき朝が来る／そのでっかい腸をしっかり握れ／思索の前に考えろ／だって恐ろしいぞ／不幸が我が身に降りかかるのは／歯がぽろりと抜け落ちるのは（「みじめな奴ら」）〉。歯が抜け落ちる、とげが指に刺さる、寒さに震える男が血を吐く、内戦下のスペインで子どもが殺される……。現代の都市に生きる名もなき人間が味わう瞬間の災厄には合理的理由もなければ歴史的根拠もなく、それを綺麗に説明できる言葉は誰も持たない。そのような実存主義的立場から表現行為を模索し続けたバジェホの詩は異様に捻じれている。

　その特異な文体ゆえにバジェホは詩人のための詩人に分類できる。敢えて比較対象を挙げるなら、極めて万人受けする詩を量産したパブロ・ネルーダとは真逆の、読み手を選ぶ表現者だったと言えよう。右に引用した2つの詩を含む渡欧後の作品は多くが生前未刊行のままだった。それらは本人の死後に周辺の人々による地道な編纂活動と学術研究や翻訳などを介して少しずつ国際的に知られるようになり、その過程でバジェホは故国ペルーにおいても国民的詩人としての地位を確立していった。難解で知られるバジェホの詩はそれを味わい解読しようとした世界中の読み手によってじっくりと価値を付与されてきたと言っても過言ではない。

セサル・バジェホ

　いっぽう現在のペルーでは、バジェホの渡欧後の詩よりむしろペルー時代の二詩集、すなわち第一詩集『黒衣の使者ども』（1919）と前衛詩集の極致『トリルセ』（1922）が好まれる傾向にある。バジェホが都市における人間のフラジャイルな生や瞬間的な不条理を詩として切り取る傾向にあった背景には、幼少期に故郷のアンデスの町で体験した充実した時間とその喪失という出来事があった。その中核には共にガリシアから移住してきた2人の司祭と先住民女性との間に生まれた（ラテンアメリカに典型的なメスティソ、すなわち混血の）両親をはじめとしたアルカイックで神話的な家庭の記憶がある。アンデスの子宮的空間はしばしば父や母の肉体そのもののイメージによっても提示される。ペルー人に最も愛されているバジェホの詩のひとつ「遠い道のり」がその代表例であろう。

〈家は孤独で音もなく／便りも緑も幼年期もない／今日の午後に何かが折れ／下りきしむなら／それは二本の白くくねる旧道だ／俺の心臓がその道を歩いて行く〉。

この詩では年老いた両親が山の彼方から降りてくる2本の道になぞらえられ、そこを詩人の肉体の一部で生命の象徴でもある心臓が歩いて行く。ペルーでは中等学校の課題でこの詩の解釈を必ずさせられる、アンデスの孤独で音もない家とはいかなる環境なのか説明させられると聞いたことがある。

このアンデスの町は具体的にどのようなトポスを形成しているのだろう。2015年に世界中のバジェホ研究者がペルーに集結した際に企画され、筆者も参加した、バジェホ生誕の町見学ツアーの記憶をもとに再現してみることにする。

首都リマから空路で1時間のところに北部を代表する沿岸都市トルヒージョがある。近隣のインカ以前に栄えたチムー王国の遺跡チャン・チャンは、海沿いの砂漠に広がる砂と日干し煉瓦の死せる都市だ。ペルーの沿岸部は、主に東側のアマゾン方面に水を供給するアンデス山脈と太平洋を流れる冷たいフンボルト海流とに挟まれ、雨の降らない砂漠であるのに年中湿度が高いという独特な気候を有する。主観的に言えば不毛でじめじめしている。ところがそこからバスに乗り3～4時間もすると巨大な峡谷が視界に入り、殺風景だった沿岸部の岩と砂の世界が果てしなく広がる緑の沃野に一変する。アルパカやリャマといったアンデス特有の動物たちの姿も目に留まる。低地に住んでいる我々は酸素の欠乏を感じだすが、空気そのものは澄み切って乾いている。太陽も雲もいまにも手の届

サンティアゴ・デ・チューコ遠景（Lacobra Scarone, CC BY-SA 3.0 DEED）

町の入り口には「ペルー詩の首都」の案内が

生家の中庭で詩を朗読する少年

きそうなところにある。真昼の静寂が見渡す限りを支配している。バジェホが生まれた町サンティアゴ・デ・チューコは標高3120メートルの尾根上に位置する町であった。
レコンキスタ以来スペイン軍人の守り神だったサンティアゴ（聖ヤコブ）を命名されているのを見ても分かるように、この町はインカ征服から間もない1553年スペイン人コンキスタドールによって築かれた。楕円状に広がる町の西の端には水源でもある峰がそびえ、反対側の東の端には墓地があり、その前に聖ヤコブの像が立つ。町民は先祖たちが眠る墓地から昇る朝日を拝み、日暮れ時には生命の源である峰を仰ぎ見る。ここでは生と死が毎日のように安定した循環を繰り広げ、それを500年のあいだに根付いたキリスト教信仰と先住民土着の山岳信仰が同等に支えている。筆者がそこで目にしたのは、町に生きる人々の主観世界を律する強固な秩序と安定感だった。
バジェホの生家は現在一般公開されている。町長も務めるなど有力者だった父の権威を忍ばせる立派な屋敷で、中庭では地元の小学校から選ばれた児童がバジェホの詩「我らのパン」を暗誦してみせた。〈できることなら家々の扉をたたき／誰でもいいから尋ねたい／それから貧しい人たちに会い／黙って涙し／焼きたてのパンを分けてあげたい〉。

バジェホはこの理想郷を10代で去り、沿岸部とアンデスの狭間にある農場で植民地以来続く搾取の構造を目の当たりにした後、トルヒージョという霧で覆われ太陽が見えない〈下界〉の都市で西欧の文物や近代文明に触れる。そして第一詩集『黒衣の使者ども』を刊行して久々に帰郷した彼を待っていたのは、聖ヤコブ祭の喧騒のなかで起きた町役場放火事件だった。都会から帰還したよそ者はもはや共同体の一員とはみなされない。冤罪による3ヶ月の投獄体験という楽園喪失とも言える出来事の直後、バジェホはヨーロッパへと渡り、二度とペルーへ戻ることはなかった。

代表作『トリルセ』の刊行された1922年はジョイスの『ユリシーズ』やエリオットの『荒地』とも重なり、バジェホはしばしばヨーロッパの前衛文学「にもひけをとらない水準の辺境の作家」と称揚されがちであるが、その詩風や土俗性はむしろ1924年に『春と修羅』を刊行した宮沢賢治のそれに重なり合う。今後もその詩はペルーアンデスの表象群のひとつとして様々な読まれ方をしていくことであろう。

〈松本健二〉

第14章 創世の堕天使、ビセンテ・ウイドブロ

スペイン語圏前衛主義《アヴァンギャルド》の覚醒

「墓を開けてごらん／この墓の奥に海が見えるだろう」

首都サンティアゴから約80キロ、バルパライソ州の保養地カルタヘナの海と街を遠望する山腹に、ビセンテ・ウイドブロ（1893〜1948）が眠る。詩人の名がつく通りを海岸から上ると、路面が未舗装になる辺りに《詩人の楽園《エデン・デル・ポエータ》》という分かれ道があり、途中に最晩年に暮らした屋敷が構える。白壁に緑色の縁取りが映える建物は現在、記念館になっている。墓所まではもう一足。銘板のうえの碑石に、愛娘と友人の詩人アンギタによる先の銘文が刻まれている。

ウイドブロは、20世紀前半のスペイン語詩に新たな地平を切り開いた。モデルニスモにおいてダリーオが果たした役割を、スペイン語圏への《前衛主義《アヴァンギャルド》》の導入の過程で演じた。代表作『アルタソル』（1931）は、スペイン語前衛詩がきわめたもっとも高い峰の一つとみなされる。それは、詩人が提唱した孤高の、しかし広範な影響力をもった文学理論《創造主義《クレアシオニスム》》が、懐胎から四半世紀を経てたどり着いた到達点であった。

《創造主義》の萌芽は、1916年の詩集『水鏡』の一編「詩法」に見つかる。そこでは、バラの美を称えるのではなく、詩語をもってバラを咲かせるのだと、自然から独立した詩による世界の創造が謳われる。そして、「詩人は小さな神だ」という末尾の一行こそが《創造主義》の最初の宣言だとされてきた。

チリの名家に生まれたウイドブロは、並木が美しい首都の目抜き通りの邸宅で育った。文筆を嗜む母の手ほどきを受け、18歳の年に第一詩集『魂のこだま』（1911）を出す。2作目『沈黙の洞窟』（1913）では、若いミストラルの好評を得た。続く『夜の歌』（1913）の第2部「夏の日本情緒」には、詩行で図像を描くカリグラムの詩を載せている。後年、それをアポリネールに先んじる試みであったと主張するが、何事でもつねに先駆者たることを欲した。

墓所への案内板（Rodrigo Fernández, CC BY-SA 3.0）

ネルーダ、デ・ロカ、ブニュエル、ガルシア・ロルカ、ブルトン……、いつも論争の渦中にいたウイドブロは、始まりから反逆児であった。初の散文集『徒然に……』（1914）では、イエズス会の教師たちを難じて回収騒ぎを起こした。同年の講演「わたしは仕えない《ノン・セルヴィアム》」は、エマソンの感化のもとに自然からの詩人の自律を訴えたものだが、そうやって示されたルシファーのごとき反逆精神は《創造主義》の先触れである。

1916年、『創世記』とは無縁の最初の科学の人

Thesa
La bella
Gentil princesa
Es una blanca estrella
Es una estrella japonesa.
Thesa es la más divina flor de Kioto
Y cuando pasa triunfante en su palanquín
Parece un tierno lirio, parece un pálido loto
Arrancado una tarde de estío del imperial jardín.

Todos la adoran como a una diosa, todos hasta el Mikado
Pero ella cruza por entre todos indiferente
De nadie se sabe que haya su amor logrado
Y siempre está risueña, está sonriente.
Es una Ofelia japonesa
Que a las flores amante
Loca y traviesa
Triunfante
Besa.

カリグラムの詩

間を扱った詩集『アダム』を出した後、祖国の文壇を嫌って渡仏を決めた。途次のマドリードでは、芸術の新潮流の理解者ゴメス・デ・ラ・セルナらの交流茶会《テルトゥリア》に参加した。パリに着くとキュビスムの詩人ルヴェルディの知己を得て、アポリネールの新精神《エスプリ・ヌーヴォー》を掲げる「南北《ノール＝シュド》」誌に携わった。ジャコブ、デルメ、サンドラーズ、エリュアール、コクトーらの詩人と交わり、ドローネー夫妻、リプシッツ、ディエゴ・リベラ、グリスら造形芸術家とも親交を結んだ。ピカソには『選ばれた季節』（１９２１）の口絵を飾る肖像を贈られた。ツァラらダダのグループにも接近し、ヒュルゼンベッグの『ダダ大全』（１９２０）に寄稿、後にはアルプと短篇小説集の共作も果たした。

１９１７年、渡欧後初の詩集『四角い地平線』を、翌年の『エッフェル塔』や『アラリ――戦争の詩』と同様にフランス語で刊行した。書名の奇抜な形容は詩による独自の世界の創造を含意する。飛行機のような現代のモチーフを用いつつも未来派がそうしたように機械文明の賛美に向かわず、むしろ第一次世界大戦の影を濃く映している。形式の上では、句読点の廃止や文字の配置などの視覚的効果を重視する同時主義的なキュビスムの実践であった。スペイン語による『赤道』と『北極の詩』——ともに１９１８年の印刷。黙示録的な長詩である前者の評価はことに高い——にも見出される特徴である。

ウイドブロは大西洋の此岸と彼岸を繋ぐ往来した。マドリードでも自らのテルトゥリアを開き、《１９２７年の世代》のラレーアやヘラルド・ディエゴのような若い詩人たちを魅了した。カンシノス・アセンスやギリェルモ・デ・トーレが導き、青年ボルヘスも加わった前衛芸術運動《超越主義《ウルトライスモ》》は、隠喩の多用や視覚の冒険を特徴としたが、その刺激なしに誕生し得なかったものだ。

前衛主義運動の多くが各々の主張を宣言として発した。ウイドブロもそれに倣い、《創造主義》の理論を再々公刊している。１９２５年には『いつもの秋』と『突然』の2冊の詩集に加えて宣言集『マニフェスト』を出版したが、『シュルレアリスム宣言』に対抗する意識の強い表れであった。

詩人の肖像

詩作の頂点は１９３１年に訪れた。『アルタソル』である。この韻文の長詩では、「高い《アルト》」と「大鷹《アソル》」の名をもつ詩人の分身に落下傘での下降の旅を通じて詩語の徹底した解体と再構築を体験させている。同年の散文の長詩『天震』はこれと双をなし、ニーチェの《超人》とワーグナーの『トリスタンとイゾルデ』から着想した上昇の旅を歌った。どちらも万端整え世に出たもので、今は高評を得ている。しかし、当時の反響は薄く、この１９２６年のノーベル文学賞の候補者の稀世の作品に相応の評価がなされるには時間を要した。

2編の長詩と前後して『わが英雄シド』（1929）や『ジル・ド・レ』（1932）といった小説が続けて発表された。近未来小説『来るべきもの』（1934）は、アンゴラの理想郷の建設の物語を通じて近代戦争の予感を伝える。米国で無声映画の脚本賞を得た『カリオストロ』（1934）は、トーキーへの移行で撮影がお蔵となったが、映像技法を取りこんだ《映画小説》として成就した。

1941年には、詩集『見ることと触れること』と『忘却の市民』が出た。出立と帰着、そして死の意識が根底に流れるものだが、没後出版の『最後の詩集』とともに、かねて実験的な手法を選びながら冷たい詩に陥らず、事物の人間化を求めた詩人の意思が躍如である。

ウイドブロは1948年、従軍記者を務めた第二次世界大戦での負傷がもとで脳溢血に倒れた。世を去って後、彼が絶えず身を置いた詩の最前線を後続たちが次々と越えていった。今日、《創造主義》の技法のすべてが必ずしも驚きではない。しかし、新奇であることの向こう側に、皮肉で辛辣、遊戯好きでユーモアを秘めた、ときに虚言も弄す愛すべき詩人の姿が映るその詩は、われわれを引きつけてやまない。

〈鼓宗〉

第15章 マリオ・ヂ・アンドラーヂ

早すぎた魔術師

1893年にブラジル最大の都市サンパウロで生まれ、詩人として出発したマリオ・ヂ・アンドラーヂは、世紀転換期のヨーロッパで、シュルレアリスム、キュビスム、未来主義などとして起こった芸術の新しい意識に影響を受けてブラジルで前衛芸術の領野を切り拓いた一団を先導する一人だった。1917年、ヨーロッパの影響を強く感じさせる詩集『どの詩篇にもひとしずくの血』を公刊し、画家アニータ・マウファッチや詩人オズヴァウド・ヂ・アンドラーヂ（マリオと名字は同じだが縁戚ではない）の知己を得る。

1922年2月、マリオは、オズヴァウドやアニータ、土着音楽を取り込んで創作する作曲家エイトール・ヴィラ・ロボスらとともに、サンパウロ市立劇場で〈近代芸術週間〉と題する催しを開く。展示された美術作品には、ベルリンやニューヨークで表現主義の絵画を学んだアニータの《黄色い男》などがあった。作家モンテイロ・ロバートはアニータについて「異常な仕方で自然を見る」「パラノイアを持った」芸術家と断じたことがあったが、このときサンパウロ市立劇場を訪れた人の多くも同様の印象を受けたようだ。

作家グラッサ・アラーニャが「近代芸術の美的感情」を読み上げて聴衆に困惑を引き起こしつつ幕を開けた〈近代芸術週間〉の初日には、ピアニストのエルナーニ・ブラーガが、ショパンのパロディであるエリック・サティの《無柄眼類の幼生》を演奏した一方で、別のピアニスト、ギオマール・ノヴァイスはこれをショパンやロマン派音楽への侮蔑と取って抗議の意を表明した上で、2日めの舞台でブランシェの《古い後宮の庭で》、ヴィラ・ロボスの《ピエロの子馬》、ドビュッシーの《グラナダの夕べ》《ミンストレル》を演奏した。3日めにはヴィラ・ロボスが自作曲を他の演奏者とともに披露し、好感を持って受け止められた。現在ブラジルを代表する音楽家として知られるヴィラ・ロボスは、正式な音楽教育はわずかしか受けなかったものの、先住民や黒人の音楽を取り入れて独自の作風を築いていた。

このように、ブラジルの新しい現実を描く芸術を提示した〈近代芸術週間〉は、さまざまな方向性をはらんでいた。ヨーロッパの新しい芸術の動きを模倣しつつブラジルらしさを定義する芸術を模索していた主催者のオズワウドやマリオは、スキャンダルを起こすことを狙っていた節さえある。既成の美意識を破壊することに挑む作品への観衆の反応では、称賛よりも激しい罵声が目立った。

オズワウド、マリオら〈近代芸術週間〉の主催者たちはその4ヶ月後に、自分たちの企図や活動を広めるため『クラクソン』という月刊誌を創刊する。ポルトガル語やフランス語の詩や評論を主体としたこの雑誌に、マリオはギオマール・ノヴァイスをめぐる評論を掲載し、その技巧を称賛しつつも、彼女があくまで「ロマン派的なピアニスト」だと主張し、〈近代芸術週間〉で弾いたドビュッシーの2曲について、《グレナダの夕べ》は「彼女の指から生き生きとほとばしり出」ないし、「《ミンストレル》の諧謔《アイロニー》は（…）彼女に気づかれないまま過ぎ去る」と断じ、さらにそのドビュッシーは、「ヨーロッパではすでに過去の音楽家である」とも書いている。

ここにはヨーロッパの流行の先端を追う者こそが優れているという素朴な前提が透けて見える一方で、のちに彼が突き詰めるような、ブラジルの再定義と創造という近代主義《モデルニズモ》の志向は見えない。これら、矛盾するとまでは言えないとしても一貫しているとも言えない2つの傾向は、ヨーロッパの最新の空気に触れる機会に恵まれた若き芸術家たちが、やや性急にブラジル芸術を革新しようと開催した1922年2月の〈近代芸術週間〉それ自体がはらんでいたものでもあった。

その後マリオは、1927年、彼が力を注いでいたインディオ研究の成果とも言える詩集『ジャブチー亀の一族』と、サンパウロの上流家庭を舞台にした長篇小説『愛するという自動詞』を公刊した。マリオ・ヂ・アンドラーヂの名前はとりわけ、1928年の小説『マクナイーマ——つかみどころのない英雄』によって記憶されている。先住民の民話を採集した複数の文献からさまざまな物語を取り込んで、現代の小説として再話したこの作品でマリオは、「黒い肌」のインディオの子どもで、怠惰で好色で下品で幼稚で豪放なマクナイーマを「ブラジル人の象徴」として書いた。

詩人カルロス・ドゥルモン・ヂ・アンドラーヂは、ペレと共にサッカー・ブラジル代表の2度のワールドカップ優勝に貢献したガリンシャへの追悼文で、「愛すべき無責任さ」を持っていたこの名選手について、「陽気で気ままで軽はずみで、マクナイーマのような天与の賢さを持ちながらも無垢なガリンシャ——身近なところにまじめな英雄も、日々の生活に必要な奇跡を起こす聖人も見つけることのできないブラジル国民を夢中にさせる彼のモデルとして、マクナイーマよりふさわしいものはないだろう」と書いたが、そこにはマクナイーマをブラジル人英雄の原像と捉える意識が表れている。

また、映画監督のスザーナ・アマラウは、クラリッセ・リスペクトルの小説『星の時』（1977年）を映画化する際、無知で自分が不幸であることを知らない（そのために幸福でさえある）19歳の少女マカベーアについて、「マカベーアはつかみどころのないヒロインだと思います」「マクナイーマに対応する人物と言えるでしょう。彼女はブラジルのイメージなのです」と述べている。

小説『マクナイーマ』の文体は、語りの文にも砕けた口語、「ごた混ぜの言葉」を用いていることに特徴がある。第9章「アマゾンの女たちへの手紙」では、旧派に属する詩人たちが好んで用いた文語、美文調が揶揄されてもいる。上流階級の嗜みとしての芸術から離れ、むしろ土着のもの、庶民の日常の反映を追い求める姿勢は、19世紀から続く、ブラジルとは何かを定義しようとする志向に通じるものでもある。

第5章「巨人のピアイマン」では、生まれ育ったアマゾンの奥地から旅立ったマクナイーマと兄たちが、近代の大都市サンパウロに初めて足を踏み入れ、先住民のいわば「原初のまなざし」で物事を捉える。「ふわふわの煙を実らせた椰子の木」は煙突のことだろう。車やバスは「アリクイ」、ネオンサインや信号は「火吹き蛇ボイタター」、高いビルは「パラナグアーラ山よりも高い小屋」と名指される。

ガブリエル・ガルシア・マルケスら1960年代のラテンアメリカ文学ブームを代表する作家たちの作品では、ヨーロッパからのコロンブス的なまなざしで新世界の現実の「驚異」を描くものが目立っていた。いっぽうで『マクナイーマ』は、逆向きのまなざしでブラジルの「驚異」を捉えているが、滑稽さを誇張して現実味を感じさせる両者の書き方には通じるものがある。その源流は、ガルシア・マルケスとマリオが揃って影響を受けているフランソワ・ラブレーの作品にもあるのかもしれない。

文学史家フランコ・モレッティは、ガルシア・マルケスが熱狂をもって世界で受け入れられたことについて、「あたかも天才の閃きが、ヨーロッパの教養ある読者層が抱いていたひそかな望みをガルシア・マルケスに対してあらわにしたようだ。すなわち、ふたたび物語を信じたい、という望みを」と書いている。ミシェル・フーコーは、西欧近代において身体が知の対象となり、権力（生権力）による統治の領野となることで性の容態をめぐる言説が多産されるのと並行して、文学は「汚辱」「語りがたいもの」の言説となったと考えた。

叙事文学の核だった「偉業」「驚くべきもの」「幻想的なもの」は、近代小説において閑却されるようになっていた結果、ラテンアメリカ文学における「魔術」「驚異」は、すでに失われたかつての叙事文学とつながるものとして、西欧の幻想の枠組みのなかに収まるべき空き場所を予め持っていたと言える。流行に30年余り先立って現れたせいか、現在でも世界で認知されているとは言いがたいマリオ・ヂ・アンドラーヂのこの小説は、逆にそのために新しさを失っていない。

１９３４年から４年間はサンパウロ市文化局長、38年からは当時のリオデジャネイロにあった連邦区大学芸術院長を務めたが、リオの空気が肌に合わず抑鬱に苛まれるようになり、41年にサンパウロに戻って国立歴史芸術遺産局に勤めるも、45年に死去した。前述の作品の他にも、詩集、音楽論、文学論など数多くの著作を残しているが、散文での創作には他には『二階』（26年）、『ベラザルチス短篇集』（34年）、『新短篇集』（46年、没後刊）の３つの短篇集があるのみで小説家としては寡作だったし、『マクナイーマ』のような作品は二度と書かれなかった。

〈福嶋伸洋〉

第16章 ホルへ・ルイス・ボルヘスの詩学

重複と欠落を行き来した彼の「モドゥス・オペランディ」

短篇作家ボルヘスの誕生

「長大な作品を物するのは、数分間で語りつくせる着想を五百ページにわたって展開するのは、労のみ多くて功少ない狂気の沙汰である」（『八岐の園』序文）と述べるホルへ・ルイス・ボルヘス（アルゼンチン、1899〜1986）が短篇作家であることに異論はないだろう。実際彼は、長い作品をひとつも遺さなかった。代表作はどちらも短篇集である『伝奇集』（1941年）と『アレフ』（1944年）とされ、ロベルト・ボラーニョはこの2冊を、20世紀にスペイン語で書かれた最良の短篇集と評している。とはいえボルヘスは最初から短篇を書いていたわけではない。文学活動を始めるのは1920年頃、32年までに詩集を3冊、エッセイ集を5冊刊行する一方で、いまだ素描のような物語をはじめて発表するのは1927年、これが短篇らしくなって当時ボルヘスが編集していた雑誌（正確には新聞の週刊別刷り文化版）に33年に掲載される。同年から翌年にかけて、同じ雑誌で、世界の悪党の物語をシリーズで書き、どちらも1935年に『汚辱の世界史』としてまとめられる。後者

HISTORIA UNIVERSAL DE LA INFAMIA

El Espantoso Redentor Lázarus Morell

JORGE LUIS BORGES

El Homicidio, por Erik Wickenburg

『クリティカ』紙別刷り文化版1933年8月12日号に掲載された「汚辱の世界史」シリーズ第1作目

の小品を振り返ってボルヘスは「自ら作品を書く勇気はなく、他人の書いたものを偽り歪めることで自分を愉しませていた臆病な若者——作品はすべてこの若者の無責任なひとり遊び」（同書の再版に際して加えられた序文）と述べつつも、それが短篇作家としての真の出発点だったとしている。

翌年に出されたエッセイ集『永遠の歴史』に収録された「アル・ムターシムを求めて」は、イギリスに実在する出版社から実在の作家の序文とともに刊行された、存在しない探偵小説（の第2版）の書評である。ボルヘス自身が、自らに「短篇小説作家としての名声を与えることになる作品群を予示し、それらの原型ともなった」（「自伝風エッセイ」）と書いているこの作品は、「汚辱の世界史」シリーズとともに、彼の短篇作品を決定づける特徴を有している。すなわちすでに存在しているものを書き直す、語り直すこと、そして存在していないものをあたかも存在しているかのように書くこと、語る（騙る）こと、である。こうした重複（すなわち余剰）と欠落（言い換えれば捏造）は、ボルヘスの作品の礎となった。

ボルヘスの詩学を象徴する短篇「『ドン・キホーテ』の作者、ピエール・メナール」

習作とも言えるそうした作品を経て、代表作を構成する短篇群の嚆矢となったのが1939年の「『ドン・キホーテ』の作者、ピエール・メナール」（『伝奇集』）だ。「アル・ムターシムを求めて」は、『アル・ムターシムを求めて』なる書物が存在しないことをのぞけば、エッセイ集に収録されたひとつの「書評」であった。こちらもまた、ピエール・メナールという作家が実在しないことをのぞけば、形式としては単なる追悼文、作家評である。ボルヘスが得意とする疑似エッセイという作風は、それまで数多くのエッセイや序文、書評や作家評を手がけていたことを考えれば、彼にとって自然なものであったのだろうが、それ以上に「読者」としてのボルヘスのありようを反映している。語り手がピエール・メナールの「かぎりなく英雄的な、比較を絶した」作品として取り上げるのは、メナールが『ドン・キホーテ』を、一字一句違わずに「創作」しようとしてできあがった『ドン・キホーテ』の断片である。セルバンテスのオリジナルと字面はまったく同じでありながら、語り手はメナールの『ドン・キホーテ』を「無限に豊かである」と評価し、メナールの最大の遺産は、「未熟のまま停滞していた読書法を（おそらく望まずして）豊かなものにした」ことだと述べる。書く者、書くこと、書き方、について書かれているかのように見えるこの作品は、読む者、読むこと、読み方について語っているのだ。ボルヘスは、書物というのはたんなる「物」にすぎず、読者を得てはじめて「美」を生み出すと考え、「他の者たちは、自らが書くことになったページを誇ればいい。私は、私が読むことになったページを誇りに思う」（『個人図書館』序文）と書いている。ときにふれて、自分が数少ないテーマを何度も書き直してきたのだと告白し、自らの人生に起こった最大のできごとを「父の書庫」だと述べるボルヘスの「書き直し」の詩学は、よい作家としてよりよい読者であろうとする信念から生まれたものなのだ。一方でこの短篇の末尾には「ニーム、1939年」と、ボルヘスがその年にいたはずのない地名が記され、作者が語り手と重複し、あるいは作者自身が捏造され、虚構化されている。

重複と欠落

架空の天体の百科事典を語る「トレーン、ウクバール、オルビス・テルティウス」(『伝奇集』)、記憶が完全であるがゆえに一日を想起するのに丸一日を要する「記憶の人フネス」(『伝奇集』)、あらゆる言語で書かれたあらゆる書物が、これから生まれるあらゆる言語で書かれうるであろうあらゆる書物が収められているユートピアでありながら、一生かかっても読みうる言語で書かれた読みうる内容の書物に出会えないかもしれないディストピアでもある「バベルの図書館」(『伝奇集』)、宇宙のすべてをそのまま閉じ込めた小さな球体「アレフ」(『アレフ』)、アルゼンチン文学の金字塔『マルティン・フィエロ』の「スピンオフ」とも言うべき「タデオ・イシドロ・クルスの生涯」(『アレフ』)、とある帝国の原寸大の地図(『創造者』所収の「学問の厳密さについて」)、重複と欠落は表裏一体をなしながらボルヘスのとりわけ初期の作品のテーマとして、モチーフとして繰り返し登場する。やがて読者は、ボルヘスが、ヨーロッパ人到来以前に稠密な社会をもたなかったがゆえにヨーロッパをコピーするかたちで成立したと言えるブエノスアイレスを象徴する作家であることに、そしてその重複と欠落が、文学とその歴史、芸術、言葉、そして人間の営為そのものを表してもいることに思い当たる。

晩年の短篇集

50年代後半、遺伝でもともと悪かった彼の目がほとんど見えなくなり、読み書きに他人の手を借りざるを得なくなると、ボルヘスの文学活動は、いったん詩と、エッセイの変奏としての数々の講演、そして世界的名声に後押しされるように増加する対談、といったものが中心となる。ボルヘスほど講演録や対談集を残した作家はそう多くないだろう。ふたたび短篇を執筆するようになるのは60年代の終わりのことで、キプリングに倣って直截的な物語を書こうと、40年代の短篇作品と比較すれば平易な言葉遣いでアルゼンチンの歴史や伝説に根ざして書いた短篇が『ブロディーの報告書』（1970年）としてまとめられる。さらに後には、同様の文体でふたたび『伝奇集』や『アレフ』を書き直そうとするかのような作品群を収録した『砂の本』（1975年）を刊行している。最晩年の作品「一九八三年八月二五日」の登場人物の一人である61歳の「ボルヘス」は「あらゆる作家が最後には、そのもっとも明敏ならざる弟子になる」と言っているが、それは生涯を通じて読書を、再読を、読んだもの書いたものの「書き直し」をし続けたボルヘスならではの言葉だと言える。

〈内田兆史〉

アルゼンチン国立図書館前のボルヘスの像

第17章 ミゲル・アンヘル・アストゥリアス

詩的幻想を駆使して探求した見えないマヤ世界

ミゲル・アンヘル・アストゥリアス（1899〜1974）は1967年に「ラテンアメリカ先住民の民族性と伝統に深く根差した鮮烈な文学的業績」によりノーベル文学賞を受賞した。この年は三島由紀夫も候補だったことが近年判明して話題になったが、当時の日本でこのグアテマラ人の名を知っている人はごくわずかであったろう。この年に奇跡的に刊行された作家の初邦訳作品『緑の法王』の訳者あとがきで鼓直が「ノーベル文学賞を授与されるということがなかったならば、われわれのラテンアメリカにたいする関心の程度や方向から考えて、そのような状態がこんごもながくつづいたであろう」と述べているのも頷けるというものだ。この邦訳が世界革命文学選というシリーズの一冊だったこともあってか、この作家にはその後も長らく抵抗の文学者というイメージが付きまとい、そのそばには必ず重々しい表情をしたスーツ姿の晩年の写真が添えられていた。

子どものころからの宿敵ともいえる独裁者ミゲル・エストラーダ・カブレラ（大統領在任1899〜1920）をモチーフに、20代から30代にかけての十数年をかけて完成させた『大統領閣下』は、ラテンアメリカ文学の看板のひとつ、独裁者小説の嚆矢だ。中米各国にバナナ共和国という汚名を着せた米国のユナイテッド・フルーツ・カンパニーの想像を絶する経済的支配の実態を描いた『緑の法王』は抵抗の文学者アストゥリアスの面目躍如たる代表作である。こうした小説にはくっきりとした人物が登場する。『大統領閣下』の独裁者の腹心カラ・デル・アンヘルはいかにも近代小説的、つまり矛盾に引き裂かれる悲劇的人物として登場するし、実在した米国人ビジネスマンのマイナー・キースやバナナ王サム・ザムライを混ぜ合わせたような『緑の法王』の主人公ゲオ・メイカー・トンプソンは、その発言や活躍を読んでいて爽快感すら覚えるほどのピカロ（悪党）として描かれている。

人の精神に開いた深い闇とそこに差すかすかな光、どこまでも腐りきった現実世界とそこをしぶとく泳ぎ抜く抜け目のない人間。スペインのピカレスク小説に始まった近代西欧小説という表現形式にしっくりくる題材がここにはある。

20代のころのアストゥリアス

しかし先住民の伝統についてはどうだろう。

アストゥリアスは先住民の文化をスペイン語文学特有のリアリズムでは書けないことに気付いていたはずだ。マヤの神話的世界を題材にした初期の傑作『グアテマラ伝説集』、残念ながら邦訳がない『トウモロコシの人間』、仏語からの重訳で読める詩的散文『マヤの三つの太陽』の3つはいずれも広義の詩としか名付けようのない作品である。

若き日のアストゥリアスの写真を見ると、そこには言い知れぬ不安と果てしのない抒情を湛えた眼差しをもつ詩人がいる。彼は小説家としての批判的眼差しではなく、この詩人としての目でマヤ人たちの文化を透視しようと試みたようだ。たとえばグアテマラ屈指の古都を詠んだ「アンティグア・グアテマラとそこを窺う天使たち」と題する詩がある。

宗教建造物の都市よ！
そこでは神の泉が先住民の神々を語り
火山がものに落とす影は
甲冑の見る夢である

アストゥリアスの詩人としてのヴィジョンが花開いたのは言うまでもなく『グアテマラ伝説集』だ。その序文「グアテマラ」は何度読んでも素晴らしい。これこそが彼の詩の最高傑作と言えるだろう。読者は語り手と共にグアテマラの田舎の村へと入ってゆく。そこには植民地時代から続く貴族の末裔のセニョリータがいて、祝日になると姿を現し、ラテンアメリカ各地で〈貧乏人のチョコレート〉と呼ばれるイナゴマメの木のシロップをふるまう。木々が埋もれた古代都市の死者たちの息を吐きだし、壁を抜ける技をもつ刺青女が牢獄の周りをうろつき、カデホという犬の妖怪が女子の毛髪を奪いに来るが、それでも「都市の奥底では瞬きひとつなく、感知し得るものの肉体には実際なにひとつ起きていない」とあるように、小説世界のすべてが夢や言葉による空想、まさしく「甲冑の見る夢」に満ちていることが分かってくる。アストゥリアスはそれらを「夢のお化け」（cuco de sueños）と呼ぶ。

夢のお化けを介して幻視するグアテマラを体験できるかっこうの場所がこの序文でも描写されているアンティグアである。首都から車で1時間ほどの山間部にあり、スペイン人による建造時の姿がそのまま残る街並みを標高３７６０メートルのアグア火山が見下ろす。現在は米国人をはじめとする世界中の観光客が長期滞在をしながらスペイン語を学ぶ場所として栄え、古い教会のそばにwifiカフェが立ち並び、歩きにくい石畳の道を行き交うのはマヤ人のみならず白人からアジア人まで様々だ。ツアーに参加して少し足をのばせばアティトラン湖のほとりに暮らすマヤ人共同体の日常も垣間見ることができる。つまりアンティグアとは、マヤ世界にスペイン人の文化が重なって、さらに近代国家が成立して以降はグローバリゼーションの苛烈な力に蹂躙されてきたグアテマラという国の幾重にも重なる歴史を縦に見通せる都市なのだ。

聖週間中のアンティグア（撮影：寺田恭）

いっぽうアストゥリアスが『グアテマラ伝説集』を書く際にインスピレーションを得たあるテクストに関係するもうひとつの都市がある。かつてカクチケル人の都だったアンティグアから車で半日ほどのところにある、かつてキチェ人の都だったサント・トマス・チチカステナンゴだ。19世紀初頭にこのサント・トマス教会でヒメーネス神父が発見した、というより彼が発見してラテン文字に書き写し横にスペイン語の訳を付したいわゆるチチカステナンゴ文書、今日『ポポル・ヴフ』の名で知られている本の二度目の仏語版を、若き日のアストゥリアスは読んだ。オリジナルのヒメーネス神父版を持

チチカステナンゴのサント・トマス教会（Lucía García González, CC0 1.0 DEED）

ち帰ったフランス人ブラシュールによる一度目の仏語訳のさらなる焼き直し、これをアストゥリアスはスペイン語に翻訳しながら『グアテマラ伝説集』の構想を温めていく。『ポポル・ヴフ』のマヤ語版を書いた（か話した）のが誰（と誰）なのかは不明だ。それはおそらく過去の無数のマヤ人たちだろう。アストゥリアスはヒメーネス神父や2人のフランス人の翻訳を介してはるか彼方にいるチチカステナンゴの祖先たちを詩に昇華していったことになる。シュルレアリスムと呼ぼうが魔術的リアリズムと呼ぼうが、それはあくまでも詩的幻想なのだ。

現実のチチカステナンゴは幻でも詩でもない。サント・トマス教会は先住民の民間信仰の舞台となり、そこを取り巻く近郊最大の市には複数のマヤ語を話す人たちが集い、昼時になれば方々からトルティーヤを手でパンパンとこねる軽快な音が聞こえてくる。1000年以上の時を超えて先人の英知を受け継ぐマヤ人たちが、500年前のスペイン人による征服や近代の苛烈な国際経済による介入を経てもなおしぶとく営んでいる強くて美しい生がそこにはある。それはスペイン語を使っている限りは詩的に看取するしかない幻だが、24ある彼らの言語を介することでより豊穣な文学に昇華する可能性もある。

進化を続ける活字の『ポポル・ヴフ』、すなわち昨今のマヤ語文学の現状をアストゥリアスがどう受け止めるか尋ねてみたいものだ。

〈松本健二〉

第18章 フェリスベルト・エルナンデスの彷徨

ウルグアイが生んだ「誰とも似ていない作家」

フェリスベルト・エルナンデスの作品に魅せられた一人であるフリオ・コルタサルはその晩年、すでに亡くなったこのウルグアイ人ピアニスト兼作家に宛てた手紙の体裁で、その偏愛ぶりを存分に披瀝している。その中でコルタサルは、かつてフェリスベルトがピアニストとしての演奏旅行でブエノスアイレス州の小さな町チビルコイを訪れた、「1939年12月26日」という日付を知った際の驚愕を告白する。ちょうど同じ頃、彼もまた師範学校の教師として、同じ町で暮らしていたのだった。

あの12月あの町にいたら、ぼくは〈フェリスベルト・エルナンデス三重奏団〉のコンサートには必ず駆けつけていたはずだ。コンサートなどまず皆無、事件もまず皆無、人生はティーンエージャーに公民を教えたり民宿〈バルシリオ〉で時折書き物をしたりする以上の何かであるなどと感じさせてくれるのもほぼ皆無、そんな平べったいパンパの町で、コンサートとなれば必ず駆けつけていたみたいにね。

当時公刊されていたフェリスベルト――「エルナンデス」というありふれた苗字と対照的に珍しいファーストネームをもつこの作家のことを、このように呼んでおこう――の書簡集を紐解くコルタサルは、フェリスベルトが訪れたいくつものアルゼンチンの地方都市の名を挙げながら、それらが自分にも馴染み深い場所であることを明かし、すれ違いを悔やみつつ、後年ブエノスアイレスで彼の短篇集『誰もランプをつけていなかった』（１９４７）に触れたときの衝撃を熱っぽく語る。

ウルグアイもアルゼンチンもない、どれも似たり寄ったりの町から町へと大草原を渡り歩く日々。妻子を残した首都モンテビデオは遠く、受け取ったギャラは宿代にもならない。フェリスベルト・エルナンデスの作品は、そんな素寒貧のピアニストの孤独な流浪生活と、切っても切り離せない。

１９０２年モンテビデオに生まれたフェリスベルトは、９歳の頃よりピアノを習い、ウルグアイが空前の繁栄と社会的安定を享受する20年代、慎ましく無声映画やカフェでのピアノ演奏で糊口を凌ぎつつ、コンサートを重ねた。と同時に１９２５年、初の著書『某《なにがし》』を発表する。彼が通ったサロンの主である哲学者バス・フェレイラが「おそらく世界でこれを面白いと思うのは10人といないでしょう」と述べたとおり、この書物、さらにはそれに続く3冊の著書は、ほどなく忘却へと追いやられる。いずれもホチキス止めの簡素きわまる製本で、まるでメモ帳か学生のレポートを思わせるその佇まいは、作者のマイナーぶりを語って余りある。目を惹くのは、そんな貧しさを逆手にとって『表紙のない本』（１９２９）と題した著書に、「この本には表紙がない／なぜなら開かれていて自由だから。／これの前にも／後にも書けるんだ」とエピグラフを書きつけてみせる遊戯性だ。日記や覚書、戯曲、詩など奔放な形式によって書かれたこれら初期の小品はいずれも、言語から逃れ出る現実それ自体の瑞々しさ、どこかエリック・サティを思わせる奇妙な軽やかさに溢れている（筆者の調査した限り両者の直接的影響関係はないが、彼が残した自作曲もまたサティの響きを感じさせるのは、不思議と言うほかない）。

絶え間なく地方への「ドサ回り」を続ける中、フェリスベルトは一女を儲けた最初の妻と離婚する。その後画家アマリア・ニエトと親しくなり35年に結婚するが、やがて文学こそ自分の本分と思い立ち、ピアノを売り払いアマリアとも別れた上で、自伝小説『クレメンテ・コリングのころ』（1942）を書き上げると、これがモンテビデオ生まれのフランス語詩人ジュール・シュペルヴィエルの目に留まる。思いがけぬ後ろ盾を得たフェリスベルトは、彼の伝手により『スール』を始めとするアルゼンチンの文芸誌に短篇を載せるようになり、さらには彼の助言の下、もう一つの自伝小説『はぐれ馬』（1943）を発表する。

これら2冊の自伝小説で展開されるのは、次から次へと脈絡もなく連なり、作者の統御に抗おうとする思い出たちの、まるで固有の生命を持つかのような奔放な振る舞いである。「でもぼくは、知っていることだけでなく、他のことも書かなくてはならないと思っている」と冒頭で宣言される『クレメンテ・コリングのころ』では、ピアノの師コリングにまつわる（あるいはまつわらない）諸々が〈謎〉として描かれる。別のピアノの師との思い出を語る『はぐれ馬』では、突如回想が中断したのち、「ぼく」の思い出を変質させて書き留めてしまう「ぼくの相棒」が登場し、それを捕まえようとする「見張り」、さらにその見張りが配置され……と語り手が幾重にも分裂し、逃走と追跡の劇が始

ブエノスアイレスで自身の公演告知と並ぶフェリスベルト・エルナンデス（提供：フェリスベルト・エルナンデス財団）

まる。書くことの不可能性をめぐる痛々しい記録の中で際立つのは、想起のメカニズムそれ自体である。そこで種々の謎は、解明されるために書かれてはいない。むしろ語り手を魅了する、その謎としての活き活きした輪郭を露わにしていくのである。

やはりシュペルヴィエルの支援により、フェリスベルトは46年、奨学金を得てパリに滞在し、その間に出版された前述の『誰もランプをつけていなかった』が、コルタサルやガブリエル・ガルシア・マルケスといった将来の大作家たちを各地で驚嘆させることになる。そんなことなど知る由もないフェリスベルトは帰国後、パリで出会ったスペイン人女性と結婚するが、早々と離婚する――のちに彼女はソ連のスパイであったことが判明するが、これも彼の知るところではない――。有力批評家の酷評、フランスに戻った師シュペルヴィエルとの距離、さらに4度目の結婚の失敗も重なって創作活動は停滞していくが、短篇集『水に沈む家』（1960）が反響を呼び、ウルグアイ文学のカノンに迎え入れられる。その矢先、遅れて到着した栄光に浴する間もなく、病に倒れこの世を去る。

この時期のフェリスベルト作品を評価する際、しばしばラプラタ幻想文学という物言いがなされる。主観を全面に押し出したその短篇群は、幻想文学と相通じる部分がなくはない。とはいえ彼が切り拓いたのは、隣国アルゼンチンで花開いた幻想文学とはやはり異なる独自の領域だ。かつて作者自身がピアノ演奏で訪れた場所さながらきわめて茫漠とした「ある街」「別の街」「ある大都市」といった舞台設定は、時に夢の中を歩くような心地さえ与える。その中をそぞろ行く、大半の場合ピアニストあるいは作家（あるいはその両方）の主人公は、貧窮の身にありながら、目に映るものすべてをむさぼるように見つめ、終始ぼんやりと濃密な夢想に浸かる。何かが起こりそうな期待感の立ち込める中、諸々のモノや身体の部位、思念、果ては沈黙さえもが、固有の生命を持った自律的存在として立ち現れる。この執拗な眼差しと夢想がもたらす多彩なイメージによって物語を脱臼させることで、目から光が出て暗闇で物が見える男がただただ色々な物を見つめ（「案内係」）、逆に目の見えない暗闇で触覚だけを頼りに物を言い当て（「フリア以外」）、ストッキング売りのピアニストが泣き真似によって驚異的に売り上げを伸ばし（「ワニ」）、といった筋立てが、着地点の見えないまま読者を翻弄し続けるのである。「水に沈む家」では、富裕な未亡人が屋敷に水を張り、主人公にボートを漕がせながら、水にまつわるとりとめない随想を披瀝する。めまぐるしく反転する水のイメージと夫人への想いが生み出す浮遊感と抒情性は、まさに忘れがたい。

その特異な作風は、「誰とも似ていない作家」（イタロ・カルヴィーノ）、「奇人」（アンヘル・ラマ）といった呼称を生んだ。コルタサルは前述の「手紙」で、彼が自分やマセドニオ・フェルナンデス、ホセ・レサマ・リマといったしかるべき「受取人」と知り合うことがなかったのを悔やんでいる。夢遊病者なればこその足跡を、彼は確かに残していった。

〈浜田和範〉

第19章 アレホ・カルペンティエール

歴史を書き換える野心

生涯

アレホ・カルペンティエールは1904年、フランス人建築家とロシア系フランス人の間にスイスのローザンヌに生まれた。後にキューバに移住し、ハバナ大学で建築学を学んでいたころ、父が出奔、ジャーナリズムの世界に身を投じた。1920年代、時はアフロクバニスモと呼ばれる黒人たちの文化に対する関心が盛り上がりを見せていたころで、若きカルペンティエールはそうした潮流に基づく詩やバレエ台本なども書いている。

アフロクバニスモのグループによる政府批判のマニフェストに署名したことでしばらく投獄されたカルペンティエールは、作家会議でハバナを訪れたフランスの詩人ロベール・デスノスの力添えでパリに亡命同然の形で移住、大戦勃発までをパリで過ごす。パリではデスノスとともにラジオ番組の制作に従事し、キューバ音楽の紹介にも貢献した。

帰国後『キューバの音楽』（1946）のための調査研究も終えた1945年には広告会社でラジ

オ番組（後にテレビ番組）制作に携わるためにベネズエラのカラカスに渡る。革命成就後の１９５９年までの時期をカラカスでラジオ・テレビ・広告マンとして過ごしたカルペンティエールはこの地で小説家としての名声を勝ち取っていく。

革命後のキューバではやはりラジオ番組に携わるなど文化政策に貢献するが、パリのキューバ大使館文化担当官として赴任し、１９８０年に没するまで従事する。

民俗学との近親性

フランス語話者として生まれ、フランスに長く住みつつも創作言語としてスペイン語を選び、主にカリブ海地方を題材に取り上げたカルペンティエールの小説は、民俗学との近親性、歴史観の２つの側面から論じることができる。

１９４９年の『この世の王国』はハイチ革命とその後の北ハイチでのアンリ・クリストフ王の隆盛と没落とを一黒人奴隷の視点から描いた中篇小説である。１９２０～30年代には特にアメリカ合衆国でハイチへの関心が高まり、その成果はパリに滞在中だったカルペンティエールのもとにも届いていた。『この世の王国』はこうした文物と自身の『キューバの音楽』のための調査の結実と言える作品だ。これが仏訳されて好評を呼び、次回作『失われた足跡』（１９５３）の翻訳、その高評価へと繋がった。

『失われた足跡』はニューヨークと思われる北米の大都会に住む作曲家の「わたし」が、学生時代の恩師に依頼され南米の先住民たちの持つ「原始の楽器」収集の旅に出るという話だ。とある大河

『失われた足跡』の書影（岩波書店、2014年）

（オリノコ河がモデル）流域を旅し、ある人物が先住民たちとともに築いた村（原始の共同体）に達した主人公は、都会では疎外感に苛まれて失っていた創作意欲を取り戻すが、その曲を書き留めるための紙の欠如に悩み、ジレンマに陥る。

その後主人公が取った行動と結末についてはここでは書かないが、このように本作品は、ベネズエラ内陸部、オリノコ河周辺の観察、記述が基になっている。実はこの作品は、作家がこの地域を旅したときに見聞した記録に基づいており、当初は『大サバンナの本』というエッセイにまとめられるはずだったという。それが幾度かの書き換えを経て小説として発表されることになったのだった。

この時期ベネズエラでは、国内の民俗学研究に著しい進展が見られた。その中心人物とも親交があり、その立ち上げの瞬間にそこに居合わせてもいたカルペンティエールだからこそ書き得た民族誌との近親性の高い作品の一例である。

新歴史小説家カルペンティエール

ところで、『この世の王国』に関しては、小説の内容に負けず劣らず重要視されることになったのが、その序文である。それは一種のマニフェストであった。１９４３年にハイチを訪れた作家は、北部ハイチの都市カパイシャンや周辺の史跡を訪れそこにシュルレアリスムが文学の理想として掲げた「驚異的なもの」が実在することに気づいたという。シュルレアリスム以後のヨーロッパ文学は、「驚異的なもの」を追求してきたが、実際にはその表現手段が硬直するばかりであるとして批判し、ひるがえってアメリカには「驚異的なもの」が実在するし、その驚異をふさわしく表現できるのは自分たちアメリカの作家なのだと、そして『この世の王国』こそがその「現実の驚異的なもの」（実在する驚異）の最初の表現なのだと高らかに宣言しているのだ。

後に、とりわけガルシア・マルケス『百年の孤独』の成功以後、ラテンアメリカ文学の最大の特徴のひとつとして「魔術的リアリズム」（「マジック・リアリズム」）という用語が流布するようになるが、『この世の王国』の序文はその最初のマニフェストとみなされることが多い。しかし、仔細に読んでみると、カルペンティエールがアメリカに「実在する驚異」の例として挙げているのは、歴史的人物、クロニカ（第2章参照）に記された人物たちであった。彼の作品の多くは歴史小説なのである。

たとえば代表作『光の世紀』（1962）は、フランス革命のカリブ海地方における余波を扱った作品だ。周縁部なだけにあまりフランス革命史では扱われることのなかったビクトル・ユーグなる実在の人物についての史料を発見したことから着想した。フリーメイソンの会員でもあった商人のユーグがフランス革命のカリブ海諸島における全権特使となり暴君化するまでを、架空の若いキューバ人の男女に観察させるという体裁を取っている。

中篇『バロック協奏曲』（1974）はヴィヴァルディが作曲した歌劇『モテスーマ』（モクテスマ）の発見に端を発する。キューバで財をなした人物がスペインに帰還するも、失望してヴェネツィアに渡り、そこで『モテスーマ』のリハーサル風景に立ち会うというストーリーだ。ヴィヴァルディの指揮する楽団のリハーサル場には同時代の作曲家たちが一堂に会し、主人公のキューバ人が奴隷として連れていた少年が19世紀キューバの奴隷たちの間で流行した踊りを踊って音楽家たちがそれに乗じ、突然のジャムセッションが始まる。そして最後にはそこにジャズ・トランペッターのルイ・アームストロングまでが加わるという奔放な想像力が発揮されている。

カルペンティエールの代表作には、このように歴史に題材を取り、歴史的人物を扱った歴史小説があるけれども、それは従来の意味での歴史小説というよりは、歴史を大胆に再解釈したり『バロック協奏曲』のように思いがけぬ仕方で複数の時代を併存させたりするものだ。遺作『ハープと影』は19世紀のバチカンで、コロンブスを聖者に準ずる福者の地位に推薦しようとして開かれた列福裁判を扱ったものだが、そこにはコロンブスが愛読していた古代ローマの詩人セネカや、後にコロンブスを痛烈に批判したラス・カサス神父などが同時に出廷するのである。

こうした自由な読み換えを含む小説をシーモア・メントンという批評家は「新歴史小説」と呼び、20世紀のラテンアメリカ小説の一大潮流であるとみなしたのだが、その潮流の起点に存在する作家のひとりがカルペンティエールなのである。

〈柳原孝敦〉

第20章　パブロ・ネルーダ

マチュピチュからチリの深海魚まで森羅万象を呼び寄せた詩人

北半球が第二次世界大戦の真っ只中にあった1943年、チリの詩人パブロ・ネルーダ（1904～73）は、ラテンアメリカ全土の自然や歴史をテーマとした大詩集の構想を温めながら、ペルーのマチュピチュ遺跡をガイドと共にロバで訪問した。そこでのインスピレーションを元に書き上げた『マチュピチュの高み』は後に代表作『大いなる歌』の第2章となり、多作で知られるネルーダの詩作法を理解する貴重な素材となっている。

〈気から気へ　空っぽの網のごとく／街と大気のなかを　訪れては別れた〉で始まる詩一や最初のいくつかの詩はマチュピチュ登頂時に39歳だったネルーダ自身の前半生を内省的に振り返る。すでに共産党の政治家として活動も始めていた彼はそれまでに目撃してきた人間社会の闇も凝視する。〈皆が己の死　日々のささやかな死を待ち憔悴し／日々味わうその不吉な悲しみは／震えて飲む黒い杯のようだった〉。

そして詩六から登攀《とうはん》が始まる。〈マチュピチュよ／石段に抱かれた気高き都市よ／地と陸がその眠

現在のマチュピチュ

パブロ・ネルーダ

れる衣装に／隠し切れなかった者の住み処よ〉。とりわけ遺跡のなかの様々な名所を短く切り取った詩九は今なお人気があり、マチュピチュを訪れる観光客のなかにはこのページを開いて回る人もいると聞く。

〈天の縄　高みのミツバチ／血が匂う海抜　築かれた星／鉱物のあぶく　石英の月／アンデスの蛇　アマランサスの額／沈黙のドーム　清らかな祖国／海の花嫁　大聖堂の木〉。しかし、きらびやかなイメージを次々に繰り出しながらネルーダが詩のなかで呼びかけるのはあの天空の都市そのものではなく、もうそこにはいない過去の人々だった。〈私は死んだお前たちの口を借りて語りに来た／地の果てまであらゆる零れ落ちた／沈黙の唇たちを集めるのだ／地の底からこの長い夜を通して語れ／この私を錨で繋ぎ留めたかのごとく／何もかも語るのだ〉。

眼前にはないものを言葉で呼び寄せる（スペイン語ではインボカー

ルという動詞がふさわしい）ネルーダ独自のスタイルはこのマチュピチュの詩によって完成した。

詩集『大いなる歌』はアメリカ大陸をめぐる壮大な時空の旅である。アンデスの山々、アマゾン川、地下に眠る鉱物資源、イグアナやジャガー等の動物、ジャカランダやオンブー等の植物に呼びかける1章「地の灯り」に始まり、コルテスやラス・カサスのような征服から植民地時代の人物、あるいはボリーバルやサン・マルティンのような独立革命の英雄を呼び出す章、不気味な独裁者たちや南米大陸の資源を搾取する多国籍企業を弾劾する章、祖国チリの森林や小鳥たちを呼び出す章、アタカマ砂漠の果てで銅鉱山に潜っている坑夫の声、果ては南極やイースター島のモアイにまで呼びかける章「大洋」など、誰もが読んでいて、そんなことまで詩にするかと驚き呆れると同時に、いつの間にか自分がネルーダのイマジネーションに巻き込まれて異世界を漂っていることに気付くだろう。

社会主義ソ連を礼賛した悪名高い章「樵よ目覚めよ」でネルーダはこうしたスタイルの先達を呼び出している。それは100年前に同じく北米全土を包含する召喚の詩を書いたホイットマンで、ネルーダは彼の文体を模倣し〈発電所の稼働が見える／死者も回想する都市が／清らかな都市が見える／輝くスターリングラードが見える〉とその幻視の力をいかんなく発揮する。今日の常識からは許しがたいスターリン礼賛の詩まで書いたネルーダはラテンアメリカ文学者に典型的な「政治の人」でもあった。

弱冠20歳で刊行した詩集『二十の愛の詩とひとつの絶望の歌』が詩としては異例のベストセラーとなり、恋愛詩人としての名声を築いていた若き日のネルーダは、政治とはまるで無縁であった。その後、外交官となってアジア諸国を歴訪し、この間に『地上の住処』という前衛的な詩集を刊行す

ネルーダが晩年を過ごした家（イスラ・ネグラ）

る。転機は32歳で迎えたスペイン内戦だった。共和国側の亡命者を旅客船ウィニペグ号でチリへ脱出させる活動に関わったネルーダは政治活動に傾倒するようになり、帰国後は共産党員として国会議員にもなりチリ政界に進出する。しかし、１９４６年の大統領選で自らが広告塔として協力したはずのゴンサレス・ビデラ大統領に裏切られ、共産党がチリで非合法化された結果、48年から実質上の逃亡生活に入る。そこで書きつがれたのが詩集『大いなる歌』だ。

逃亡生活を終え『大いなる歌』を手土産にチリへの帰国を果たしたネルーダは表現者としての成熟期に入り、大部の詩集を次々発表するとともに、チリ左派勢力の精神的支柱としての存在感を増してゆく。１９７０年には盟友サルバドール・アジェンデが社会主義政権を樹立、翌71年にはノーベル賞を受賞する等、ネルーダは人生の絶頂期にあった。

そして１９７３年９月11日が訪れる。アジェンデ政権がクーデタで倒れた数日後、病状が悪化したネルーダは搬送先の病院で死亡したとされるが、現在も軍部による謀殺説が絶えない。

彼の死後、残された３つの屋敷は異なる運命をたどった。サンティアゴに妻マティルデのために建てさせたラ・チャスコーナはクーデタ直後に軍部が侵入して破壊の限りを尽くし、近くの病院で死亡したネルーダの遺体を運び込むのにも苦労する始末だった。夫を失ったマティルデはその後もここに住み続け、軍政下の1985年に亡くなった。バルパライソの高台にあった三階立ての屋敷ラ・セバスティアーナ、そしてその近郊の風光明媚な浜辺にあった住居でネルーダの創作の源泉でもあったイスラ・ネグラ（イスラという名だが島ではなく海岸の岩場）の家は軍政のあいだ見捨てられ、荒れ放題になっていたが、民政移管後の1990年代にようやく改修が進み、本人の生前の意向を無視してサンティアゴの公共墓苑に葬られていたネルーダの亡骸も妻マティルデと共にイスラ・ネグラにようやく安住の地を得た。3つの家は今日ネルーダ財団が管理する博物館となっている。

こうした経緯が示すように、ネルーダの名はチリ現代史のなかで極めて複雑な意味を帯びる。ノーベル賞作家であるにもかかわらず、アンタッチャブルという言い方が不適切ならば、話題にするのが困難な作家であり続けているのだ。クーデタを20歳で体験したロベルト・ボラーニョは後に短篇小説「ダンスカード」でそんな大先輩ネルーダの重みを愛憎半ばする文体で綴っていて興味深い。

とはいえネルーダを単なる正義を追求する社会派作家などに還元することはできない。彼は享楽的で、刹那的で、自己中心的で、女性関係に驚くほど節操がない、まさに唯一無二の詩人であった。

そして大の食道楽でもあった。

円熟期の詩集『基本頌歌集』はトマトやジャガイモから原子や星に至る世の森羅万象に捧げられた平易な詩を集めたもので、チリでは特にこのなかの「コングリオの煮込みへの頌歌」の人気が根強い。チリ沖の光の届かない深海に棲むコングリオというグロテスクな魚にネルーダは呼びかけ、いま

コングリオの煮込み（サンティアゴ中央市場で）

私の目の前でこの皿のなかに君がいるのは太陽を見るためだったのだ、と優しく結ぶ。

サンティアゴの中央市場は魚の卸売り店が食堂を取り囲む構造で知られる観光スポットである。外国人観光客がカニやエビといった派手目のシーフードにかぶりつく傍らでは、地元の市民たちがこのコングリオの煮込みを楽しみに集っている。きっと今日も誰かがチリ産の白ワインを傾けながらネルーダの詩を朗々と暗唱していることだろう。

〈松本健二〉

第21章 ホセ・レサマ・リマと『パラディーソ』

キューバのクリオーリョ社会をバロック的に描き出す

ホセ・レサマ・リマは1966年に刊行された長篇小説『パラディーソ』によって一躍世界的に注目されることになったキューバの詩人である。刊行の時期が「ラテンアメリカ文学のブーム」のまっ最中だったことにより、また、キューバ政府の文化機関「カーサ・デ・ラス・アメリカス」がラテンアメリカ文学の振興活動の中心であったことから、レサマ・リマは「ブーム」の重要な一翼を担う作家と見なされることになった。とはいえ、レサマ・リマが生涯に書きあげた長篇小説は『パラディーソ』一冊だけであり（他の著作は詩と批評）、『パラディーソ』の内容も手法も、同時期に注目された他の作家たちとは大きく異なっていたので、ブームの中でも異色の作家という位置づけになる。

『パラディーソ』はあらすじの紹介や要約がむずかしい作品である。大枠としては、作者自身をモデルとするホセ・セミーという病弱で繊細な少年が、多様な顔ぶれのある一族の中で成長して大学生となり、才能ある多感な友人たちとの交わりの中で自己を確立していく物語だと、とりあえずは言える。中でも、若くて快活なエリート軍人だった彼の父親と、クリオーリョの旧家出身の母親との関わりを描いた部分はこの作品の核となっている。しかし、ホセ・セミーがこの本の中心人物だとも言い切れず、途中では彼の父母両方の家系の来歴が4世代ほど前までさかのぼって語られ、また、親友2人の家族の来歴もはさまれて、19世紀半ばから1930年代ごろまでのキューバの家庭史ないし精神史が描き出されているようにも見えるのである。また、後半にはホセ・セミーのメンター的な役割を果たす奇矯な人物に関わるエピソードや、ホセ・セミーの見た夢なのか何なのか判断しづらい幻想的な断章も加わり、形式的にはまとまりがつかなくなっている面が明らかにある。さらに、その文体もネオ・バロックと呼ばれることのある特異なもので、微細な差異を描き出すために、長く複雑な文や、入りくんだ比喩や、理解のむずかしい詩的なイメージが多用され、物語の力によって読者を引っぱっていくというわけではない部分も多い。

つまり、19世紀の後半以来書き継がれてできあがってきた近代小説の約束ごと――一貫したテーマやしっかり計画されたストーリーと構成など――を次々に壊していくような、きわめてわがままな作品なのである。しかし、そのような歪んだ全体のあちこちに散らばっている魅力的な人物や情景やエピソードと、その綿密な描き方が多くの読者を魅了したのだった。とくに印象に残る場面としては、ホセ・セミーの祖母の家での一家の週末の食事会のシーンや、繊細で柔弱な息子と行動的で快活な父親の対比として出てくる水泳特訓や喘息治療の場面、スペインからの独立運動に深く関わっていた祖先のおばあさんのもとにスペイン軍の士官が家宅捜索に入ってくる場面など、いくつもの素晴らしいエピソードが思い浮かぶ。ハバナの地図をかたわらに見ながら読むのも楽しい都市小説としての側面もある。

興味深い主要テーマとしては、本国からやってきたスペイン人と、キューバ生まれのクリオーリョ（生粋のキューバ人）との価値観やメンタリティの対比、奴隷労働に依存した砂糖産業と繊細な手間が重要なタバコ産業の対比、プロテスタント的で四角四面な米国の価値観と、優雅で鷹揚なラテンアメリカ的な価値観との対比があげられる。作中の一家は米国に住んでいた時期があり（レサマ・リマ自身も幼少期には米国に一時滞在していた）、印象的なエピソードのいくつもがアメリカ合衆国を舞台としているので、米国とスペイン圏を比較対象としたキューバ論としても面白い。

レサマ・リマは1910年生まれだから、ブームの作家たちの多くよりも1世代ほど上で、キューバ革命（1959年）以前から、死去した1976年までの長い時期にわたって、多くのキューバの詩人たち、作家たちの芸術的導き手のような役割を果たした人物だった。その活動の核となったのは、彼が中心となって1944年から56年まで季刊で刊行され続けた文芸雑誌『オリヘネス』で、そこにはキューバの詩人・作家・芸術家だけでなく、英語圏やフランス語圏、また、ほかのラテンアメリカ諸国の作家たちも多数掲載された。その編集方針の視野の広さは際立っていて、同時期にブエノスアイレスで刊行されていた雑誌『スール』とともに、まちがいなく同時代のラテンアメリカでもっとも重要な文芸誌だった。『オリヘネス』などの文芸誌の編纂のかたわらで、レサマ・リマは1937年の『ナルシスの死』以来、合計5冊の詩集を主に革命前に刊行したが、『オリヘネス』の全号ともども、いずれも私費による出版だった。文学とは関係のない下級官吏としての仕事のかたわらで文学活動をおこなっていたのである。詩以外の著作としては、主に講演をもとにした批評文集『アメリカ大陸の表現』（1957年）などがある。彼の批評文は独自のコンセプトの多用と、特異な文体のせいで非常に難解なのだが、この本ではヨーロッパの植民地として発しながら、大きく異なるものへと発展したラテンアメリカの文化表現をそのバロック性という特徴を鍵として解説を試みている。ヨーロッパ由来のバロック的感受性を換骨奪胎して別ものになったのがラテンアメリカ的表現だというのである。

レサマ・リマは革命前にこのようにしてすでに文人として名をなしていたため、革命後には革命政権の一部からは警戒されたようだが、じきに、政府の文化部出版局の責任者に取り立てられ、古今東西の文学的名作を廉価版で出版するシリーズなどに精力的に取り組んだ。そのような時期に『パラディーソ』も出版された。600ページを超える大きな作品だったから、自費出版で刊行するのはむずかしかったはずで、政府傘下の作家芸術家組合の出版部門から刊行された。ところが、刊行直後に、本篇の中に何箇所か出てくる性的な描写、とくに同性愛的な性愛の描写が問題視され、一時、書店からは回収されたとされる。ところが、「ブーム」で世界的なスター作家になって、カーサ・デ・ラス・アメリカスの活動にも深くかかわっていたアルゼンチンの作家フリオ・コルタサルが、『パラディーソ』を絶賛するエッセイをカーサ・デ・ラス・アメリカスの機関誌に発表したこともあって、ふたたび書店に並んだという。キューバ版の『パラディーソ』初版は4000部が作られたが、長く再版されず、またキューバの出版物が国外で流通することはほとんどなかったので、コルタサルが奔走して『パラディーソ』をメキシコの出版社から再刊させた。また、その英語訳、フランス語訳の刊行にもコルタサルが深くかかわった。これら国外で出た版によって初めてこの作品は他国の読者にとって入手可能なものとなり、世界的な評価を得ることになったのである。

ところが、1971年にキューバにおける言論弾圧の象徴的な出来事として知られる「パディーリャ事件」が起こると、パディーリャとも親しく、その作品も高く評価していたレサマ・リマは連座して出版の機会や公的な役職から遠ざけられた。これはちょうどレサマ・リマの国際的な名声が高まった時期と重なっていた。そのため、イタリアやメキシコなど複数の国から講演や受賞のために招聘される機会があったが、キューバ政府は一度も彼の出国を許可しなかった。幼少期からの喘息とともに、晩年にはひどい肥満によってモビリティにも問題があったレサマ・リマは、これ以後、ハバナ旧市街のアパートからほとんど出ない生活となったという。革命直後の時期に、彼の姉妹を中心とする親族は米国やプエルトリコなどに移住していたが、とくに親しかった妹とは頻繁にやりとりしていた手紙が残っており、そこではキューバでの生活苦の様子や出国が許可されない焦燥などが描き出されている。ヨーロッパを中心とする世界文学に通暁し、それに関わる著作も多かったにもかかわらず、レサマ・リマはその生涯で一度もヨーロッパを訪れることなく、『パラディーソ』刊行から10年で生涯を終えた。彼の暮らしたハバナ中心部トロカデーロ街の家は、今では当時の状態に復元されて記念博物館になっている。

〈旦 敬介〉

第22章 ホセ・マリア・アルゲダス

「世界に架かる橋」になるために

日本の私たちにとって、南米ペルーの作家と聞いてまず思い浮かぶのは、2010年にノーベル文学賞を受賞したマリオ・バルガス・リョサだろう。しかし、ペルーの人々にとって、バルガス・リョサよりも「敬愛」してやまない作家がいるとすれば、それはホセ・マリア・アルゲダスであるにちがいない。

音楽評論家でラテンアメリカの文化にも造詣の深かった濱田滋郎は、アルゲダスの作品は貧困や暴力に彩られているにもかかわらず、「その悲惨のすべてを包む、月しろのような明るみがある」と指摘し、彼の魅力の源泉を見事に言い当てていた。かくいう筆者も、その「月しろのような明るみ」に照らされてアルゲダスの足跡を辿ってきた者のひとりである。

アルゲダスは1911年、ペルーはアンデス南部に位置するアプリマク県の町アンダワイラスに生まれた。奇しくもその1911年は、米国の探検家ハイラム・ビンガムによっていまや世界屈指の世界遺産として知られるマチュピチュ遺跡が発見された年でもあった。よって100年後の2011

年は、アルゲダスの「生誕１００周年」でもあったのだが、残念ながらペルー政府は２０１１年の公式名称を「マチュピチュ遺跡発見１００周年」と一律に定めてしまった。しかし、のちにアルゲダスは、２０２２年よりペルーの紙幣の図柄に採用されることになった。

ペルーの20ソル紙幣に描かれたアルゲダス

アルゲダスの創作活動の原点は、アンデスの先住民インディオの人口が多い地域で生まれ育ったことにある。３歳のときに母親を亡くし、父親の再婚相手に疎んじられて農園のインディオたちと寝食を共にする中で、アルゲダスは彼らが自然との交感から織りなす音楽や民話に浸り、その世界観を体得していった。同時に彼は、みずからも属する白人社会がインディオに対しておこなう暴力・搾取の目撃者となり、自身を２つの世界のあいだで引き裂かれた「混血」的存在と意識するようにもなった。

１９３１年に首都リマのサン・マルコス大学文学部に入学したアルゲダスは、当時影響力のあったホセ・カルロス・マリアテギの社会主義思想にも啓発されてさらに社会正義に目覚め、大学在学中の１９３５年、アンデスの小村における白人農園主によるインディオの搾取をテーマとした短篇集『水』で作家デビューを果たした。卒業後はクスコ近郊の学校に国語教師として赴任し、そのときに書き上げたのが、アヤクーチョ県の町プキオを舞台に伝統的な闘牛の開催をめぐる白人支配層とインディオ共同体の対立を描いた１９４１年の『ヤワル・フィエスタ（血の祭り）』である。こうした初期の作品によって、アルゲダスはインディオの文化的擁護・社会的復権を唱える文学思想潮流である先住民主義《インディヘニスモ》の新たな旗手とされたのであった。

しかし、アルゲダスが広く作家として知られるようになるまでにはなお時間を要した。彼は1950年代にサン・マルコス大学の人類学専攻に再入学し、自身の故郷でもあるアンデスをフィールドとする民族学者として研鑽《けんさん》を積んでゆく。彼の民族誌のスタイルは一種独特で、科学的言説の中にも自身の経験則に基づいた感覚的記述が紛れ込んでおり、それをして文化人類学者の今福龍太は「直覚（直感）の人類学」と名づけたのだった。こうした手法は文学にも生かされ、西欧的価値観の中にあたかもインディオの世界観が浸透してくるような小説世界が構築された。それが1958年に満を持して上梓された『深い川』である。

『深い川』の主人公エルネストとは、アルゲダスの分身にほかならない。父親とのアンデスをめぐる旅の途中、クスコの町を訪れたエルネストは、インカ帝国時代の建造物の石壁を「生きている」と感じるような、インディオの感性に深く「感染」した白人少年として描かれている。アプリマク県の町アバンカイの宗教学校で寄宿生活を始めたエルネストは、校内で繰り広げられる暴力や、貧しい人々に対する搾取を目の当たりにする日々の中、孤独な自身の内面をまるで覗《のぞ》き込むかのように、町の郊外を流れるパチャチャカ川をしばしば橋の上から眺めた。川とは白人とインディオとを分かつ境界線の象徴であり、それは両者の「混血」的立ち位置にいるエルネスト＝アルゲダス自身でもあった。その意味で、「この地上の最も深い道」（＝深い川）たる「パチャチャカ川のようであろう」とするエルネストだが、一方で彼は、いや、アルゲダスは、「橋と川、どちらにつよく惹かれるのか、ぼくにはわからなかった」といみじくも心情を吐露しているように、ペルーに限らず、この世界のありとあらゆる分断をつなぐ、「世界に架かる橋《プエンテ・ソブレ・エル・ムンド》」にこそなりたかったのではないか。

暴力の描写とは裏腹にアンデスの音楽性やリリシズムがちりばめられた『深い川』は、先住民主義の教条性や地方性をむしろ克服した作品として高く評価され、アルゲダスは国民的作家の地位に上り詰めた。私たちが邦訳によって知りうるアルゲダス像はここまで（２０２４年現在）であるが、しかし、彼の創作活動にはまだ続きがある。

アルゲダスが１９６４年に世に問うた『すべての血』は、きわめて野心的な全体小説の構想を持つがゆえに論争も引き起こした作品である。物語は１９６０年前後と思われるアンデスの架空の町を舞台に、近代化の波の到来に翻弄される２人の対照的な兄弟農園主のあいだに割って入り、まさに「世界に架かる橋」となるべく行動するインディオ青年レンドンを中心に展開される。論争はさまざまであったが、筆者が考えるにこの小説の問題は、白人とインディオとに分断された状況を、レンドンに象徴される「混血」的理想に向けてすべてを「収斂」させようとした点にこそある。そこでは多国籍企業に対抗するペルーの統合的ナショナリズムが強調され、個人の〈生〉の充実は一旦後退させられてしまっているのである。

翻って、１９７１年に遺作として刊行された『上の狐と下の狐』は、作中にアルゲダス自身の日記が挿入された実験的な小説であり、１９６９年のアルゲダスの自死によって未完の形で終わっているがゆえに、多義的な解釈が可能になっているとも言える。小説舞台はこれまでの作品とは異なり、アンデスを離れ、１９５０年代以降片口鰯《アンチョベタ》の水揚げと製鉄業で一躍発展し、労働力として全国各地から移民が押し寄せたペルー北部の港町チンボーテに設定されている。当初、民族学調査のフィールドとしてチンボーテを訪れたアルゲダスだったが、勃興中の港町に集う移民たちの言語・文化・風俗の多様さに魅せられ、民族誌ではなく小説を構想することになった。チンボーテの混沌とした活気は、『すべての血』において支配的だった統合的ナショナリズムを後景化させ、個人のそれぞれの〈生〉のありようを尊重すべく、「混血」的理想は「収斂」から「拡散」するそれへと置き換えられた。すなわち、だれもが「この国において私はよそ者たりえない《ノ・セレ・フォラステロ・エン・エステ・パイス》」ことを確信できるよう、すべての人のための「世界に架かる橋」になるべく、アルゲダスは『上の狐と下の狐』の小説世界を築こうとしたのだった。

しかしながら、小説の完成は叶わなかった。『上の狐と下の狐』に添えられた「最後の日記？」の中で、アルゲダスは「自分と共にひとつ円環（時代）が幕を閉じ、新たな円環が開かれる」と記して、あたかも後世へと希望を託すように物語を中断している。ときは1960年代、1959年のキューバ革命はラテンアメリカ全土に衝撃を与え、遠くアジアの地では米国の圧倒的な軍事力に対してベトナムの人々が果敢な抵抗を見せていた。アルゲダスはこうした動きに期待を寄せ、自分の遺志を継いで数多くの「世界に架かる橋」が生まれることを願いつつ、みずから命を絶ったのだった。

〈後藤雄介〉

第23章　ジョルジ・アマード

自由と神秘の街サルヴァドール

――真青な空と、燃える太陽の下で、
陽気なリズムに身を躍らせる官能的な女性、
言葉巧みに言い寄るジゴロ、歌に音楽に酒に恋、
１００％謳歌する人生の愉しみ――

ブラジルにそんなイメージを抱く人も多いかもしれない。無理もない、観光であれ、国際イベントであれ、それが売り出されてきたブラジルなのだから。こうしたイメージは20世紀初めのモデルニズモや後半のトロピカリズモなど文化的なムーブメントを通して創りあげられたものだが、ジョルジ・アマードはそれを世界に広めるのに大きく貢献した一人だ。

ジョルジ・アマード（１９１２〜２００１）はブラジルの20世紀最大の国民作家だ。合計35冊にのぼる作品は、多くが映画化やテレビドラマ化され、50以上の言語に翻訳され、世界的に知られている。

苦闘する人々への共感と愛情

作品の舞台はもっぱら北東部のバイーアで、どれからもバイーア愛が溢れ出る。源泉にあるのは民衆への愛情だ。書くことは人間の生と心を伝えること、その信条のもとひたすら民衆、とりわけ社会の底辺に生きる人々の声に耳を傾け、その心に深く分け入り、その苦悩や願い、喜びや哀しみを汲み取った。

『砂の戦士たち』（1937、邦訳1995）にはそれがよく表われている。バイーア州都サルヴァドールで、ロビン・フッドさながらに金持ちから金品を巻き上げ、生きるために日々戦うストリート・チルドレンの物語だ。海辺の砂地に建つ上屋倉庫をねぐらとするため、彼らは「砂の戦士たち」と呼ばれる。凶悪な犯罪を繰り返すため怖れられ、敵視されるが、親を伝染病で亡くして小さな兄弟とともに残されたり、不自由な身体で生まれたり、教護院で虐待を受けたり、不運で悲しい過去ゆえにこの境遇に陥っただけで、根は純粋だ。足が不自由なある少年は、同情を買うのが得意で、富者の家に強盗に入る計画のため、その家に居候をさせてもらい、事前に金品のありかを確認する役目を負った。折しも同年代の子を亡くしたばかりだった夫妻は、その子を再来と思い、実子のように大切にした。純真な愛を受けて彼は当初の予定を1週間も超過してしまう。仲間に急かされてやっと家を出て内部情報を教えるが、その後夫妻が捜索願を出して探していることを知ると良心が痛んだ。一団に留まったが、以降ほかのメンバーから距離を置いた。「罪は社会の悪い仕組みに、金持ちにある」。生き抜くために戦う彼らに向けるアマードの視線は愛に満ち溢れている。

ある神父は、少年たちを更生させようと少年の一人を教会の活動に熱心な女性信者に託した。だが、少年は銀器を盗んで、家を出ていき、神父の試みは失敗した。なぜなら少年は「毎日声を出して祈りを捧げ、ミサに出席して神を祝福することで保障されるいい服や食事より、たとえぼろを着て、食事のあてがなくても通りを自由に歩き回れるほうを選んだ」からだ。つまり自由を選んだのだ。

希求される人間の本質的自由

自由――これこそがアマード文学の神髄だ。それを『丁子と肉桂のガブリエラ』（1960、邦訳2008）の同名の主人公の女性が体現している。舞台は1920年代のブラジル北東部のイリェウス、「カカオの大地」。そこで大農場主らの戦いを背景に、バールの店主ナシブ・サアドとガブリエラの恋の物語が展開する。ガブリエラは、身分証明書も出生証明書も持たない混血女性で、誕生日も父親の名前も知らず、鳥かごの小鳥も逃がしてしまうほどに自由を愛し、靴を履くのも嫌いだ。ナシブの恋はついに実り、晴れてガブリエラを妻に迎えるのだが、そんな女性がじっとしているわけがない。「花によっては庭の枝にある間は香しく美しいが、花瓶に活けられると、たとえ銀の花瓶でも枯れてしまう」。結婚という制度に拘束されることは耐え難く、当然「貞節」という観念とも無縁だった。結局ナシブは彼女を結婚から解き放ち、もとの自由な関係に戻す。そして「ただそこにある」そのままのガブリエラを受け入れた。ここで言う「自由」は、法律で守られる権利とは次元が異なる。自然界に生まれた人間のそのままの姿、すなわち人工的な「秩序」を度外視するものだ。

アマードの文学はどれも、この人間としての「自由」が強く希求されている。『キンカス・ベーホ・ダグアの二度の死』の主人公は、妻の強権的な扱いに辟易し、「小鳥のように自由になりたい」

と願い、家族とジョアキン・ソアーレス・ダ・クーニャという本名を捨て「キンカス」となり、「飲む、打つ、買う三拍子そろった」生活に身を投じる。最後は「ごろつきや売春婦がたむろ」する「悪名高き」タブアン坂で死を迎えた。家族はそれを許しがたく思い、葬儀屋を呼び、遺体に正装させ、よき父、よき夫として荘厳な葬儀で送ろうとする。だが、キンカスの死顔には嘲笑が浮かぶ。それを見た仲間は窮屈な服を脱がせ、キンカスを連れて街に繰り出した。生前のキンカスの望みのとおり、「墓穴にしばりつけず」、海に連れていく。するとキンカスは自ら海に身を投じ、思いを遂げたのだった。法律や規範に従う「秩序」の死と、人間の本質的な自由のある「脱‐秩序」の死、どちらが本当の死なのか、語り手が問うのはそれだ。

神秘の街サルヴァドール

さてキンカスが遺体となって歩いたのは、「神秘」の街バイーアのペロウリーニョと呼ばれる界隈だ。本来「バイーア」は州名だが、アマードの文学の場合、「州」をつけない限り、州都のサルヴァドールを指す。サルヴァドールは、旧市街や市庁舎がある「上の街」と港がある「下の街」の2つに分かれ、ラセルダと呼ばれるエレベーターでつながっており、ペロウリーニョは「上の街」にある。この近辺は、ポルトガル植民地時代の雰囲気を色濃く残し、世界遺産に指定され、最初の総督府が置かれたことから「ブラジル人の心のふるさと」とも言われる。だがもともと「ペロウリーニョ」は、処罰の際に黒人奴隷が縛りつけられた柱を意味する。ここは奴隷制度の不幸な記憶とアフリカ由来の文化を色濃く残す都市でもあるのだ。多くの場合、「神秘の」という枕詞とともに用いられるが、その神秘についてアマードは次のように言う。

その街には、油のように神秘が漂う。べっとりと、だれもがそれを感じる。それはどこから来るのか。それをだれも完璧に特定することはできない（『バイーア・ジ・トードス・ウス・サントス――街と神秘のガイド』）。

ペロウリーニョ広場

ペロウリーニョ広場にあるジョルジ・アマードの家

どこから来るのか、その一つが宗教であることは間違いない。町には３６５の教会があると言われるほど、至るところにカトリックの教会が建つ。また同じくらい、いやそれ以上に浸透しているのがカンドンブレに代表されるアフロブラジル宗教だ。海の女神イエマンジャー、鉄と戦の神オグン、風・雷雨の女神ヤンサン、疫病の神オモルーなど、多くの人にとってアフリカの神々は心の支えだ。長年にわたる迫害と苦闘の歴史の過程でそれらは聖母マリア、聖ジョルジ、聖バルバラ、聖ラザロといったカトリックの聖人と習合している。もともとアフリカの宗教にも民衆的カトリックにも超自然的な異界があるというのもあるのだろう、宗教は言語・文化・宗教の違いを越え、すべてが出会い、すべてが意味を成す統合の場所となった。そして同時に現実の秩序界を超越する、まさに自由の境地でもある。ストリート・チルドレンが夢を見るのも、秩序を嫌ったキンカスが向かったのも、ガブリエラが自由に生きたのもそこだ。ブラジルの〝楽園的な〟イメージとも無縁ではないだろう。ブラジルの人類学者ホベルト・ダマッタはブラジル人は異世界《オウトロ・ムンド》を持っていると言った。それが一番現実と重なり合っているのがバイーアかもしれない。

実はジョルジ・アマード《愛されたジョルジ》は、その名のとおり民衆から大いに愛された。だがその一方で批評家研究者からは著しく不評を買った。それはきっとヨーロッパ近代を理想とする人からみると、ブラジルの人間くさい脱-秩序的な側面が歓迎できない部分と映ったからではないか。ブラジルは、秩序界と脱-秩序たる「もうひとつの世界」を併せ持つ。そんなブラジルをアマードは見事に描きこんだ。

〈武田千香〉

第24章 ヴィニシウス・ヂ・モライス

ボサノヴァの詩人

詩人としてよりもボサノヴァの作詞家として名高いヴィニシウス・ヂ・モライスは、1913年、リオデジャネイロで生まれた。10代の頃から、詩を書いたり、友人たちと演奏や作曲を試みたりしていた。17歳で文学を志す者の多くがそうしたように法学を学びはじめ、1933年に最初の詩集『遠くへの道』を公刊。その後『形式と釈義』(35年)、『女、アリアーナ』(36年)、『新詩集』(38年)といった詩集を出し、マヌエル・バンデイラやマリオ・ヂ・アンドラーヂといった近代主義の詩人から高い評価を受けるようになる。外交官としてロサンジェルスに赴任中、メキシコを訪れ、そこに滞在していたチリの詩人パブロ・ネルーダと知り合う。

ヴィニシウスの詩人としての歩みにおいて大きな転機となったのは、1954年に文芸誌『アニェンビ』で賞を獲って掲載された戯曲『オルフェウ・ダ・コンセイサォン』である。56年にはリオデジャネイロの市立劇場とレプーブリカ劇場とで上演されたこの戯曲は、ギリシア神話のオルフェウスとエウリュディケーの物語を、リオの貧民街に舞台を移して翻案した作品である。この舞台に作曲家として参加したのがアントニオ・カルロス・ジョビン（トム・ジョビン）で、トムとヴィニシウスはのちにも共作を続けて、ギター奏法と歌唱法を革新したジョアン・ジルベルトとの出会いがあり、「ボサノヴァ」と呼ばれる音楽の誕生に深く関わることになる。

主人公の、サンバを歌い奏でる音楽家オルフェウを始めとして、登場人物がすべて黒人であるこの戯曲の特徴は、白人の詩人であるヴィニシウスが黒人たちを描き出していることにあった。しかし、ヴィニシウスが黒人に表わしていた敬意は思わぬ形で挫折を強いられた。オルフェウの父を演じていた俳優アビヂアス・ド・ナシメントが、上演期間中に、俳優を無給で出演させていたことをめぐって、黒人を利用している、とヴィニシウスを糾弾した。このときアビヂアスは解雇され、顔を黒く塗った白人のシコ・フェイトーザが代役を務めた。

この事実を伝えているルイ・カストロは、のちにヴィニシウスがバイーアの黒人音楽を研究してギタリストのバーデン・パウエルと共に「アフロサンバ」を作るようになることを踏まえて、6年後に「ブラジルでもっとも黒い白人」とみずからを呼ぶ詩人に対してアビヂアスの仕打ちは不当だったと言っている。しかし、詩人をのちにバイーアへ駆り立てた動機に、舞台『オルフェウ・ダ・コンセイサォン』でいわば前借りした「黒人に加担する知識人の像」という負債を返済する意図もなかったかどうかは、検証が必要だろう。

1959年、『オルフェウ・ダ・コンセイサォン』を原案として製作されたフランス人監督マルセル・カミュの映画『黒いオルフェ』がカンヌ映画祭でパルム・ドールを受賞し、リオのカーニヴァルと、サンバとボサノヴァというブラジル音楽を世に知らしめた。

　この映画に対するブラジルでの反応は芳しくなかった。原案となった戯曲の著者という立場のヴィニシウスは、大統領官邸で行われた『黒いオルフェ』の試写会の途中で席を立った。ヴィニシウスはのちに、カミュはブラジルをめぐる異国趣味の映画を作っただけだと述懐している。映画公開の年に18歳で観たというバイーア生まれの歌手カエターノ・ヴェローゾは、「魅力ある異国趣味の映画を作り上げるための恥知らずの紛いものをたくさん見せられて、ぼくも他の観客も笑い、恥ずかしくなった」とまで書いている。アビヂアス・ド・ナシメントは1978年の著作で、『黒いオルフェ』の「音楽、ダンス、リズム、色彩、幸福、愛などすべてが、異国情緒と土着のものを貪欲に求める消費者である世界市場向けの商品を作り上げるのに貢献している」と、奇しくもヴィニシウスと同型の批判を向けている。

　たとえば、この映画の冒頭で流れる「フェリシダーヂ」（トムとの共作）は、ボサノヴァの名曲として歌い継がれることになるが、当初ヴィニシウスは「幸せは狂おしいもの／でもまた繊細でもあって／あらゆる色の／花と愛がある／鳥たちの巣がある／あらゆる素晴らしいものがある」という詞を用意していた。しかし、監督マルセル・カミュはより「ブラジルっぽい」ものを入れるよう注文した。そこでできあがったのが、「貧しい人々の幸せは／カーニヴァルの壮大な幻／人々は一年中働く／一瞬の夢を求めて／王の、海賊の、花売りの／衣装を作るために」というカーニヴァルのありさまを描いた詞だった。この改変について、ヴィニシウスはトムに宛てた手紙で「このフランス人はばかだ！」と強い怒りを示していた。

　これらのブラジル側での反感にもかかわらず、『黒いオルフェ』の成功もきっかけとなってボサノヴァはブラジル国内のみならずアメリカなどの国々でも注目を集め、1962年にはニューヨークのカーネギーホールでトム・ジョビンやジョアン・ジルベルトらボサノヴァの立役者が出演するコンサートが開かれる。1964年、トムとヴィニシウスが共作した「イパネマの娘」をジョアンとアストラッド・ジルベルトが歌ったシングルがアメリカで大ヒットする（ただし尺を短くしたシングル盤ではジョアンがポルトガル語で歌うパートは省かれていた）。ボサノヴァの最も有名な曲のひとつとなったこの「イパネマの娘」には、外部からの幻想のまなざしが求める姿をあえて見せるという、ヴィニシウスが「フェリシダーヂ」の作曲過程で経験した姿勢をその後みずからのものとしていた痕跡が読み取れる。

元々、火星人がリオにやってきて美しい少女に恋するという（どことなくフランス人たちがリオに『黒いオルフェ』の撮影に来たことを連想させる）ミュージカルコメディのためにトムとヴィニシウスが作った草案では題は「通りすぎる少女」で、歌詞は「数々の道を／歩き疲れて／詩もなく／小鳥たちもいない／人生を怖れ／愛することを怖れていた／空虚な午後／美しく現れた／少女を見た／体を揺らしながら／歩いていた／海に向かって」と、物憂さをはらんだ、どこの光景と特定できる要素の少ないものだった。しかし、実際にリリースされる段階では題にイパネマという地名が入り、歌詞は「ほら、なんて美しい／溢れるかわいらしさ／やってきて／通り過ぎる／甘やかに体を揺らして／歩いてゆく／海に向かって」と、リオのビーチの明るさを感じさせるものとなっていた。

ヴィニシウスは、トムの他にもカルロス・リラやバーデン・パウエルなどボサノヴァ時代を代表する音楽家と次々と曲を作り、ボサノヴァの桂冠詩人の立場を不動のものとしてゆく。しかし、

1964年4月に軍事クーデタが起こり、社会の空気が一変するのに合わせて、また、ビートルズを始めとするロックミュージックが世界を席巻するのとも時を同じくして、「愛、微笑み、花」の音楽とも呼ばれたボサノヴァは、舞台の中央から徐々に退いてゆく。1968年には、軍事政権に反発する動きを抑える軍政令5号が発令され、ヴィニシウスは26年勤めた外務省から解雇される（ただし、当時の大統領ジョアン・フィゲレードはのちにヴィニシウスの解雇の理由は怠慢な勤務態度にあったと証言している）。

60年代の終わりからはギタリストで歌手のトキーニョと共に作曲したり、ステージに立ったりすることが多くなり、「レグラ・トレス」「バラのサンバ」といった名曲を生み出す。1974年、ヴィニシウスは、チリの詩人ネルーダとの思い出を綴った20篇から成る詩集『パブロ・ネルーダの自然史──遠くから来る悲歌』を刊行。前年9月のチリのサルバドール・アジェンデ大統領の死、それに続いたネルーダの死が、チリの社会主義の大義に共感していたヴィニシウスにも衝撃を与えたことを、当時ブラジルの軍事政権を逃れてサンティアゴに亡命していた詩人フェレイラ・グラールは、この詩集に寄せた序文で推測している。

戦う詩人として崇拝していたと言っても過言ではないネルーダから、ヴィニシウスは忘れ得ない言葉を受け取ったことがある。この挿話を『恋の詩人──ヴィニシウス・ヂ・モライス』で書き留めたジョゼ・カステーロは70年代初めのこととしているが、実際には、ネルーダがブラジルの主要都市を周遊した68年9月にサンパウロ近代美術館でヴィニシウスとともに詩集のサイン会を行った折のことだったかもしれない。ジョゼ・カステーロは次のように書いている。

70年代の初め、チリ人のパブロ・ネルーダはサンパウロを訪れ、ヴィニシウスと昼食を共にした。ルーベン・ブラーガとトキーニョが証人である。何杯か飲んだあとでトキーニョがギターで伴奏し、ヴィニシウスが歌った。ネルーダは堰を切ったような真摯さで告白した。「わたしにはヴィニシウスの勇気はなかった。わたしがいちばん作ってみたかったのはこれ、歌詞だった。でもばかにされるのが怖かった」。ヴィニシウスは感動を隠すことができなかった。それまでずっと、パブロ・ネルーダが現代に生きるもっとも偉大な詩人だと思ってきたから。〈福嶋伸洋〉

第25章 愛と幻想のめくるめく交錯

世界文学としてのアドルフォ・ビオイ・カサーレスの作品

アルゼンチン生まれのアドルフォ・ビオイ・カサーレスは、20世紀ラテンアメリカ文学を代表する文学者のひとりとして世界的に有名なホルヘ・ルイス・ボルヘスと並び称される作家である。南米大陸のラ・プラタ河を挟んで向かい合うアルゼンチンとウルグアイを中心に栄えた「ラプラタ幻想文学」の一翼を担う小説家として活躍した彼は、国際的にも高く評価されている。ビオイ・カサーレスの作品にみられる幻想性の特徴は、センチメンタルな愛のテーマを軸に物語が展開することだろう。その一例にあげられるのが短篇小説「パウリーナの思い出に」である。彼の文学世界が凝縮されているといっても過言ではないこの作品を読み進めながら、ビオイ・カサーレス文学の魅力の一端を探ってみることにしよう。

語り手の「ぼく」は、幼なじみのパウリーナを愛している。パウリーナも「ぼく」を愛している。そこへフリオ・モンテーロという男があらわれる。「ぼく」が主催したパーティーにやってきたフリオは、そこでパウリーナと知り合い、たちまち恋に落ちる。パウリーナに別れを告げられ、傷心の思いを持て余した「ぼく」は、奨学金を得てイギリスに旅立つ。出発の前夜、パウリーナが「ぼく」を訪ねてくる。そして、「どういう形であれ、あなたへの気持ちはずっと変わらない」という言葉を残して去ってゆく。

イギリスに渡った「ぼく」は、パウリーナの記憶を消し去ろうと努めながら2年の歳月を過ごす。しかし、帰国した「ぼく」はふたたび彼女の記憶に悩まされる。そのとき、まるで夢のなかの出来事のように、パウリーナが不意に姿をあらわす。狂おしい思いに駆られた「ぼく」はパウリーナの前にひざまずくと、彼女を失った心の痛みをいまさらのように感じ、涙にくれる。「ぼく」はパウリーナを抱きしめ、至福の愛の時間を過ごす。やがて彼女は、フリオのところに戻らなければ、と言い残して姿を消す。

ベッドに入った「ぼく」は、その日の出来事を思い返そうとする。ところが、あれほど愛し合ったはずのパウリーナの姿を思い出すことができない。すべてはまぼろしだったのか？　翌朝目を覚ました「ぼく」は、パウリーナに会いに行こうと家を出る。その途中、知人のもとを訪れた「ぼく」は驚くべき話を聞かされる。フリオはいま刑務所のなかにいる。パウリーナが「ぼく」の家に来ているのではないかと疑ったフリオは、ひそかにパウリーナを待ち伏せ、「ぼく」の家から出てきた彼女をホテルに連れこむと、嫉妬のあまり彼女を銃殺したという。そして、その事件が起きたのは昨夜ではなく、「ぼく」がイギリスへ旅立つ日の前夜、つまり2年前の夜だった。

不可解な事実を前に、「ぼく」は納得のいく説明を見つけ出そうとする。死の瞬間にフリオとの結婚がまちがいだったことを悟ったパウリーナは、その過ちを正し、真の愛を成就するために、2年という歳月を飛び越えて死の世界からよみがえり、自分のところへ戻ってきてくれたのではないか。そう考えた「ぼく」は愛の歓喜に酔いしれる。しかしつぎの瞬間、それとはべつの解釈に思い至り、雷のような衝撃に打たれる。パウリーナはけっして愛の力によってこの世によみがえったのではない。「ぼく」が昨夜ベッドの上で抱きしめたのは、パウリーナの亡霊ではなく、恋敵であるフリオの嫉妬が生み出したおぞましい幻影だったのだ。刑務所のなかのフリオは、イギリスへの出発を控えていた「ぼく」の家をパウリーナが訪れたときのことを想像し、憎悪に満ちた妄想を働かせながら、ふたりが愛し合っている場面を細部にいたるまで克明に思い描いたのだ。昨夜は雨など降らなかったはずなのに、パウリーナを抱きしめているあいだ雨の音が聞こえていたのも、2年前の夜、パウリーナを待ち伏せしながらフリオが耳にしていた雨の音が、彼の想像のなかに紛れこんだからにちがいない。

恐ろしい幻滅に襲われた「ぼく」が最後にたどり着いた結論はこうだ。自分がこの手で抱きしめたパウリーナが、じつはフリオの妄想が作り出したまぼろしだったとしたら、そのとき彼女がささやいた愛の言葉も、じつは「ぼく」に向けられたものではなく、ほかならぬフリオが彼女との蜜月時代に何度も耳にしていた言葉だったのかもしれない。

以上が物語のあらすじである。成就することのなかった愛の切なさをこれほど鮮明に浮かび上がらせた作品も珍しい。夢と現実の境界を消し去りながら両者を混然と溶け合わせる手法もじつに見事で、幻想小説作家としての力量が遺憾なく発揮されている。ビオイ・カサーレスの代表作と目されている『モレルの発明』を思い起こさせる点でも興味深い。この作品には、魅惑的な女性フォステーヌの立体映像を投射する不思議な装置が登場する。この映写装置は、永遠の愛の成就をもくろむモレルの執念が生み出したものだった。いずれの作品も、人間の内面にひそむ情念が視覚的な映像を介して現実世界に立ち現れるさまを描いており、「内」と「外」の相互浸透に支えられたビオイ・カサーレスの幻想世界の特徴をよく表していると言えよう。

ところで、上記の小説をはじめとするビオイ・カサーレスの作品には、土着的な要素が希薄なものが少なくない。それらの作品においてはむしろ、ヨーロッパ的な、あるいは国籍や民族を超越したコスモポリタンな雰囲気が立ちこめている。そこには、彼が生涯の大半を過ごしたブエノスアイレスという街の成り立ちが深くかかわっている。メキシコやペルーのように、高度な古代文明が栄えることのなかった南米大陸の辺境に位置するアルゼンチンでは、町も文化もいわば「無」の上に築かれた。なかでも首都ブエノスアイレスは、スペイン人征服者による建設を機に、無人の平原《パンパ》に浮かぶ陸の孤島としての歴史を歩みはじめた。スペインからの独立を経て19世紀の後半になると、欧化政策の導入とともに多数のヨーロッパ移民がアルゼンチンに流れ着いた。ヨーロッパからさまざまな文物がもたらされたブエノスアイレスは、やがて「南米のパリ」と称されるまでの近代都市に成長する。ヨーロッパをモデルに、すべてが「無」から築かれたのがアルゼンチンという国であり、とりわけブエノスアイレスという都市だったのである。

こうした特徴は、当然のことながら、そこで生み出された文学にも影響をおよぼさずにはおかないだろう。あえて極論すれば、アルゼンチン文学には、ヨーロッパ文学の伝統を踏まえつつ、その果実を自在に摂取し、自由な発想と独自の視点を生かしながら王道とは異なるやり方で新しいものを創出してゆく傾向が顕著に認められるのである。ヨーロッパ文化圏のいわば「辺境」に位置しているという強みが、独創的な文学の誕生を促す土壌となったのだ。国内の話題を取り上げた小説のみが正統なアルゼンチン文学とみなされるといった狭い文学観に終始反対の立場を表明していたビオイ・カサーレスは、ある文芸雑誌のなかで、「アルゼンチン人にとっての文学とは、世界中のあらゆるすぐれた文学である」と述べている。普遍性を志向するそのような文学観が彼の作品を「世界文学」の高みに押し上げていることはまちがいないだろう。

ビオイ・カサーレスの生い立ちや経歴については、参考文献にあげられている邦訳書の解説などを参照してほしい。彼の小説を手にとって、アルゼンチンが生んだこの希代のストーリーテラーの物語の魅力を存分に味わっていただきたい。

〈大西亮〉

アドルフォ・ビオイ・カサーレス
(1968年撮影)

第26章 コルタサル

日常を超える試み

生涯

フリオ・コルタサルは1914年ベルギーのブリュッセル生まれ。アルゼンチン人の両親に連れられて幼時には帰国している。アルゼンチンでの青年期には、父親が出奔したこともあって自身の大学での勉強は途中で放棄したが、免許を取り、地方の高校や大学でフランス語やフランス文学を教えた。20世紀アルゼンチンの作家たちのなかにはその社会的立場や身の振り方がファン・ドミンゴ・ペロン大統領（在1946～55、73～74）や彼を信奉する政治派閥との関係に左右された者もいた。コルタサルもそうした人物のひとりで、ペロンに反対する立場を取った彼は、逮捕されて緊張を経験することになる。それを機に公職を辞したコルタサルは首都ブエノスアイレスに移り、翻訳や詩作、短篇の創作に従事した。コルタサルが最初にブエノスアイレスで活字化した短篇小説「奪われた屋敷」はホルヘ・ルイス・ボルヘスが編集長を務める雑誌『ブエノスアイレス年報』に発表されたものである。ボルヘスはそのことを忘れていたが、後年、パリで会ったときにそのことを告げられたボルヘスは、コルタサルを最初に紹介した人物としての自分を誇りに思うと述懐している。

　1951年には奨学金を得てパリに渡ったコルタサルは、以後もアルゼンチンには戻らず、ユネスコの通訳翻訳官の仕事をしながら創作に励み、終生パリで過ごした。1984年、白血病により（治療のための輸血によってエイズ・ウィルスに感染との情報もある）死亡した。

長篇小説『石蹴り遊び』の革新性

　コルタサルの業績としてまず何よりも語っておかなければならないのは、長篇小説『石蹴り遊び』（1963）だろう。第1部「向こう側から」第2部「こちら側から」第3部「その他もろもろの側から」の3部で構成されており、これらの3つの部が、長短いりまじった155の章に下位分割されている。

　第1部「向こう側から」ではパリに暮らすアルゼンチン青年オラシオ・オリベイラとその仲間たちのボヘミアンな暮らしが綴られる。オラシオにはウルグアイ出身の通称ラ・マーガという恋人がいる。彼女にはロカマドゥールという子どもがいるが、その子を不注意で亡くしてしまったラ・マーガは、ある日、オラシオの前から姿を消す。

　第2部「こちら側から」はオラシオがブエノスアイレスに戻ってからの話だ。昔なじみのトラヴェラーらと相も変わらぬボヘミアンな生活を送りつつ、オラシオはときおりラ・プラタ河の対岸にあるウルグアイのモンテビデオに渡り、ラ・マーガの幻影を追う。そうこうするうちにオラシオはトラヴェラーらの計略によって精神病院に入れられてしまう。

第3部「その他もろもろの側から」は断片の寄せ集めだ。それらは時には第1部第2部内のいずれかの章とわかりやすい関係のあるものもあれば、まったくの独立したような省察、アフォリズムと呼べそうなものもある。

以上のようなストーリーもともかく、『石蹴り遊び』の特異性はとりわけその構成にある。小説冒頭には「指定表」と呼ばれるページがあり、そこではこの小説が「独自の流儀において多数の書物から成り立っているが、とりわけ二冊の書物として読むことができる」（土岐恒二訳）としてそのふた通りの読み方が指南されているのだ。

第一の書物は第1部から2部までを普通に読む読み方で、第3部は読まなくてもよい。そして第2の書物は指定表に書かれた章の移動順に沿って読むことによって現れる。73章→1章→2章→116章……という具合に、第1部第2部の章の合間に第3部の各章が挿入されていく形だ。最初のページから順に文字を追うことによって直線的に経験されるべきものである小説世界が変形を被っているのだ。

さらに言えば、「指定表」の文言は「二冊の書物」として以前に「多数の書物から成り立」つと言っているのだから、指定表どおりの読み方でなくてよいとも言っているわけだ。かくして読者は、章と章とを任意に繋げて読み、独自の小説世界を構築して楽しむことができるというわけだ。

『石蹴り遊び』の出版された1960年代には、芸術や文学の理論に転換がもたらされた。文学の分野では作者の権威を絶対とみなすそれまでの見方から解放され、読者の自由が論じられるようになった。『石蹴り遊び』第3部の断片の中でもとりわけ重要と思われるモレリという人物の創作ノートには、能動的な読者の参加を誘いかける作品を目ざすべきとの決意が書きつけられているが、こうした細部が作品の時代状況を如実に表している。

短篇作家コルタサル

では、実際に『石蹴り遊び』を「多数の書物」として読むことは可能か？　任意の順に章を繋げて新たな物語として読むことができるのだろうか？　少なくとも少なからぬ数の章は、小説のストーリー内での位置づけよりは、むしろそこで展開される哲学的考察、文学や音楽、芸術などについての論評が興味深く、一種の独立したエッセイとして楽しむことができる。その意味では「多数の書物」ということはできそうだ。

見方を変えれば、『石蹴り遊び』は短篇集もしくは連作短篇のように読める作品とも言えるだろう。他にも数作長篇小説を発表しているコルタサルではあるが、『石蹴り遊び』の評価の高さは、そのひとつひとつの章が本質的に短篇作家と言うべきコルタサルの手腕に通じるものであるからこそだろう。彼の短篇の特徴を見てみよう。

初期の代表的短篇「奪われた屋敷」（『動物寓意譚集』1951所収）は、先述のごとくボルヘスによって陽の目を見た作品だ。妹のイレーネとともにお気に入りの屋敷に暮らす「わたし」は、ある日、屋敷の一部が何者かに占拠されていることに気づく。やがてその何者かの占拠するスペースは広がっていき、ついには「わたし」たちは家を追い出されてしまう。邸宅内に姿の見えない何者かが存在する恐怖を描いたこの短篇は、エドガー・アラン・ポーの翻訳者でもあるコルタサルの嗜好を表現しているとと言うべきだろう。ポー的であり、ゴシックホラー的作品だ。

『遊戯の終わり』（1956）、『秘密の武器』（1959）、『愛しのグレンダ』（1980）などの短篇集にまとめられた数多くの短篇のうち、とりわけ異彩を放つのは、日常世界と日常を超えた世界との境界線が消えてしまう瞬間を描いた作品の数々だろう。読書に没頭しているとその作品内で自分が殺されるかのような記述に出くわす「続いている公園」や、山椒魚（メキシコオオサンショウウオ、つまりウーパールーパー）を眺めている「ぼく」がいつの間にかウーパールーパーとして語ることになる「山椒魚」（いずれも『遊戯の終わり』所収）などは技巧を凝らして境界線が融解する瞬間を描いている。

〈柳原孝敦〉

第27章 オクタビオ・パス、詩と批評の巨人

文明の幸福な交錯

20世紀のすぐれた文明批評家であり、そして何よりも前に卓越した詩人であったオクタビオ・パス（1914〜1998）は、過去と現在を行きかう東西の知の旅へと読者を誘う。その詩集や詩論を、あるいは文学、芸術、歴史、政治、科学と多様な話題に及ぶ評論を繙《ひもと》くとき、読者はあれやこれやの文明が蓄積してきた豊かな知の営為の恩恵に触れる。近代は断絶と分離によって伝統を革新してきたが、パスもそのようにして新たな伝統を築く。

その道行きでは、マラルメやヴァレリー、パウンドやエリオット、ビジャウルティアやセルヌダ、パスが導かれた詩人のほかに、『アエネーイス』や『オデュッセイア』のような古典に、ウパニシャッドやヴェーダのような聖典に、杜甫や李白といった詩聖・詩仙に邂逅する。碩学と呼ぶにふさわしい博識が披露され、言語学や文化人類学など多様な領域の引き出しが不意に開く。デュシャンやサド、レヴィ゠ストロース、それに17世紀の詩人ソル・フアナ・イネス・デ・ラ・クルスを論じる圧倒的な評論は邦訳で読めるが、本質的に詩人であることが、批判的精神と幸福に両立している。パ

パスの肖像（Rafael Doniz, CC BY-SA 4.0）

スのことばが他の口から漏れ得ない特権的なものになっているとすれば、それが静止した知ではなく生きた思考として開かれ、愛や孤独や人間の条件を巡る思索に昇華しているためであろう。

詩と批評的作物、そのいずれでも徹底して探求されたのが、詩的言語である。『言葉のもとの自由』（1946）の初版――ホイットマンの『草の葉』のように生涯改訂を重ねた――にも、その意図がすでに明らかである。評論にあっても同様で、主要な詩論『弓と竪琴』（1956）――ロマン派から前衛主義に至る詩の近代性が主題の『泥の子供たち』（1974）、および詩＝《他者の声》が社会で果たす役割を再考した『もう一つの声』（1990）とで三部作をなす――では、詩を構成するイメージとリズム、そして言語そのものについて省察し、歴史的な分析を交えて詩的行為の意味の解明が試みられる。パスは、まだかたちを持たない《詩的なるもの《ポエジー》》――風景や出来事のうちにも存在し得る――を詩人としての直感が具現化しようとして創造されるのが《詩》なのだと言う。詩の体験は名前がないものに名を与える行為、すなわち《始原のことば》の再創造となるのだが、そこでは《他者》との対話を通じて、相反するもの、矛盾するものが和解する。

パスは、メソアメリカの神話体系のように西欧中心主義の世界観で周縁的とみなされてきたものを論に自然に溶け込ませた。その柔軟な思考の基底に流れているのが、シュルレアリスムと東洋思想である。最晩年の二作のエッセイ――『三極の星』（１９９６）と『インドの薄明』（１９９５）――は、それぞれの主題を総括する。前者には、第二次世界大戦中にメキシコへ亡命したバンジャマン・ペレらシュルレアリストを通じて出会い、後年、文化担当官として赴いたパリで主唱者ブルトンのグループとじかに交わった。《自動記述》のような方法をそのまま借りず、自由と愛の、否定と肯定の精神こそを継いだ。

後者については、駐インド大使を務めた１９６０年代に知識を深めた。そこから、曼陀羅を想起させるが、形式が複数の読みを許容する異色の詩編『白』（１９６７）を含む『東斜面』（１９６９）や、哲学的な装いの散文詩『文法学者の猿』（１９７４）のごとき果実が成った。これより時期の早い日本駐在からは、林屋永吉との共訳『奥の細道』（１９５７）や、大岡信があえて《連詩》と呼んだ、母語を異にする詩人４人の共作『連歌』（１９６９）のような成果が生まれている。

このようにパスの前半生は旅に彩られたが、１９６８年に自国の学生運動弾圧に抗議してインド大使の職を辞して祖国に戻った後に「多様性《プルラル》」誌や「回転／帰還《ブエルタ》」誌の創刊に関わり、故国の自由な言論の導き手となった。批評家として『曇り空』（１９８３）のような政治評論でコスモポリタンな性格を貫く一方、普遍の知を背景に《メキシコ的なもの《メヒカニダ》》についての省察も重ねている。

パスが生まれたのは、１９１０年に始まった革命の動乱のさなかのメキシコ市であった。農民軍指導者エミリアーノ・サパタを支える父が家庭を不在にしがちであったため、成人まで多くの時間を郊外の祖父の屋敷で過ごした。そこでおぼえた寄る辺ない自己の感覚に由来する「自分はどのような人間か」という問いは、父の亡命先のアメリカ合衆国で英語を話せずに浴びた嘲笑や、帰墨してから同朋の子どもたちから受けた《よそもの《グリンゴ》》扱いの経験を通じてより強固になった。「この土地のものでもなければ、あの土地のものでもない」という自己同定の宙吊り状態は、隔絶と孤独についての、歴史や共同体についての広汎な思惟へとパスを導いた。

　批評家としての名を高めた『孤独の迷宮』（１９５０）の論究は、マヤやアステカの先コロンブス期文明を築いた先住民族と彼らの土地を《新たなスペイン《ヌエバ・エスパーニャ》》副王領として支配したスペイン人との関係の考察を経て、両者の《混血《メスティサヘ》》の結果として今在るメキシコ人――近代化と革命を経験し、北米の巨人の隣人という立場に身を置く――の心性を明るみにさらす。

　被征服者と征服者の「和解」である《混血《メスティサヘ》》には暴力の加害者と被害者との双方を継承するという二重性が露見するが、この重層性を、文字通り過去を現代が覆う街メキシコ市が象徴している。人口２０００万人超の大都市の中心を東西斜めに横切る《改革戦争の散歩道《パセオ・デ・ラ・レフォルマ》》の緑豊かな大通りを挟んで、２つの重要な広場が控える。中央広場《ソカロ》には、大統領政庁《国立宮殿》や大聖堂が隣接する。そこはかつてアステカの大神殿と宮殿が威容を誇った場所で、遺構の一部がのぞく。他方、２キロメートルほど北の《三文化広場》は、アステカ最後の王がコルテス一行に降伏した場所だが、そこに植民地時代の教会が立ち、周りを現代建築に囲まれていることが、その名の由来になっている。

　湖上の島に築かれたアステカの都テノチティトランを礎とするメキシコ市は、埋め立てによって拡大した。パスの祖父の家があったミスコアックも、旧大統領府の城や国立人類学博物館のあるチャプルテペックも、フリーダ・カーロとディエゴ・リベラの画家夫妻が《青い家》に暮らしたコヨアカン

ソチミルコ（Carlos Valenzuela, CC BY-SA 4.0 DEED）

も、過去には水で島と隔たれた土地であった。市南部のソチミルコの色とりどりの小舟が浮かぶ運河の光景は、今にそれを伝える。テオティワカンに、モンテ・アルバンやチチェン・イツァーの遺跡に足を運ばずとも、都市を掘り返せば、往古の歴史が顔をのぞかせる。

メキシコの歴史の複層性の認識は、聖母信仰に結び付いたアステカの女神を扱う「黒曜石の蝶」（1951年刊行の散文詩集『鷲か太陽か？』に所収）や、マヤ暦にちなむ584の循環する詩行『太陽の石』（1957）にも顕わである。いずれも過去のこだまを響かせながら、現代の生者の声を伝えている。

自伝的要素も垣間見える最後の詩集『内部の樹木』（1987）では、詩と言語、不在と沈黙、造形芸術へのまなざしや東洋との出会いが主旋律を奏でる。そこにはせめぎ合う愛とエロティシズムも織り込まれるが、長年の探究の対象であった両者の関係については、エッセイ『二重の炎』（1992）に詳しい。1981年のセルバンテス賞、1990年のノーベル文学賞の受賞者パスの詩と思想を理解するのに欠かせない一冊である。

〈鼓宗〉

第28章 チリ詩の「背骨」

ニカノール・パラの反詩、視覚詩、環境詩

チリは「詩人の国」とよくいわれる。ガブリエラ・ミストラルとパブロ・ネルーダという、ふたりのノーベル賞詩人を輩出したこの国では、実際、街なかに詩人に材を得たモニュメントが多く見かけられ、また、「かつて詩を書いていた」というひとに出会うことも珍しくはない。詩と生活の距離が近いのである。ながい20世紀を通じてチリに暮らし、ひとびとの声に寄り添いつづけたニカノール・パラ（1914～2018）は、まさにかの国の詩の「背骨」のような存在である。ビセンテ・ウイドブロやオリベリオ・ヒロンドに代表される20世紀はじめのラテンアメリカのアヴァンギャルド世代は、ヨーロッパを華麗に回遊し、そこで身につけた高踏的、あるいは実験的な表現に耽溺した。一方、彼らへの批判精神から出発したパラ作品に見出されるのは、定点観測的にチリ社会とつながろうとする意志であった。以下では、様ざまに変容した彼の代表的な詩のスタイルを、①反詩、②視覚詩、③環境詩にわけて回顧したい。

パラが中南米詩のあらたな時代の旗手として脚光をあびたのは、1954年の第二詩集、『詩と反

詩』の成功ゆえであった。一般読者に親しみやすい口語をもちいるスタイル「反詩」を発明したこの詩集で、パラは、それまでの詩人たちに認められたロマン主義的身ぶり、すなわち、自身を特別な存在とみなす自己認識を捨て去り、凡百な自己像を打ち出したのである。この詩集におさめられた「墓碑銘」で、パラはこういっている。「角張った顔をしていて／両目はほとんど開いていない／そして、混血ボクサーのような鼻が／アステカ像のような口まで垂れ下がる／――これらすべてが充たされている／皮肉屋で裏切り者の光によって――／とても賢いわけでもなく、救いがたいほどの馬鹿でもない／私は私だった」。見目麗しいわけでもなく、「賢いわけでも」「馬鹿でもない」、この斬新な詩人像に、ひとびとは惹かれたのである。ただし重要なのは、このいっけん素朴な被虐が、実はチリ詩にたいする鋭い批評に裏打ちされていた、ということである。自身の美学を主張する詩「マニフェスト」（1960年）で、彼は先行世代の詩人たちをこう批判している。「雲の詩に抗して／私たちは対置します／大地の詩を／――冷静な頭、熱い心／私たちは決然たる大地主義者たちです――／カフェの詩に抗して／自然の詩を対置し／サロンの詩に抗して／広場の詩を／社会的抗議の詩を対置します」。華やかな修辞と先鋭的な言語実験で知られたウイドブロ、ネルーダらの作品は「雲の詩」、「カフェの詩」、すなわち現実から乖離した詩であった。それにたいして、こんどは、民衆の声にそくした表現の必要が説かれたのである。

公に開かれた作風は、1970年代の彼の視覚詩にも認められる。1972年の作品『アルテファクト』はその代表例である。この「詩集」の実態は、ボール箱におさめられた242枚の絵葉書で、その裏面には、パラによるごく短い文句とギジェルモ・テハダによるイラストが印刷されている。本の形状を取ることもなければ、ひとりの詩人の特別な才能のもとに創造されたわけでもないこの作品には、スペイン語で「人の手で作られたもの」を意味する「アルテファクト」という素朴なタイトルがふさわしい。さらに重要なのは、この作品が読者に許す、読みの可能性である。読者はバラバラの絵葉書をどの順番で読んでもよく、絵葉書として他人に送ることさえできる。それゆえ、読者はあたかも体験型アート作品に参加するようにして、この作品を「読む」ことができるのである。

また、『アルテファクト』は、同時代のチリの政治的状況に密接に結びついた作品でもあった。

「左翼と右翼が団結すれば／絶対負けることはない」（『アルテファクト』より）© De los Poemas de Nicanor Parra, publicados en *Obras compleatas y algo más (1935-1972)*, reproducción mediante permiso de Galaxia Gutenberg S.L, 2024

1970年に誕生したサルバドール・アジェンデ社会主義政権は、鉱山の国有化などの政策をすすめた一方、インフレに苦しみ、国内で評価が二分される状況をまねいた。冷戦構造を背景に、親アジェンデ派と反アジェンデ派、共産主義者と資本主義者、親キューバ派と親米派とにわかれた状況にたいし、パラはどちらにも肩入れすることなく、むしろ社会の分断をのりこえることを希求した。当時の左翼運動のスローガン「人民が団結すれば、絶対負けることはない」のもじりである「左翼と右翼が団結すれば／絶対負けることはない」という図の詩句は、相異なる思想のひとびとが隣合うことの大切さを説いている。結果的に詩人の願いはとどかず、1973年のアウグスト・ピノチェト率いる国軍によるクーデタで政権は打倒され、チリはその後、20年弱にわたる抑圧的な軍政時代をむかえることになった。しかし、パラの作品は、当時の前衛文学が大衆との関係を取り戻し、困難な時代に正対しようとしたことを、雄弁に証言している。

クーデタ後に成立したピノチェト政権は、それまでの社会主義政策から大きく舵を切り、新自由主義経済を目指した。このときに理論的支柱となったのが、シカゴ大学で経済学者ミルトン・フリードマンの薫陶を受けたチリの研究者たち、通称「シカゴ・ボーイズ」であった。国営企業の民営化と経済規制の緩和によって、木材や鉱山資源の輸出が伸長し、はたしてチリは1970年代末には目覚ましい成長を遂げ、そのことが軍事政権の正当化に寄与した。この時代にパラが取り組んだのが、「環境詩」であった。1982年の『環境詩集』、『警察を詩を混乱させるための冗談集』とともに始まるこのフェーズで、彼は、読者にたいして、「エコンパニェロ（環境同志）」（「エコ」と「コンパニェロ（同志）」の合成語）と呼びかけ、自然環境を共有する人間としての連帯を説いたのである。この2冊目の詩集に収録された詩の、「ミルトン・フリードマンは何を言ったのか／哀れなアラカルフェ族の人々に／買いなさい買いなさい／世界は終わってしまうのだから！」という一節に注目したい。パラが言及しているのは、新たな政策のもとに成し遂げられたチリの経済成長が、その陰でチリ南端の自然豊かな地域に暮らす先住民居住地の破壊につながっている、という事実である。彼は、自然環境という人類共有の財産の窮状を訴えることで、それを搾取する時の政権を批判しているのである。

口語、体験型アート、自然環境。パラは常にひとびとの共有するものに訴えかけ、ひとびとを取り込もうとし、プラットフォームとしての詩を模索した。彼はこうして、言語実験に行き詰まった前衛文学にひとつの解法を提示するとともに、困難なチリの歴史の証人でありつづけたのである。２０１８年に１０３年の生涯を終えてからもなお、このチリ詩の「背骨」は、同国で慕われつづけている。２０２１年に話題になったチリ出身の作家アレハンドロ・サンブラの小説『チリの詩人』で、彼は、インタビューに訪れた主人公たちのまえに、印象的な仕方で「カメオ出演」している。「『ああ、ドン・ニカノールは眠っていらっしゃいますよ、一日中寝ていらっしゃいますよ』と、ニカノールは言う」。チャーミングにひとびとを煙に巻き、しかし貴重な証言を供するその姿は、これからも、文学というユートピアに喚起されつづけるに違いない。

〈安原瑛治〉

第29章 フアン・ルルフォのハリスコ州

場所からたちあがる物語

コマラ、コマドレス坂、タルパ、ルビーナ、エル・パソ・デル・ノルテ（北の渡し）、サユーラ、サン・ガブリエル、センソントラ、グランデ平原、アルメリア川、テルカンパナ、サン・ペドロ・トシン、トナヤ、サポトラン、アムーラ……。フアン・ルルフォ（1917～1986）の作品は地名に満ちている。その多くは実在する場所で、さらにその多くが彼が生まれ育ったハリスコ州の南部にある。実際にこれらの地を訪れてみると、ルルフォ作品の手触り、そこで聞こえる音や登場人物たちの声に近づくことができるような気がする。

例えば彼が残した作品のタイトル2つをとっても、土地の香りを感じることができる。『燃える平原』のスペイン語タイトル *El Llano en llamas* の「平原」という部分 Llano（ジャノ）は大文字で、Llano Grande（グランデ平原）という固有名詞を指している。ハリスコの地域史家ビジャ・チャベスによると、この場所は Llano Páramo（ジャノ・パラモ、不毛の平原）とも呼ばれていたらしい。ここから代表作『ペドロ・パラモ』が連想されるのは自然なことだろう。その名が題名となっている登場人物は、ハリスコの広く乾いた土地のイメージを背後に持つことになる。ルルフォが場所とその名からインスピレーションを得ていたことがわかるだろう。タイトルふたつに共通する「Ll」、「P」といった音の繰り返しは、ルルフォがことばのひびきに気を配って創作していたことの証左になる。特定の場所の雰囲気を作品で再現しようとすること、聴覚を重視すること、という彼の創作の特徴が、題名からだけでもうかがえるのだ。

『燃える平原』の一節があるジャノを見下ろす道の看板

ちなみに日本語では「平原」という訳語が一般的な「llano」という語について、ルルフォが生まれたサユーラに暮らす姪エバさんに聞いたところによると、この地域では「谷」「盆地」というニュアンスで使われるようだ。とすると、この単語は、周囲を丘や山に囲まれた土地を指すと考えていいのかもしれない。ジャノでの行軍や戦闘、敗走が一兵士の目線から描かれたのが短篇集の表題作「燃える平原」だった。そして『ペドロ・パラモ』でコマラに向かう道のりはこう描かれる。「太陽の照り返しの中で、平原はかげろうに溶かされて透明な池のように見え、灰色の地平線がぼんやりと湯気の中に透けていた。そして、その向こうに山並みが見えた」。この表現はまさに、ルルフォの出身地あたりをとおる多くの人が目にするジャノの風景だろう。

さて、実在の場所と地名が多い彼の作品の中で、もっとも有名な『ペドロ・パラモ』のコマラという地名は架空の場所らしい。実はルルフォの出身地ハリスコ南部と接したコリマ州にコマラという町は存在する。市庁舎の前の公園にはベンチに座るルルフォの銅像がある。コリマの火山が見える緑豊かな地で、もちろんルルフォもこの存在は知っていたし、小説が有名になってからこの地を訪れた写真も残っているのだけれど、コマラという呼び名はトルティージャを焼く鉄板コマルからきていると言われている。ジリジリと熱い地、というイメージなのだろう。フアン・プレシアドが到着し死者と出会うひと気がない小説中のコマラには、わかっているだけでいくつかのモデルがある。

コマラにあるルルフォ像

そのひとつは母方の祖父母が所有していたアシエンダ（農園）アプルコだ。中心には現在もルルフォの祖父が建てた教会があり、一族が住んでいた建物は修道院となっている。父を殺されて母も亡くなり、州都グアダラハラで過ごしたのち、青年期にアプルコを再び訪れたルルフォは往時の繁栄とはまったく異なるさびれた様子を目の当たりにする。魂がさまようコマラのイメージ、過去のいくつもの時間と現在が重なりあう『ペドロ・パラモ』の時間の重層性のルーツはここにあるようだ。筆者が学生時代にセマナ・サンタの休暇で訪れたときには夕暮れ時、人影はほとんどなく、アプルコ川は枯れて、町はずれには崩れたアドベ（泥煉瓦）の建物がオレンジ色に照らされ、小説の世界に入ったように感じた。現在はルルフォの作品のモデルとして町おこしをしているようだ。

もうひとつのモデルと考えられているのはトゥスカクエスコという町だ。有名な『ペドロ・パラモ』の冒頭は、本として出版される前の1954年に雑誌に一部掲載された際には「トゥスカクエスコに行ったのは、ペドロ・パラモとかいうおれの父がそこに住んでいると聞いたからだ」となっていた。実在する地名が現在知られる架空の町コマラになったことで、小説はフィクションとしての厚みを増した。それでもトゥスカクエスコがモデルとなった理由を考えてみるのはおもしろい。ファン・プレシアドがコマラに向かう描写はこうなっている。「山をいくつも越えて、だんだんと下りの道になった。熱い風の吹く高いところから下って、暑さそのものの無風地帯におれたちは少しずつ沈んで行った」。実際にトゥスカクエスコは作品に登場する他の実在の地よりも標高が低く、たどりつくためには下って行かなくてはならない。実際の地形を下る身体の感覚と、冥界のようなコマラで、生き

アプルコにあるルルフォの祖父が建てた教会

アプルコの風景

ている者と死んでいる者の時間が混ざりあう小説のストーリーとがリンクしているのだ。ルルフォは、自分は作品に場所の雰囲気を与えるのが好きで、よく知るハリスコ州を舞台にしてしか書けなかった、というようなことを述べている。実際の地形をイメージし、それに助けられながらも新しい意味をつけくわえ、そこに生きる人々を描いたのだろう。

そもそもルルフォ、という変わった苗字を持つのは、ハリスコ州を中心に暮らす彼の親類のみだ。良くも悪くも彼の名前はすでに具体的な場所とわかちがたく、彼の作品がハリスコを舞台としていることと響きあい、読者に土着的なものを描いた作家という印象を与えている。

しかし、ルルフォが完全にハリスコに生まれそこで一生を終える人々の目線から書いたのかというと、そうではないだろう。彼は幼い頃から州都グアダラハラの孤児院で育ち、のちにアプルコをはじめとした幼少期を過ごした場所にふたたびかえって文学的題材を見出したものの、メキシコシティで一生を終えた。この点で、かれはよそ者としての視点を持っていたといえるからだ。

このよそ者としての視点は、ルルフォが愛読した植民地時代の年代記の作者たちとも共通する。ルルフォは歴史、特にハリスコ周辺地域の歴史に詳しく、ハリスコに関する古い文献はすべて読んだと豪語していたが、年代記の書き方を創作の手本としていたところがある。フアン・プレシアドの母の記憶にある美しいコマラの情景は、ハリスコ最初の年代記作者と言われるアントニオ・テージョ神父による村の描写を下敷きにしているという研究者の指摘もある。ルルフォの手法といえばハリスコに暮らす人々の声を書きことばによみがえらせたことが重要視されるけれど、年代記の作者たちが書き留めた文章からの影響を受けていることも、もっと知られてもいいかもしれない。

さらに、作品発表以前の彼の人生は移動の連続であったことも、ルルフォがよそ者の視点を持っていたと考えられる理由になる。彼は幼少期の孤児院にはじまり、グアダラハラ、メキシコシティはもちろん、内務省移民局の仕事により複数の都市で暮らし、またタイヤ会社のセールスマンとしてメキシコ国内を移動した。車での旅行ガイド雑誌『地図』のために書いた旅行記がわずかに残されている。その一つ「カスティージョ・デ・テアヨ」はベラクルス州の遺跡をめざして夜中に暗闇の中を歩き、征服の暴虐を語る人物に出会うという幻想的な設定で、『ペドロ・パラモ』の雰囲気を先取りしている。また『ペドロ・パラモ』執筆直後にはパパロアパン川周辺を調査する委員会に所属し、実現はしなかったものの次回作の構想を練ってもいた。ハリスコだけではなく場所が持つ歴史や人々がルルフォの創作の元にはあったのだろう。

ルルフォの作品は場所の雰囲気、手触り、話しことばなどを呼び覚ましながら、積み重なる時間も描く試みだった。幼少期と青年期の出身地での体験、そこに暮らす人々についての記憶、年代記やそのほかの読書から得た描写や考え方、よそ者としての視点、これらがルルフォの創作のベースにあり、作品として結実した。ひとつの地域を描くことによって、世界の人々に読まれる作品へと至る道筋がそこにある。

〈仁平ふくみ〉

第30章 クラリッセ・リスペクトル

ウクライナの遠いトラウマ

クラリッセ・リスペクトル（Clarice Lispector）は、１９２０年12月10日、ウクライナの小村チェチェルニクでユダヤ人の両親のもとに生まれた。ロシア兵によるユダヤ人の虐殺が横行していたソヴィエト・ウクライナ戦争のさなかで、リスペクトル一家が戦火を逃れる移動の途中に滞在していた場所だった。一家はクラリッセが1歳になったばかりの頃にブラジル北東部のレシーフェにたどり着き、クラリッセは幼少時代をこの港街で過ごした。

9歳のときに母を病気で失い、12歳のとき家族とともにまだブラジルの首都だったリオデジャネイロに移住。当時のユダヤ人移民の女性にとっては異例だったようだが、クラリッセはリオデジャネイロ連邦大学法学部で学ぶ。しかし、関心の中心は文学にあり、在学中に新聞への寄稿を始めている。

１９４３年、デビュー作『野生の心の近く（*Perto do coração selvagem*）』を上梓し、批評筋から高評価を得る。詩人レード・イーヴォは「これまでに女性がポルトガル語で書いた小説のなかで最良のもの」とまで述べた。その題は、当時恋人だった作家ルシオ・カルドーゾの助言によってジェイムズ・

ジョイス『若き芸術家の肖像』の一節「He was unheaded, happy, and near to the wild heart of life.」から取られていたため、ジョイスの文体の影響を見て取る批評家もいたが、実際にはクラリッセはそのときにはこのアイルランドの作家の著作を読んだことはなかったという。

学生時代に結婚した夫が外交官となり、クラリッセも16年にわたってスイス、イギリス、アメリカで暮らしたのち、夫との別居をきっかけにリオデジャネイロに戻った。『家族の絆』（短篇集、1960年）、『G・Hの受難』（長篇、64年）『禁じられた幸福』（短篇集、71年）、『あふれくる水』（中篇、73年）といった代表作を送り出していく。ただ、作家業での収入は多くはなく、クラリッセはジャーナリストとしても活発に執筆した。

1967年から73年にかけて日刊紙「ジョルナウ・ド・ブラジウ」に毎週、クロニカ（crônica）と呼ばれる欄の記事を寄稿した。新聞紙面ではやや長く感じられ、書籍に入れば数ページとなって短めに感じられるクロニカは多くの小説家、詩人、ジャーナリストが手がけているフィクションのようでもありノンフィクションのようでもある豊かな可能性を持つ形式である。クラリッセが書いた記事の多くは現在、クロニカ全集に収められているが、物語としての性格が強いゆえか短篇集に収められたものもある。

同時代のラテンアメリカ作家にも目を配っていた証拠として、たとえば1969年11月15日付の短文でクラリッセは、ガルシア゠マルケス『百年の孤独』（67年）のエリアーニ・ザグーリによるポルトガル語訳について、「愛、暴力、狂気に満ちた家族の物語」であるこの長篇小説が「大きな文学的価値を持つ稀なベストセラー」だと書いている。

同年の3月22日には、ホルヘ・ルイス・ボルヘスの「ボルヘスとわたし」を、クラリッセ自身がポルトガル語に訳したと思われるものが掲載されている。「さまざまなことがその身に起こっているのは、もう一人の男、ボルヘスである」と始まる、『創造者』（60年）に収められたこの散文は、生きている個人としてのボルヘスと、作家として世に知られる存在であるボルヘスとの乖離について思考を巡らせるものである。数ある作品のなかで「ボルヘスとわたし」がクラリッセの目を引いたのは、それが衆目の一致する傑作である点を差し引いても、語ることと存在することとのあいだの微かであっても接合しえない乖離が、作家クラリッセの意識の中心にあったからだろう。

最初の長篇『野生の心の近く』（43年）で、クラリッセはすでにこう書いていた。「興味深いことに、自分が誰なのかわたしには言えない。というか、よく知ってはいるのに言うことができない。何より、それを言うのが怖い。話そうとした瞬間、自分が感じていることを言い表すのに失敗するだけでなく、自分が感じていることがゆっくりと自分が言っているものへと変容してゆくから」。内省と感性、思索と飛躍が交じり合う後期の中篇『あふれくる水』（73年）には、「この人生を生きることとは、直接に生きるというより、それを間接に想起することである」という一文がある。作家にとって、直接の、即自の経験としては不可能な生は、間接の想起を（また、語りを）経由することで初めて経験されるものとなる。

また、生前最後の小説『星の時（*A Hora da estrela*）』（77年）では、明らかにそれまでのクラリッセの文体を持つ「ロドリーゴ・R・M」が物語中の語り手を担い、哀れな19歳の少女マカベーアが語られる主人公になっているが、これは「ボルヘスとわたし」の数多の変奏のひとつ、作家である彼女と生きる彼女の分裂を描いた「クラリッセとわたし」と見なすことができるだろう。

「帰属すること（Pertencer）」と題された１９６８年のクロニカでクラリッセは、「わたしが揺りかごのなかで抱いた初めての欲求は、帰属する欲求だったと確信している」、「母にも父にもどうにもできなかった事由によってわたしは生まれ、生まれた者となった」として、彼女の作品世界の核心とも考えられる事実を告白している。クラリッセの母は、病を患っていたが、その当時、子どもを身ごもれば治癒するという迷信が広く信じられていたという。

「そのためにわたしは故意に創られた。愛と希望をもって。ただし、母は治癒しなかった。そしてわたしは今日に至るまでその罪を背負っている。与えられた使命にわたしは失敗した。わたしが無駄に生まれ、両親の大きな期待を裏切ったことを両親は赦しただろう。だが、わたしは自分を赦していない」。

「母にも父にもどうにもできなかった事由」の解明を、ベンジャミン・モーザーは、クラリッセの評伝 *Why This World?*（２００９）において試みている。ユダヤ人のリスペクトルの一家が故郷を追われ、ブラジルへ亡命する要因となったソヴィエト・ウクライナ戦争は、１９１７年12月に始まり、21年11月まで続いた。そのさなかに、ロシア兵によるユダヤ人女性への暴行が頻発していたこと。クラリッセの母マニアが病気になったのが戦争中だと推定されること。これらを根拠として、モーザーはひとつの結論を導き出し、傍証として「人生の終わり近くにクラリッセはごく近しい友人に告白している」としている。これらの状況証拠が事実を断定するに足るものなのかはわからないが、リスペクトル一家が代々暮らしてきたウクライナではユダヤ人の虐殺が横行し、夥しい数の人が性暴力を受けていた。生後まだ間もない時期にウクライナを離れたクラリッセにも、その惨劇にまつわる記憶が、伝聞として薄まってではあれ、継承されていないはずはない。

クラリッセの息子パウロ・グルジェル・ヴァレンチは、2021年に『星の時』が邦訳されるに当たって寄せた未公刊の文章で、主人公マカベーアの命を奪った巨大なメルセデス・ベンツが第三帝国の総統の車であることを指摘し、この事故を「リオデジャネイロでの、30年後のホロコースト」と呼んでいる。また、題にある「星」はダヴィデの六芒星である、と。

1960年代末の短篇「パンを分かち合う」には、休日の豪華な食卓についての次のような一節がある。「生け贄《ホロコースト》ではなかった。そこにあるすべてが食されることを望んでいた。わたしたちが食するのを望んでいたのと同じように」。ナチス・ドイツによって第二次世界大戦中に行われたユダヤ人の大虐殺が Holocausto と大文字で書かれるいっぽうで、この「生け贄」は holocausto と小文字で書かれた一般名詞ではあるものの、平穏な日常を描く文章に差し込まれて違和感のない単語ではない。

ウクライナでの惨劇が、直接に近づくことが不可能なトラウマの核であるからこそ、クラリッセが、表立った形でではなく、ひそかにかつ入念にさまざまな変形や偽装を施しながらそれについて書いているという想定は、彼女の作品を読むときに心の片隅に持っておくべきものかもしれない。『あふれくる水』にある「わたしが語ることは、わたしが語ることではなく、別のことだ」というクラリッセの言葉はおそらく、そのような読みを要求している。

〈福嶋伸洋〉

第31章 カルロス・フエンテス

時の地層を描く「同時代」作家

2012年5月15日に83歳で死去したカルロス・フエンテスの葬儀は、メキシコシティのベジャス・アルテス宮殿で盛大に執り行われ、その遺体は、先に夭折した息子のカルロス、娘のナターシャが眠る、パリのモンパルナス墓地へと埋葬された。同墓地には、モーパッサン、ボードレール、ボーヴォワールとサルトル、ソンタグ、ベケット、デュラス、メキシコ革命によって国を追われ、パリで没したポルフィリオ・ディアス、ペルーの前衛詩人セサル・バジェホ、そして、フエンテスとともにラテンアメリカ文学の「ブーム」の一翼を担ったコルタサルらが埋葬されている。

数年前にフエンテスの墓地を訪れた際、その場所は、どこか彼が眠るのに相応しい場所であるようにも私には思えた。というのも、フエンテスは、現代のメキシコ・ラテンアメリカを代表する作家であるとともに、仏大使を務め、クンデラ、ラシュディら世界の同時代の作家たちと親交を結んだコスモポリタンな知識人でもあったからだ。そして、小説作品と並行して旺盛に執筆した評論作品において彼は、ラテンアメリカ文学とは、欧米の文学を中心とした「世界文学」の周縁に位置するものではなく、その正統な後継であるということを度々述べていた。実際、新大陸の征服から20世紀末までの歴史を大胆に語り直した大作『テラ・ノストラ』（1975）に顕著であるように、メキシコ・ラテンアメリカがその一部であるところの西洋文明に対する問い直しは、彼の小説作品における重要なテーマのひとつである。

　メキシコで文学研究者や作家たちと話をしていると、彼ら・彼女らがしばしば、一度はフエンテスと会って言葉を交わした経験を持っていることに気がつく。フエンテスは、メキシコ国内外を問わず、講演や文学会議といった場に積極的に姿を現し、文学者・知識人として公的な発言を行った。そして、生前の彼を知る人々は、大抵の場合、そうした場での彼のエレガントな振る舞いを記憶に留めている。ホセ・ドノソは回想録『ラテンアメリカ文学のブーム』（1972）で、フエンテスの第一長篇小説『澄みわたる大地』（1958）から受けた衝撃について述べるとともに、チリ・コンセプシオンで1962年に行われた文学会議において彼と初めて言葉を交わした際に受けた、強い感銘について記している。加えてドノソは同書で、自分の小説が英訳されるにあたって、フエンテスが米国の出版社への仲介役を果たしていたことも証言している。フエンテスは、作家として重要な作品を執筆しただけでなく、欧

パリ・モンパルナス、フエンテスの墓地

米の出版社・出版エージェントとラテンアメリカの作家たちとの間を取り持つことで、「ブーム」の興隆において重要な役割を果たした。

こうした人となりとも通底しているように思われるが、何よりも、作家としてのフエンテスの特徴は、彼が「同時代的＝現代的《コンテンポラリー》」であることを常に志向していたということだ。彼の作品のうち最良のものの多くは、それらと同時代の世界的な文学の潮流、政治・社会的な状況への、ラテンアメリカからの応答のようにして書かれている。

普遍的な文学的伝統の正統な後継であると自負すること、かつ、それを同時代的な状況において、ラテンアメリカ文学の立場から更新すること。こうした、フエンテス作品の特質が最もよく現れている作品のひとつが、『アルテミオ・クルスの死』（１９６２）だ。この作品では、１９１１年のメキシコ革命を機に成り上がった人物アルテミオ・クルスが死を迎えようとする時が「現在」として設定されている。そして、各章では、彼の人生の13の局面が、一人称・二人称・三人称の語りを行き来しながら、カットバック的に描かれる。ここで描かれる彼の人生の一時点はそれぞれ、彼が死の床にある１９５９年の「現在」の視点から問い直されることとなる。それは、アルテミオ・クルスの成り上がりのきっかけとなったメキシコ革命という歴史、革命後に構築されたナショナルなアイデンティティに対する、作家自身による問いでもある。そして、「ハバナ、１９６０年５月　メキシコシティ、１９６１年12月」という、小説の末尾に記された脱稿の場所と日付に端的に現れているように、１９５９年のキューバ革命政権の成立と冷戦という世界史的な同時代の状況において、この作品は書かれている。さらに、いま本作を読むということは、それが読まれる「現在」において、そのフエンテスの視座自体も含めて、その都度ごとに問い直すということを意味している。フエンテスの作品には、こうした時の重層性が内包されている。

フエンテスは、1985年に「時代の齢《ラ・エダ・デル・ティエンポ》」という構想を示した。それはまるで、バルザック「人間喜劇」の向こうを張るようにして、自身のこれまでの作品と執筆予定の作品を、年代順ではなくカテゴリー別に分類して並べ直した一覧表であった。ただしそれは、彼の作品群が総体として、統一的なひとつの世界を成しているというよりも、地層あるいは年輪のように、それぞれが独立して重層的に重なり合う、諸々の時代の様相を示したものであるようだ。

フエンテスの作品が精彩を放つのは、そうした重層的な時間への旅へと読者を誘う瞬間にある。とりわけ、ロンドンやパリなど欧米の都市に移り住んだこともある彼が、終生愛着を持っていたメキシコシティは、重層的な歴史を体現する都市として、彼の作品の舞台となり、描かれる。例えば、幻想的な中編小説『アウラ』（1962）の次のような一節。

ドンセーレス通りのようなところに人が住んでいるのだと考えて、君は驚くだろう。市の中心にある旧市街には誰も住んでいないと君はずっと思っていた。815番地を捜しながら、コロニアル様式の古い邸宅が、今では車の修理工場、時計屋、靴屋、清涼飲料水の売店になっているその区画を、君はゆっくりと歩く。番地は再整備され、重ね書きされ、混同されている。13番地の横には200番地があり、古いタイルに記されたかつての番地－47－の下にチョークで新たな番地が告知されている。現在は924番地。

現在は国立美術館の前にあるカルロス4世像

メキシコシティの旧市街に位置するドンセーレス通りは、古書店が立ち並ぶ地区としても知られている。重ね書きされた番地が示しているような、時とともに姿を変えていった都市の姿が重なり合って形成する、時の地層がここでは描かれている。この後、ドンセーレス通りの邸宅を訪れた主人公（そして作品を読む読者）は、過去と現在が渾然一体となった幻想世界へと迷い込むこととなる。

あるいは、1950年代のメキシコシティを舞台とした都市小説『澄みわたる大地』の冒頭で、夜が明けて間もない早朝に、メキシコシティ中心街のゲレロ通りをブカレリ通りに向かって北上する登場人物の行程を辿る、次のような一節も忘れ難い。

ゲレロ通りでは、もう水浸しではなくなっていたので、靴を履くことができた。ブカレリ通りの辺りに差し掛かると、キーキー音を立てて、まだ影も落とさぬまま自転車が駆け抜け、路面電車もすでに走り始めている。（…）カルロス四世像《カバジート》からドクトーレス区に向かうアスファルトの棺は、差し出された手のように寂しい。（…）カルロス四世と、彼の取り巻きであるネオンの小人たちが街を眺める。

ゲレロ通り－ブカレリ通りという南北に走る一本の通りと、市内最大の目抜通りレフォルマ遊歩道との交差点に位置するロータリーに、19世紀半ばに設置されたカルロス4世像が、ここでは、1950年代の大都市を彩るネオンの光と共存している。現在、このロータリーにはカルロス4世像はなく、代わりに黄色の巨大な現代彫刻が設置されている。この場所を訪れるたびに私は、フエンテス作品にさらに重ね書きされた時の地層に迷い込んでしまったかのような、めまいを覚えるのだ。

〈藤井健太朗〉

ゲレロ - ブカレリ通りとレフォルマ遊歩道のロータリー交差点（2022 年撮影）

第32章 いつ終わるとも知れぬ語り合い

マリオ・バルガス・リョサ『ラ・カテドラルでの対話』のリマ

マリオ・バルガス・リョサを読むならまずは初期の三部作である。いずれも若書きで『都会と犬ども』を刊行したのが弱冠26歳、『緑の家』が30歳、『ラ・カテドラルでの対話』が35歳というから早熟にも程がある。野球でいえば新人が開幕試合の全打席の初球で本塁打を放ったようなもので、なかでも『ラ・カテドラルでの対話』は逆転サヨナラ満塁打に近い完成度を誇る。私としてはまずこの小説を読んでから直前の二部作を読むことをお勧めしたいくらいだが、いっぽうで、ブーム世代の書いた作品ではガルシア・マルケスの『百年の孤独』と双璧をなすこの大作が日本ではそれにふさわしい読み方をされていないとも感じてきた。幸い2018年に自由間接話法を徹底して訳文に反映させる見事な新訳が刊行された。作品の成立背景や文体上の技巧については新訳の訳者旦敬介による解説に詳しいので、ここでは作品のなかのリマを私自身の回想も含めて想起してみたい。

ペルーの首都リマは太平洋岸の切り立った断崖の上に広がる不毛な砂漠の都市で、雨というものが降らない乾燥した風土であるにもかかわらず冷たいフンボルト海流の影響で年中霧がかかっているという、自然界の嫌がらせにでも遭っているとしか思えない極めて陰鬱な環境にある。もちろん先住民はこんな不幸な場所には住み着かなかった。この気候からして「なにかダメな感じ」は小説に描かれている人物たちの汚辱をしばしば象徴する。

主人公のサンティアーゴ・サバラ、通称サバリータは中心街セントロにある勤務先の新聞社の窓越しにその霧雨とリマらしい「灰色の正午」を見つめながら自問する。〈いったいどの瞬間からペルーはダメになってしまったんだろう?〉この「ダメになる」というのは元のスペイン語では joderse という動詞が使用されていて、以降、とりわけ独裁者を軸とした政界と財界の癒着を中心になにもかもがホデールする、ダメになる過程が様々な角度から描かれてゆくという意味で非常に重要な一言だ。

このサバリータは飼い犬を引き取りに訪れた野犬収容所で見覚えのあるサンボ(アフリカ系の混血を指す言葉)のアンブローシオと遭遇し、このアンブローシオと近くの安酒場〈ラ・カテドラル〉に陣取って4時間にわたって昔話をする。冒頭の章では泥酔したサバリータがアンブローシオと別れて帰宅するまでが描かれているが、次の章以降ではこの4時間の会話が断片的に再現され、さらにはその会話の時間軸に近い過去の情景、たとえばサバリータの学生時代の活動家たちとのエピソードや、凄腕のフィクサーとして政財界で暗躍するカヨ・ベルムーデスと娼婦たちとの逸話などが別次元の対話として絡まってくるという、極めて複雑ではあるが、最後まで読んでいけばなぜかすべての物語が関係しあって立体的に立ち上がってくるとい

刊行50周年記念版と岩波文庫版の新訳

う、手品のような構成をもつ。

学生時代のサバリータ、そして記者になってからのサバリータが行き来するのは、実業家の父ドン・フェルミンと暮らした家や妻との新居があるミラフローレスと大学や新聞社のあるセントロをつなぐアレキパ通りである。ミラフローレスは白人の資産家が瀟洒な豪邸を数多く構える街で、いまでは海を見下ろすラルコマールというショッピングモールがランドマークになっている観光名所でもあるが、いっぽうのセントロはペルーらしい無秩序の極みだ。政官財のあらゆるオフィスのみならず、いわゆるインフォーマル経済を形成する行商人から組織犯罪の巣窟、娼婦街から中華街までありとあらゆる混乱を旧植民都市の街並みのなかに凝縮してシャッフルしたようなカオス。観光客向けには大統領宮殿や（本物の）カテドラル、さらには世界遺産化しているコロニアル建築群が看板とされているが、一度リマに暮らしてこのセントロの混沌を知ると中毒になるというか、独立後２００年経ってなお様々な課題を抱えたこのユニークな国のやや露悪趣味的な狂騒のとりこになってしまうのである。サバリータはバルガス・リョサと同じ（サバリータは実質作者の分身なので当然だが）国立サンマルコス大に通って左翼活動家らと政治談議に没頭するが、この大学の左翼色はその後も変わることなく、郊外の大学都市に移転してからもセントロの旧キャンパス前の大学広場は学生運動のシンボルとなり、実際に私も１９９０年の留学中にこの広場で催涙ガスを浴びたことがある。ちなみに私が通ったのはサバリータが本来なら行くはずだった富裕層の子弟向けの私学カトリカ大で、隣接していたサンマルコス大はセンデロルミノソのテロの拠点のひとつだとして実質閉鎖状態にあった。

この小説のもうひとつの重要な場所は、カヨ・ベルムーデスが愛人オルテンシアと暮らす悪徳の家があるサンミゲルやマグダレーナ・ビエハのエリアで、ここに住み込みで使用人をしているチョーラ（リマなど都市部で先住民の血が混じった人を指す語）のアマーリアは後に夫婦となるアンブローシオとそこからセントロまでブラジル通りをしばしば行き来している。代々続く富裕層が土地を所有しているミラフローレスとは異なり、サンミゲル界隈はカヨのような成り上がりも住める新興住宅街で、ブラジル通りはアレキパ通りと異なりコレクティーボの乗客に金持ちが少ない。

貧しいアマーリアはカヨ・ベルムーデスが失脚して国外逃亡した後、地方出身者の多いスラム街にあるおばの家に身を寄せるが、そこにいたのは２人のアヤクチョ人（アンデス出身者）と仕立て屋とドノフリオ社のアイスクリーム売りで、彼らが毎晩ケチュア語で歌を歌っているという下りでペルー人読者なら笑うだろう。ドノフリオ社のアイス売りは黄色の制服を着て三輪自転車に乗る日銭稼ぎの典型で、貧しい地方出身者のシンボルイメージであり、のちの作品『マイタの物語』でもこのアイス売りが登場する。チンチャというまさに吹けば飛ぶような寒村から伝手頼りにリマへやってきた、どこか抜けてはいるが根は正直でいい奴アンブローシオとこのアマーリアの朴訥とした会話からは、物語の舞台となっている１９５０年代以降急速に増加したリマへの地方移民の目から見たこの国の恥部が浮かび上がる。

リマの五月二日広場。サバリータたちはここをしばしば歩いた（Pitxiquin, CC BY-SA 4.0 DEED）

しかしこの作品のどこが面白いかと言って、自らもお世話になっていた娼婦ムーサが殺害されたのを知って悶々とするサバリータが、その犯人と

リマの老舗バー「ケイロロ」

目される（おそらくアンブローシオ）サンボの男と自分の父親が同性愛の関係にあったことを聞かされてから、当の父親と対峙する場面だろう。バルガス・リョサ文学の中心的テーマはまさにここ、公共の場における社会的闘争と私的な場における欲望の情念とが捻じれあい、結果として関係する人物に深い深い挫折感をもたらすという、その極めて宿命論的な生の見方にある。

サバリータらに限らず、リマという街は人が至る所で対話をしているような気がする。タクシーに乗れば運転手が、本を買えば店主があなたに彼の挫折や国の不幸を語りかけてくる。しかも実に楽しそうに。それを最も効率よく味わえるのは老舗バーのケイロロだ。ピスコのメーカーが経営するオールドスタイルのバーには私も1990年当時よく通い（バルガス・リョサは大統領選に敗れてペルーを去り、本屋では『ペルーはいつダメになったのか?』というあの言葉をもじったエッセイ本が大ベストセラーとなっていた）、奇しくも帰国後に『ラ・カテドラルでの対話』で卒論を書くことになった、今は亡き友人や若き日のサバリータみたいな左翼ペルー人青年らとチルカーノというピスコのカクテルをがぶ飲みしながら、昨日ミラフローレスで炸裂した車爆弾やバリオスアルトスの娼婦らの話に花を咲かせていた。まさかその数年後にカヨ・ベルムーデスをもっとグロテスクにしたモンテシーノスのような男が現れてフジモリ政権が汚辱にまみれていくとは露知らず。

〈松本健二〉

第33章 混血《ムラート》の民衆詩人ニコラス・ギジェン

名もなき「ファン」たちの代弁者

ギジェンを理解するには、ハバナのソラールに住んでみることだよ、とキューバの友人に言われたことがある。ソラールとは、低所得者がひしめき合って住むバラックのような集合住宅だ。実際に足を踏み入れると、そこは薄暗い迷路のようで、洗濯物があちこちにぶら下がり、快適さやプライバシーなどは皆無の混沌とした空間だった。

なんでそんなにいきりたつ？
ネグロ・ベンボンって言われたら
そりゃありがたい口だぜ
ネグロ・ベンボン

おまえみたいなベンボンは

なんでも持ってる
いい女《こ》が食わせてくれるし
なんでも貢いでくれる。

なのにおまえはぼやいてる
ネグロ・ベンボン
仕事はなくても金はあるのさ
ネグロ・ベンボン……
（「ネグロ・ベンボン」『ソンのモチーフ』1930）

1930年、『マリーナ新聞』の日曜版特集に、「ソンのモチーフ」というタイトルでギジェンの8編の詩が掲載され、大きなスキャンダルを巻き起こした。これらの詩では、ヒモのネグロ・ベンボンや浮気な混血女《ムラータ》、貧窮に喘ぐ黒人女《ネグラ》などが登場人物で、詩の語り手も彼らの周囲にいる黒人下層民という設定である。ギジェンは、キューバ文学史上初めて、そのようなマージナルな空間に住む人々の声と日常を詩に書き表した混血詩人《ムラート》だ。かの友人が言いたかったのは、

『マリーナ新聞』に掲載された「ソンのモチーフ」
出典：*Motivos de Son*, Edición Especial 50 Aniversario (1980) Nicolás Guillén, Editorial Letras Cubanas, La Habana.

ハバナのソラールに行けば、まさに「ソンのモチーフ」で繰り広げられるような世界を体験できるということだったのだ。

もっともギジェンは、１９０２年、中部の都市カマグエイの生まれである。父親はジャーナリストで上院議員も務めた名士であり、黒人中産階級の家で育った。幼少期から父親の書斎で文学に親しんだギジェンは、高校生の時から地元の文芸誌に詩を投稿し始めた。それら初期の作品には、フランス象徴主義や未来主義などの要素が見られ、ニカラグアの詩人ルベン・ダリーオに始まるイスパノアメリカ詩の革新運動の影響を受けたことがわかる。そのような芸術至上主義的世界から「ソンのモチーフ」の世界に着地するきっかけとなったのは、14歳の時に政治的抗争で父親が暗殺された事件だ。ギジェンは家計を支えるために仕事を探したが、肌の色で希望していた職に就けず、人種差別の現実を知ったのだ。１９０２年に独立したキューバでは、憲法上は人種的平等が達成された。しかし奴隷制が１８８６年まで続いたことによる人種差別は根強く、黒人の立ち入りを禁止するビーチやホテル、公園もあった。ギジェンは18歳でハバナに移住して、ハバナ大学で法学を専攻するも一年で中退する。そしてジャーナリストとして活動しながら、キューバの黒人民衆が生きる現実を映し出す社会詩人に転じた。

いや、違うんだ、旦那、兄弟。私がやろうとしてるのは
ため息をつく女みたいなタイプを消去することさ
鳥かごの鳥みたいにこの世界で囚われてる女をね

今じゃ私のミューズは私好みさ
タバコを吸う。踊る。声を上げて笑う。法律のことを少しは知ってて
悲しい共同体の寝床では変幻自在
私が叫び、罵る時、不愉快な時は優しいんだ　（「気取ったモチーフの近代的悲歌」１９３１）

ギジェンは「ソンのモチーフ」において、社会の底辺に置かれた黒人の貧困をさらけ出し、彼らの容姿、生き方、文化を詩のモチーフとした。詩にふさわしいミューズは、マスコットのように囲われた「ため息をつく女」から、自由奔放な、しかし差別される「悲しい共同体」の現実を知る混血女《ムラータ》や黒人女《ネグラ》に置き換えられる。先に引用した「ネグロ・ベンボン」の「ベンボン」は、黒人のぶ厚い唇を意味する語である。黒人男《ネグロ》がそう言われて腹を立てるのは、肌の黒さだけでなく、縮れ毛や厚い唇など、黒人の身体的特徴を白人との比較において「醜いもの」と判断する価値観が、黒人の間にも内面化されていたからだ。しかし詩の語り手は、それを「ありがたい口」だと褒める。つまりギジェンは、キューバに支配的な西欧の美的価値観を転覆させ、「黒人的なもの」の美の認識を促そうとしたのである。

キューバでは、20世紀初頭からヨーロッパやアメリカで起こった黒人芸術の流行に影響を受けて、１９２０～40年代にアフロキューバ主義と呼ばれる芸術運動が流行した。ギジェンもしばしばアフロキューバ主義の詩人と見なされるが、その主な担い手となったのは若い白人知識人たちだ。彼らは、

砂糖価格の下落による経済危機や政治汚職による当時の混乱状況に対して、政治的・文化的革命を起こす目的でそれまで無視されていた黒人文化に注目した。その結果、作品ではダンスの官能性や宗教儀式のエキゾティズムが強調され、およそ黒人は「他者」として描かれた。そしてアフロキューバ主義は、革命の気運の消沈と共に一時的流行に終わる。それと比べると、黒人に主体性を与え、詩を人種差別の解消の手段としたギジェンの詩は一線を画している。

私は海沿いの
バルや酒場が好きだ、
そこで人々は語らい飲む
ただ飲んで語らうために。
そこに「何者でもないフアン」がやってきて
彼の命の源の酒を頼む
そこには「どら声フアン」と「ごろつきフアン」がいて
「勇敢フアン」さらには「純朴
フアン」、ただただ素朴な
「フアン」までいる。（「酒場」『民の羽ばたきの鳩』1958）

フアンはスペイン語圏によくある名前だが、特にカリブ海域の民衆文化においては、だまされやす

ニコラス・ギジェン
出　典：*Homenaje a Nicolás Guillén*, 1.er Centenario de su Nacimiento (1902-2002) (2002), Autores Productores Asociados, S. L., Madrid.

い無垢な人というイメージを帯びる。つまりこの「ファン」たちは、名もなき素朴な民衆たちだ。ギジェンが民衆詩人と称されるのは、彼らを代弁する集団的声を詩の語りに響かせているからだろう。

　そのようなギジェンの詩は、音読して音やリズムから音楽を共鳴させることで最大の魅力を発揮する。たとえば「ネグロ・ベンボン」は黒人《ネグロ》男のあだ名であるが、それぞれの語のアクセントが拍子を刻んでいて、ベンボン（bembón）の［mb］には太鼓の音を連想することができる。さらに途中からは、詩の語りと「ネグロ・ベンボン」が交互に反復され、ソリストと合唱のコール&レスポンスが展開している。それは当時キューバで流行していた民衆音楽ソンの形式そのものだ。ソンは、白人音楽の旋律と黒人音楽のコール&レスポンスが組み合わさって生まれた最もキューバ的な音楽と言われる。

　ギジェンの「黒人詩」は、アフリカ由来の伝統の評価を促す一方で、マルティニックの詩人エメ・セゼールらが牽引したネグリチュードのように、アフリカの源泉への回帰には向かわない。ギジェンは、まさに混血音楽ソンのように、キューバにおいてはアフリカの血統と伝統がスペインのそれと分かちがたく結びついていることを示そうとした。つまり、黒人と白人の人種的融和が達成されるキューバの未来を志向した。

ギジェンは1937年に共産党に入党し、詩人・ジャーナリストとして、またキューバ共産党の代表団員として世界各地を回った。そのようなギジェンにとって、1959年に起こったキューバ革命は、彼が理想としていたキューバ社会の実現にほかならなかった。

わが姿を見てさわると
昨日まで何もないファンだった、この私が
今日、すべてを持つファンになっている
今日すべてを持って、
振り向き、目を凝らし、
わが姿を見てさわり
どうしてこんなことが可能にと自問する。

私にはある、さあどれ、
私は自分の国を歩き回ることができる
そこにあるすべてのものの主人《あるじ》として
かつて持たなかったし、持つこともできなかったものを
目の前で見ながら。
サトウキビの収穫も

山も
都市も
軍隊も
もう永遠に私のと、君のと、私たちのと言うことができる
光、星、花が放つ
広大な光もまた。（「私にはある」『私にはある』1963）

「何もないファン」だった「私」は、語り手のギジェンであり、同時にその他の名もなき「ファン」たちでもあるだろう。この詩は、白人ブルジョワがすべてを掌握していた社会から、そのような民衆が「すべてのものの主人《あるじ》」になったことを歓喜する歌なのだ。ギジェンは革命政権のもとで、キューバ作家・芸術協会の会長に就き、国民詩人としての地位を確立した。

〈安保寛尚〉

第34章　カリブ海から世界を凝視する

エメ・セゼール『帰郷ノート』を携えて

パリ郊外南部に位置するオルリー空港から飛び立ち、約８時間。眼下に広がるカリブ海の表皮にかさぶたのような島が見えはじめると、機体は高度を落とし、エメ・セゼール国際空港へ向けてゆっくりと降下する。カリブ海小アンティル諸島のひとつ、マルティニックを訪れるひとは誰でも、こうして「偉大なる黒人詩人」エメ・セゼールの名の洗礼を受けるのだ。

セゼールは、１９１３年にフランス植民地マルティニック北部の村、バス・ポワントで産声をあげた。１９３１年にパリに留学し、そこで出会ったセネガル出身のレオポル・セダール・サンゴールらとともに「ネグリチュード négritude」という概念を発明した。黒人に対する蔑称である「ネーグル nègre」を逆手に取り、その否定性を自らの歴史として引き受けることで、フランス植民地主義に対し否を突きつけたのである。サルトルが「黒いオルフェ」（１９４８年）で論じたように、ネグリチュードを掲げる詩人たちが目指したのは、奴隷制、植民地主義、そして人種差別の軛《くびき》を破り、「黒人の魂を表明する」叫びをあげることだった。じっさい、パリから故郷マルティニックへ帰る間際に発表された長詩『帰郷ノート』（1939年）のなかで「私はもはやひとりの人間にすぎない、どんなに貶められようと唾を吐きかけられようと、動じることはない」と歌うセゼールの声は勁《つよ》い。

機内から出たあなたは、むせかえるようなカリブ海の熱気に包まれる。そして、真っ赤に燃える剣のようなバリジエ（カンナの一種）の花が空港内に飾られているのに気がつく。1958年にセゼールが立ち上げたマルティニック進歩党（PPM）のシンボルであり、セゼールの栄光を讃える花である。第二次世界大戦後、セゼールはフランス国民議会議員、およびマルティニックの中心街フォール＝ド＝フランスの市長になる。だが、政治家としてのセゼールの道のりは逆説に満ちていた。1946年に彼が通した県化法案によって、それまで植民地だったマルティニック、グアドループ、仏領ギアナ、レユニオンがフランスの海外県へと「昇格」したことは、独立という形での脱植民地化を彼が選択できなかったことを意味する。さらに、フランス大統領ド・ゴールが提示した「フランス共同体」の可否をめぐる1958年の国民投票で、セゼールは逡巡ののち賛成票を投じた。現在、マルティニックはフランスの統一地方自治体である。「黒人の魂を表明する」とは、なによりもまず、フランスへの同化に対する否を意味していたはずだ。だが、政治家セゼールが辿った道は、マルティニックをフランスに同化することであった。燃え立つ意志を象るバリジエは、政治家セゼールが抱えた逆説を象徴する花でもある。

空港があるラマンタンからフォール＝ド＝フランスまで移動するには、これまでタクシーか自家用車を利用するしかなかったのだが、2018年以降、空港と中心街を結ぶトラムが走るようになった。トラムの建設が遅れた理由のひとつは、マルティニックの地形である。2023年にユネスコ世界遺産に認定されたマルティニック北部のプレ山は、１９０２年に大噴火を起こしたことで知られているが、この大噴火が示すように、火山活動によって生み出されたマルティニックの地形は起伏に富み、地図上の直線距離と実際の体感距離が著しく異なる。マルティニックの近代化とは、この隆起する地形を人為によって克服する試みだった。だが、たとえ地表をコンクリートが覆っても、繁茂する熱帯植物の生命力を削ぐことはできないし、うねるように続く大地の隆起を平定することもできない。そして詩人セゼールが発する言葉の力もまた、この土地に根ざしている。

だから、マルティニックを訪れるならば、『帰郷ノート』を一冊ポケットにしのばせて行くとよい。観光ガイドのカラー写真などでは到底言い尽くせない地形や風景の神秘、人々の喧騒、クレオール料理の味わい、「液化太陽」ラム酒の熱、そしてこの土地が16世紀以降経験してきた奴隷制と植民地主義の苦悩に満ちた過去の澱《おり》が、この一冊に込められているからである。たとえばセゼールが生まれたマルティニック北部の黒い砂浜の風景――

この浜辺もまたひとつの苦悩だ。腐敗する汚物の山、こそこそと用を足す尻。砂は黒く、陰鬱で、こんなに黒い砂は見たこともない、そして泡は金切り声をあげてその上をすべり、海は拳闘の強烈なパンチで殴りつける、あるいはむしろ、海は浜辺のひかがみを嘗め嚙みつく大きな犬で、嚙みついた挙げ句浜辺を喰いつくしてしまうだろう、もちろん、浜辺と一緒に藁《パイユ》通りもだ。

ボクサーのようにパンチを繰り出し、犬のように嚙みつく海。現在でも、大西洋に面したマルティニック北部の海岸を訪れれば、まったく同じ光景を見ることができる。どれだけ近代化しようと、自然の持続は消し去れない。

『帰郷ノート』は、しかし、マルティニックの内部に閉塞した詩ではない。カリブ海の島々、すなわち「海のかさぶたのような島々／傷の明証のような島々」について語る詩人の声は、さらに南北アメリカ大陸、ヨーロッパ、そしてアフリカへと交響し、「私の血の拡がりの幾何学によって色を塗られた地図」を描き出すのである。

私のものであるのは、島のひさごの中をぐるぐると回るこの数千の死の患者たち、そしてまた私のものであるのは、自らを否定しようとする飽くなき願望のように弓なりの列島、まるでふたつのアメリカを分かつ、自分より華奢なか弱さを守ろうと心をくだく母親の心配のようだ、そしてヨーロッパのためにメキシコ湾岸流の極上酒を分泌するその子宮、そしてふたつの灼熱の斜面――そのあいだを赤道がアフリカに向かって綱渡りをしていく――のひとつ。

セゼールは、このように、「想像の地理学」を夢みた詩人であった。詩人はその夢を「なだめよ、あやせ、おお、わが言葉よ、春の地図は不断に作り直し続けなければならないことを知らない子どもを」と表現している。西洋を中心とする世界の見方ではなく、カリブ海から、しかも奴隷制の子孫の視点から世界を凝視し、その地図を作り直し続けること。この点について、ハイチ出身の詩人ルネ・ドゥペストルとの対談のなかで、彼は世界中に離散した黒人たちの連帯の可能性をネグリチュードと呼んでいる。

いわば、様々な地理的圏域にあらわれる「黒人の状況」があり、そして、私の祖国はアフリカでもあるのだ、という考えに至りました。アフリカ大陸があり、アンティル諸島があり、ハイチがあった。マルティニックの人々もいれば、ブラジルその他の黒人たちもいた。それこそが私にとってのネグリチュードだったのです。

この土地から世界を凝視し続けた詩人の想像力と、彼の政治的逆説とに引き裂かれながら、あなたは『帰郷ノート』を携えてマルティニックを巡る。そして時折、遠い日本のことを思い出すかもしれない。もし帰郷することがあったら、絲山秋子の長篇小説『離陸』(2014年)を読んでみてほしい。この小説は、セゼールの名が登場する数少ない日本語小説である。主人公は群馬県の八木沢ダムで技師として働く佐藤。彼のもとにやってきたイルベールという名のマルティニック人は、ある日こんな風に胸のうちを語る。

「イルベール、君は故郷が嫌いなのか」

「そうじゃない。好きだから苦しい。マルティニークの人間が抱えている問題は常にアイデンティティのことなんだよ。多分君たち日本人には理解できない。理解できない君たちがうらやましい。」

フォール＝ド＝フランスの高台にあるセゼールの墓

本当に理解できないのだろうか。まったく同じ問題を抱えることはできないかもしれない。しかし、いくらかでもそれを分かち持つこと、あるいは、自らのうちにある同じようなアイデンティティのざわめきに気づくことはできるかもしれない。その時、『帰郷ノート』はあなた自身の帰郷ノートへと姿を変えているはずだ。

〈福島亮〉

第35章　ジョージ・ラミングと新しさの予感

『私の肌の砦のなかで』について

ジョージ・ラミングという名を知ったのはいつのことだろうか。おそらく、ケニアの作家グギ・ワ・ジオンゴの批評書『精神の非植民地化』でグギ自身に多大な影響を与えたカリブ海地域出身の作家として言及されていたのを読んだことが最初であったと記憶している。それ以来、アフリカの作家にカリブ海地域の作家が影響を与えるというのはどのような時代だから可能だったのか、そもそもカリブ文学とは何なのかについて、考えるようになった。

ジョージ・ラミングはカリブ海地域南東部に位置する小国バルバドスの出身である。バルバドスは、17世紀半ばにイギリスによる奴隷制の完成を見て以降、他のヨーロッパの国々に支配されたことはない。イギリスとの絆が最も強い島であるため、「リトル・イングランド」と

ジョージ・ラミング（撮影：カール・ヴァン・ヴェクテン）

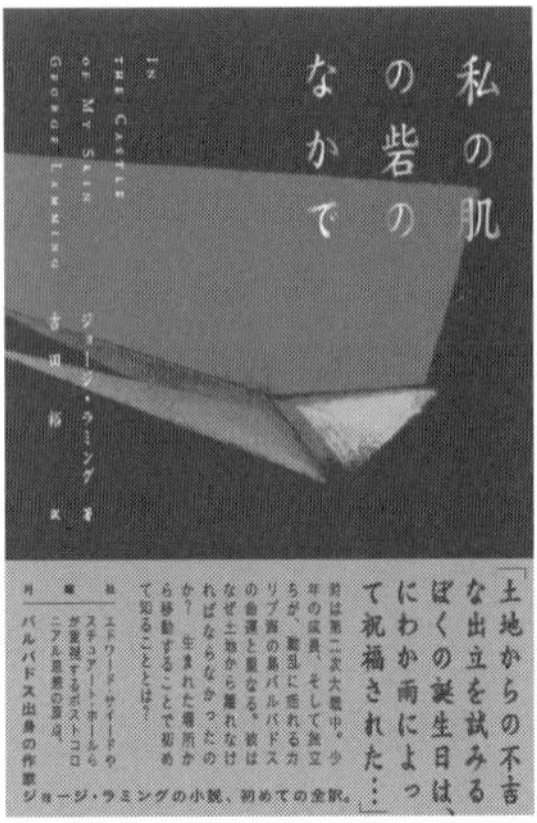
私の肌の砦のなかで
IN THE CASTLE OF MY SKIN George Lamming
「土地からの不吉な出立を試みるぼくの誕生日は、にわか雨によって祝福された……」
ジョージ・ラミングの小説、初めての全訳。

『私の肌の砦のなかで』（月曜社、2019年）書影

呼ばれることもある。ラミングは１９５３年に発表した最初の作品『私の肌の砦のなかで』にて、自身の出身地であるバルバドスの風景や社会、歴史、そしてそこに住まう人びとを描く。舞台は１９３０年代。世界大恐慌のあおりを受けて、サトウキビをはじめとする一次産品の生産と輸出に経済を依存するカリブ海地域が、大きな打撃を受けた。それでも、洪水は風物詩のように変わりなく人びとの生活を襲い、人びとは食べ物を求めて広場に集まる。子どもたちは公衆浴場で戯れる。女たちは噂話に精を出し、男たちは仕事の合間に情報交換をする。時には酔っ払いが騒ぎを起こし、孤独な老女が人びとの寝静まった夜の村をさまよい歩く。

主人公はGという名の少年だ。年齢は９歳。彼の視点を軸にしつつ、作品は人びとの日常を丁寧にたどる。アフリカから連れてこられた奴隷の子孫が社会の圧倒的多数を占める島で、奴隷制の歴史と記憶が、どのように感情の動きと関係するのかを探った思考実験が提示される。英国が奴隷制で人びとを苦しめていたなんて、本当だろうか？　いや、奴隷制から人びとが解放されたのは英国のおかげなのではないか？　学校教育の場では、当然のようにこのような「負の」歴史を教わることはない。重要なのは、英国が現在の英国たりえるまでに経験した、輝かしい戦闘や王の名前、すなわち勝者の歴史だからだ。一方で、弁護士や医者、役人となるエリートは留学して英国を「母国」とみなすよう

になる。その結果、同じ肌の色の黒い「自分たち」を「敵」として憎むようになる。

　このように感情が固着し、支配の構造が生まれてしまうのはなぜなのか。作品冒頭近くの一節を見てみよう。


　ぼくは何を覚えていたのだろう？　父は「ぼく」という観念の生みの親となっただけだったが、実際のところは母の責任をぼくに押し付け、彼女が本当の父親役になったのだった。そして、その先は、ぼくの記憶はまっさらだった。それは、生き残るという結末よりも孔を開けて船を沈めることを選んだ船員のように、積荷一杯のエピソードを積んだまま沈んだのだった。

（『私の肌の砦のなかで』吉田裕訳、月曜社、２０１９年、８頁）


　Gには父親が不在だ。母が父親役を同時にこなしている。ただ、それは彼一人の状況ではなく、集団的な条件でもある。奴隷制時代に、核家族的な形態を維持することを白人の奴隷所有者により禁じられていた名残でもある。さらには、19世紀後半になると、アメリカ合衆国への移住や、運河建設のための労働者としてパナマへの移住が始まる。そのため、カリブ海地域には父親のいない子どもが多い。アフリカからカリブ海地域に人びとを運搬した奴隷船が「中間航路」に沈むさまを個人史になぞらえることで、祖先の記憶の欠如が地域に共通のものでもあることを示している。

　作品が急展開するのは、ストライキが発生してからだ。船の積荷の積み下ろしを仕事とする港湾労働者たちが立ち上がった。ストライキは、港湾部から離れた主人公の住む村にまで波及する。指導者はかつて教員をしていたスライム氏だ。持ち主のイギリス人に委託されてプランテーションの管理を仕事とする監督官を追い詰める。しかし、あと少しで監督官にとどめを刺すという手前で、スライム氏は労働者の追撃に待ったをかける。スライム氏は、表向きは民衆の指導者の顔をしながら、実際には、人びとが財産を預けていた銀行と協議して、その資金で人びとの土地を買い上げていたのだった。民衆にとっての解放の願望のあらわれであったはずのストライキが、土地の収奪と表裏一体であるという矛盾に、どのように向き合えばいいのか。

作品はこの問いに答えを出すことはない。ストが期待外れの結果に終わった村では、何の変哲もない日常に戻る。Gも高校に進学し、進路を考えねばならない。中学までの友人は警官として就職するか、合衆国へ出稼ぎに行った。第二次世界大戦の最中のことだ。英国の戦争に島の人びとは動員される。ただ、変化の予兆はある。ひとつは、老人の「とうさん」が見る夢だ。アフリカから奴隷として連れてこられてから、奴隷制をいかに生き延びたかについて幻想的に語る。彼も他の貧しい人と同様、スライム氏に土地を奪われた。だが、夢のなかのイメージは他の人物に共有されることはない。もう一つのきっかけは友人トランパーを通じてもたらされる。合衆国で稼いで最新の衣服と商品を持ち帰った彼は、重要なことを目撃した。黒人に対する差別だ。「人種」そして「人種差別」という考えを初めて知った。それが自分たちの生まれた場所の状況にも関係するのではないか。Gも初めて知る言葉だ。

では、主人公Gはどうするのだろう？　彼は、目撃者として島の出来事や人びとの生活の変容に立ち会うことで、感情の変化に耳目を凝らす。感情の動きに繊細になることで、歴史や忘却が現在に流れ込むその瞬間を見逃さないでいられるかもしれないからだ。Gは海辺で小石と戯れる。そして、友人のトランパーから届いた手紙をきっかけとして、忘却にともなう痛覚に襲われる。

場所を選んで、小石をなだらかな斜面の葉っぱの下に置いた。一日が過ぎた。天候に変化はなく、海のこちら側では、波はかつてないくらい静かだった。優しげに上昇し、元気を失うと、別の形になって海へと後退した。しかし小石はなくなってしまった。感覚が研ぎ澄まされた。それは、ぼくが手紙を受け取った昨晩に実際に始まり、いまや小石がそのことを決定的にしてしまった。晩には、ぼくは手紙を読み、親密で愛おしいいくつかのものと、これきりで最後になるのだな、と思った。（略）この感情がいつ始まったのか思い出そうとしたが、無駄なことに思えた。徐々に、疑われることなく、だが確実かつ永続的にシステムに蔓延する病としてしか考えられなかった。人は、物事とこれきりで会うことはないと考えることに耐えられないのだ。ここでの物事には、愛情や怒り、あるいは自分で問い詰めたり定義したりすることのできない曖昧な感情など、人の一部になってしまったすべてが含まれる。物事には、人びとや状況が含まれる。それにおさらばして、嬉しいのか残念なのかに関わらず、人はそれらにこれきり出会うことがないと考えることに耐えられないのだ。

（『私の肌の砦のなかで』３２０頁）

小石との関係性という一見して他愛もないエピソードを起点にして、感情と自己の関係性が思考の対象になる。人種という概念の発見や土地の収奪を通じて、近代世界の変動に否応なく投げ込まれる。とはいえ、かつては「まっさら」な状態で忘却が支配していた彼とカリブ海地域の記憶の領域には、いまでは忘れたくない物事や感情が詰まっている。ここで主人公が言及する「物事」や「感情」こそが、カリブ文学にとっての資源であり足場であるのだろう。物語は悲劇的な結末を迎える。しかし、ここから新たに何かが始まるという予感に満ちている。

もしジョージ・ラミングの『私の肌の砦のなかで』が、作家のグギやこの作品を翻訳することになった私にとってのみならず、これから出会う読者にとっても大切なものになりうるとしたら、この書物に立ち返るたびに、こうした予感が新たに体験されるものであるからだろう。

〈吉田裕〉

第36章 480ページのバジェナートは何を歌っているか？
ガルシア・マルケスの『百年の孤独』

『百年の孤独』の架空の土地マコンドは、ガルシア・マルケスの生まれた町アラカタカをモデルにしている。そのアラカタカが位置するのは、コロンビアの北部、カリブ海に面した沿岸地帯から内陸に入ったところだ。この町にある彼の生家は、２０１０年に改装されて記念館になっている。アラカタカには、マコンドが確かにここから生まれたと思わざるを得ない条件や特徴がある。例えばマコンドはどこかの中心と考えられる場所からは遠く離れ、自由や自治を享受するぶん、遅れた感はあり、行政の行き届かないような土地だ。アラカタカもまたそうで、仮に中心をコロンビアの首都とした場合、アラカタカへ首都のボゴタから行くことは容易ではない。飛行機を使うにしても、カリブ海沿岸の都市まで行き、そこからは21世紀に入っても不確実性の高い陸路で移動しなければならない。

訪れたのが雨季だったこともあって、アラカタカはいつ雨が降りだしてもおかしくなさそうで、蒸し暑く、蠅や蚊が飛び回っていた。町は小さく、川やバナナ農園、鉄道の駅、線路、広場や教会、外れにある共同墓地までを、すべて歩いて回ることができる。広場からほど近いガルシア・マルケスの生家は周囲の家と比べて敷地も広く見え、『百年の孤独』の読者なら、マコンドを開拓したブエンディーア家の屋敷そのものとしか思えないだろう。

マコンドは物語の中で繁栄して大きくもなり、衰退して小さくもなる。したがって、原始共同体的な段階ではアラカタカそのものだが、しばしばアラカタカを含むカリブ海沿岸地帯がマコンド世界のモデルになる。そこには、例えばカリブ海沿岸のシエナガという街が含まれる。ここは「沼地《シエナガ》」という名のとおり、水に囲まれ、雨が降り続ければ、広場も家も浸水する地帯である。マコンドに含まれているもう一つの場所は、ガルシア・マルケスが記者時代に住んだ都市バランキーリャだろう。ここは植民地社会とは異なる来歴の近代都市で、近くに港があって外国船が停まり、ヨーロッパからの移民に加えてアラブ系の移民が舶来品を携えて次々に降り立った。マコンドは隔絶されているような辺鄙《へんぴ》な町でありながらも、世界と繋がる回路が備わっているが、それはカリブ海世界の特徴である。

この地域には、元をたどればイベリア半島につながるクリオーリョ（白人）だけでなく、グアヒラ半島の先住民ワユー族も働きに来ていた。奴隷として連れてこられたアフリカ系の人びとも住んでいた。そこに港を通じてから移民が流れこみ、狭い地域ながらも、多種多様な文化が身を寄せ合っていた。

この地域に19世紀の終わりに持ち込まれたのがバナナだった。東南アジアからマダガスカルへ、そしてアフリカへ伝わったバナナは新大陸征服以降、カリブ海のイスパニョーラ島（ドミニカ共和国とハイチがある）を経由して、コロンビアのカリブ地方に届いた。1901年、米国のユナイテッド・

郵便はがき

料金受取人払郵便

神田局
承認

2420

差出有効期間
2025年10月
31日まで

切手を貼らずに
お出し下さい。

101-8796

537

【受 取 人】

東京都千代田区外神田6-9-5

株式会社 **明石書店** 読者通信係 行

お買い上げ、ありがとうございました。
今後の出版物の参考といたしたく、ご記入、ご投函いただければ幸いに存じます。

ふりがな お 名 前	年齢	性別

ご 住 所 〒 -

TEL ( ) FAX ( )

メールアドレス	ご職業（または学校名）

＊図書目録のご希望 □ある □ない	＊ジャンル別などのご案内（不定期）のご希望 □ある：ジャンル（ □ない

書籍のタイトル

◆本書を何でお知りになりましたか？
□新聞・雑誌の広告…掲載紙誌名[ ]
□書評・紹介記事……掲載紙誌名[ ]
□店頭で　□知人のすすめ　□弊社からの案内　□弊社ホームページ
□ネット書店［ ］　□その他[ ]

◆本書についてのご意見・ご感想
■定　価　□安い（満足）　□ほどほど　□高い（不満）
■カバーデザイン　□良い　□ふつう　□悪い・ふさわしくない
■内　容　□良い　□ふつう　□期待はずれ
■その他お気づきの点、ご質問、ご感想など、ご自由にお書き下さい。

◆本書をお買い上げの書店
［ 市・区・町・村 書店 店］

◆今後どのような書籍をお望みですか？
今関心をお持ちのテーマ・人・ジャンル、また翻訳希望の本など、何でもお書き下さい。

◆ご購読紙　(1)朝日　(2)読売　(3)毎日　(4)日経　(5)その他[新聞]
◆定期ご購読の雑誌［ ］

ご協力ありがとうございました。

ご意見などを弊社ホームページなどでご紹介させていただくことがあります。　□諾　□否

◆ご 注 文 書◆　このハガキで弊社刊行物をご注文いただけます。
□ご指定の書店でお受取り……下欄に書店名と所在地域、わかれば電話番号をご記入下さい。
□代金引換郵便にてお受取り…送料+手数料として500円かかります（表記ご住所宛のみ）。

書名	冊
書名	冊

ご指定の書店・支店名	書店の所在地域 都・道 府・県　市・区 町・村
	書店の電話番号　（ ）

フルーツ・カンパニーがこの地域にやってきてバナナ農業は産業化する。

バナナ・プランテーションで働いたのは元々この地域にいた人たちだけではない。カリブ海の島嶼部からも多くの者が働き口を求めてやってきた。この時期、パナマ運河の建造が紆余曲折しながらも進んでいたので、島嶼部から大陸部のカリブ沿岸への人の動きは激しさを増していた。英語圏のカリブ諸島（ジャマイカやトリニダード・トバゴ、セント・ルシア、ドミニカなど）やフランス語圏のカリブ諸島（マルティニックやグアドループ）出身者がパナマ運河の建造に関わり、その後バナナ産業に流れていった。そうした動きをたどる中で出てくる最も有名な人物はエイミー・アッシュウッド、のちにジャマイカ出身の黒人指導者マーカス・ガーヴェイの妻となる人物である。彼女は、バナナ産業に関する職業に就いていたジャマイカ人の両親とともにコロンビアに住んでいた。そしてもう一人、パナマ出身の有名な歌手ルベン・ブラデスの例がある。彼の祖父はセント・ルシア出身で、パナマ運河の建造に関わった後にこの地域でバナナ産業に従事していたのである。

アラカタカの川

限定された狭い地域に短期間に外部から多くの労働者が流れこみ、それが原因で、この地域には排外主義やアフリカ系の人々に対する人種差別を肯定する考えが醸成された。１９２０年代には、当時の優生学的思想に基づいて、アフリカ系の住民が増加することに警戒心が生まれ、入国に歯止めをかけようとする「白色化」の移民政策がとられている。

『百年の孤独』に出てくるレメディオスをモチーフにした記念碑

雨季から乾季に移ればそよ風が吹き、おおよそ乾季の終わりごろに行われるカーニバルは、20世紀の初頭に起源があり、最初はクリオーリョ的な祝祭だったが、徐々に、いま書いてきたようなカリブの多文化的な要素が映し出されるようになる。この地域から生まれた音楽バジェナートは人びとの生活や心情を伝えるメディアとして役割を果たした。ガルシア・マルケスの言葉には『百年の孤独』は４８０ページのバジェナートだ」とあるが、ここには、彼が自分の小説をこの地域の文化誌とみなしている考えがあらわれている。

祝祭や音楽といった、ある意味では無形の文化が主要のこの地域には、植民地時代にさかのぼることのできる古めかしい教会や文書館や研究機関があるわけではない。詩的な言い方ではなく、記録は波や風にさらわれやすい。

こういう土地の過去はどのような形をとって強く残るのだろうか。公文書として残される記録が乏しいとなれば、頼りになるのは人びとの記憶である。その断片の編み物が『百年の孤独』かもしれない。

それだからか、この小説は、今もなお歴史とフィクションの交錯する事例として論争を巻き起こし続けている。争点の一つとなっているのは、バナナ会社の労働者がコロンビア軍によって虐殺された事件である。このバナナ会社はもちろんユナイテッド・フルーツ・カンパニーのことである。虐殺は先に地名を挙げたシエナガ、アラカタカからカリブ海に向かうと、その突き当たりにある街で、その広場で、１９２８年12月５日の深夜に遂行された。

ガルシア・マルケスは１９２７年に生まれたが、１９２８年を生年だと公言していた。それは彼自身の存在理由をこの虐殺との同時性に求めていたからである。小さい頃にさんざん聞かされたこの惨劇とその記憶は『百年の孤独』でどうしても書きたかったことだった。

ガルシア・マルケスは小説の中で、虐殺された人数を３０００人以上と書いた。この数字は読者の記憶に強く残り、次第に一人歩きして半ば事実のように定着していった。

付け加えておくと、この数字についてはガルシア・マルケスに近いところでも検証が続いていて、小説家のファアン・ガブリエル・バスケスとガルシア・マルケスの伝記作家ジェラルド・マーティンが史料を調べ、２人して、コロンビアに駐在していた米国大使が伝える「１０００人以上」という記録に行き当たっている。虐殺を否定する声、あるいは死者の数を過少に見積もろうという考えが出て来ないとも言えない昨今の状況を考えれば――コロンビアのある政治家は３０００人を「神話」だと片付けている――このような検証には大きな意味がある。

しかし数字以上にこの小説で注目したいのは、小説だからこそ書けた箇所である。それは、虐殺を目の当たりした人物がそれを周囲に伝えようとするところ、それに対する周囲の反応、そしてまるで未来を予言しているかのような後日譚である。まず死者３０００人を主張する人物は、周囲からは死人は出ていない、お前が見たのは夢だと言われる。次いで、当局はこの虐殺があったこと自体を

アラカタカの鉄道駅

否定する。その後、虐殺を真実だと語り続けたこの人物、ホセ・アルカディオ・セグンドは、「ようく覚えておいてくれ、三千人以上の人間が海に捨てられた」と言い残して死ぬ。証人がいなくなれば、どうなるか？　歴史家たちは虐殺事件の否定に傾いていき、教科書でもそのように説明されるようになる。ここまでが小説に書かれている。

筆者としては、このバナナ労働者の虐殺を、9年後の1937年に起きたドミニカ共和国とハイチ国境のいわゆる「パセリの虐殺」と並べたくなる。ハイチからアフリカ系の労働者がドミニカ共和国に流入するのを嫌悪した独裁者による差別的な演説をきっかけとした殺戮だった。

ヨーロッパの実験場とも言える場所で、隣接地域との関係が深まる過程で差別に基づいて起きたどちらの虐殺も真実はわからない。それでも記憶に基づいた小説が生まれ続け、それらは今後も参照され続けるだろう。この地域の不確かな記録と記憶の狭間から生まれた『百年の孤独』は、ハイチ系の女性作家エドウィージ・ダンティカがパセリの虐殺を描いた『骨狩りのとき』に繋がるカリブの虐殺小説でもある。

〈久野量一〉

第37章　エドゥアール・グリッサン
〈全―世界〉を想像する

カリブ海の熱帯島マルティニック。地図上では見分けがたいその小さな島では、住民はフランス語を多くの場面で話している。なぜフランス語であるかというと、1635年以降、フランス人がこの島を開拓して植民地にしたからだ。ではこの島の住民は白い肌をしてブロンドの髪をしているかというとそうでなく、多くはベージュ色や褐色や黒色の肌をして縮れた黒髪や茶髪をしている。フランス人の開拓後、この島にはアフリカ各地から人々が奴隷船で運ばれてきたからだ。マルティニックではほかのカリブ海の島々や北米やブラジルがそうであったように、数百年にわたって黒人奴隷制が実施されてきた。

わたしがマルティニックを知ったのは、フランス文学科の学生の頃にエドゥアール・グリッサンの作品に出会ったからだ。グリッサンは1928年9月にこの島の北東部で生まれ、2011年2月にパリで82歳で亡くなった。最初の小説『レザルド川』（原著1958年／恒川邦夫訳、現代企画室、2003年）を原書で読み始めたのは大学4年生（1998年）のときだ。『レザルド川』は、大学生

グリッサンの家（マルティニック島ル・ディアマン）からの眺め

になってから学んだフランス語では到底読み解けない難物だったものの、当時のわたしとそう変わらない年頃の若者たちが政治意識に目覚め、奴隷制と植民地支配の続いた自分たちの土地の解放を求めていく物語の筋立てになぜかとても強く惹かれた。この小説との出会いがきっかけとなって、グリッサン作品を研究することを志した。その過程で本人に会うためにマルティニックに赴き、1年ほどそこに住み、作品の舞台となった島の風景を肌で感じとった。

実際、グリッサンは生まれた土地にこだわった。土地と住民は切り離せない。しかし、マルティニックをふくめたカリブ海・アメリカ諸地域は、ヨーロッパの植民地化以降、一定のアフリカ人がもともとの土地から切り離されて奴隷船で連行され、農園の奴隷として売買され、隷属下の生活をそこで新たに始めざるをえなかった。それゆえグリッサンにとって土地にこだわることは、自分たちの来歴を探究することをおのずと意味した。第2小説『第四世紀』（原著１９６４年／管啓次郎訳、インスクリプト、２０１９年）は、同じ奴隷船で連行された2人の人物の家系を中心に、奴隷制からその廃止後の現在に至る、マルティニックと目される島の歴史的経験を物語る代表作である。

アメリカ合衆国南部の作家ウィリアム・フォークナーに影響を受けたグリッサンの作品世界は、ひとつの土地を舞台に前作の登場人物が次作にも登場するなどして連続していく長大な叙事詩の様相を呈している。あたかも現実世界と絡まり合うもうひとつの世界が『レザルド川』以降に創造され、その世界が作品を追うごとに拡張していくかのようだ。『第四世紀』のあとには『憤死』（原著1975年／星埜守之訳、水声社、2020年）、『痕跡』（原著1981年／中村隆之訳、水声社、2016年）、『マホガニー私の最期の時』（原著1987年／塚本昌則訳、水声社、2021年）が続く。さらに『マホガニー』以降の小説は、舞台が島の外の広大な世界に向かっていく。

グリッサンはマルティニックにこだわりながらも、奴隷貿易・奴隷制の経験にもとづいてカリブ海・アメリカ諸地域に共通する思想を練りあげ、これを世界のヴィジョンにまで高めていった。そのヴィジョンの萌芽は、グリッサンが20歳代後半に書いた長篇詩『インド』（原著1956年／恒川邦夫『《クレオール》な詩人たちⅠ』2012年、思潮社所収）のなかにすでに見出せる。コロンブスの「新大陸発見」からスペイン人による「インディアス」の征服、アフリカ人とその子孫が奴隷とされた数世紀におよぶ歴史を語りながら、グリッサンは、ヨーロッパ列強の植民地化の暴力をそれでもなお生きのびたカリブ海の民の足跡を肯定的に描きだそうとした。

この詩が描きだすのは、のちにグリッサンが〈関係〉と名付ける思想である。〈関係〉とは私たちが普段から知っているように人やものがかかわることだが、あらゆる文化的事象は〈関係〉によって成り立っているとグリッサンは考えた。アフリカ人が奴隷船で連行されたのも、ヨーロッパ人が開拓した土地で生涯を奴隷として過ごしたのも、ヨーロッパ人や先住民の文化を借用しながら新しい文化を数世代かけて作りあげていったのも、すべては〈関係〉によって成り立っている。そしてその〈関係〉の過程ではいつでも予測不能な混交が起きてきた。フォークナーの『アブサロム、アブサロム！』（原著１９３６年／諸訳あり）では白人家系のうちに黒人の血が混じる。元奴隷たちはヨーロッパの楽器とアフリカ由来の音楽要素を組み合わせてジャズのような音楽を生みだした。カリブ海では宗主国の言語との接触によって土地の共通語となった言語が生まれた。その言語がクレオール語と呼ばれるように、グリッサンはこうした予測不能な混交のありようを〈クレオール化〉と呼んだ。

〈関係〉や〈クレオール化〉の現象はカリブ海・アメリカ諸地域にかぎられない。『マホガニー』の次の小説『全−世界』（原著１９９３年）が端的に示すように、グリッサンは世界のヴィジョンを語りつづけた。グリッサンの思索の広がりを知るには、『〈関係〉の詩学』（原著１９９０年／管啓次郎訳、インスクリプト、２０００年）、『全−世界論』（原著１９９７年／恒川邦夫訳、みすず書房、２０００年）、『ラマンタンの入江』（原著２００５年／立花英裕ほか訳、水声社、２０１９年）の「詩学」シリーズがおすすめだが、最初に読むものには、講演と対談集『多様なるものの詩学序説』（原著１９９５年／小野正嗣訳、以文社、２００７年）を推したい。グリッサンはこれらの思索をつうじて、わたしたちの世界が一体化しているという認識のもと、あらゆる文化の対等性と多様性を擁護するための、新しい集団意識の形成に向けた理念を示すことを最後まで止めなかった。

この世界の一体化はフラットにおこなわれたわけでない。そこには征服、暴力、支配がともなわれたのであり、この一体化を推し進めたのは近代西洋だった。この世界の一体化に巻き込まれた各地の民は主に第二次世界大戦後、帝国主義諸国からの支配を脱していくが、それでもわたしたちがいまもなお生きる各地の社会は、近代西洋が作りあげた国民国家や資本主義経済をはじめとする諸システムの上に成り立っている。近代西洋の動力であった進歩主義的価値観が行き詰まった現代において、わたしたちに必要になってくるのは世界をあらためてどのように思い描くかだ。

グリッサンが提唱する〈全－世界〉の構想は、わたしたちそれぞれの有する個性が還元不能なものであり、互いが互いにとっての他者だと捉えたうえで、なおかつ世界を思い描くことをわたしたち一人ひとりに委ねる。わたしたちは帰属する文化も社会も異なる以上、それぞれの視点から見る世界はそれぞれに異なる。このさまざまな見方が関係し、混交し、絡まり合っていくのが、わたしが解釈するところの〈全－世界〉のイメージだ。それと同時に、わたしたちにはこれまでとは異なる発想で世界を捉えなおす必要がある。そのためにはこの世界のイメージを大陸ではなく、群島のように捉えてみることが大切だ。教育をつうじて身につけた近代的価値観から抜けだして、わたしたちの物事の見方を根本的に刷新すること。グリッサン作品を読むことはそのためのかけがえのないレッスンとなるだろう。

〈中村隆之〉

第38章 世界を経てカリブを発見する女性作家マリーズ・コンデ

ディアスポラの作家からケアの文学実践へ

カリブ海の島グアドループといっても知る人は少ないだろう。キューバやジャマイカといった有名な島の東側に点在する小アンティル諸島、その中ほどに位置する蝶の羽を広げたようなかたちの島と周辺の小島を指す。１９３４年生まれのマリーズ・コンデ（当時はマリーズ・ブコロン）が10代半ばまでを過ごした場所だ。

これまでに発表した著作（主に小説、エッセイ、戯曲）は数えきれないが、それらがフランス語で書かれているのは、この島が17世紀以降フランスの植民地であり、現在も海外県の名の下、領土の一部であり続けていることと関係する。

もっとも島では、公の言語であるフランス語とともに、文字を持たないクレオール語も重要な位置を占める。熱帯のこの場所に大農園を拓くにあたり、フランス人はアフリカから大量の黒人奴隷を連れてきた。互いに出自が異なり、意思疎通に難儀した奴隷たちが、主人や自らのことばを元手に生み出し、次世代に伝えたのがクレオール語である。

「クレオール文学」と大きな括りで呼ばれる作家たち――エメ・セゼールやエドゥアール・グリッサン、パトリック・シャモワゾーなど――がフランス語で書いてはいても根幹にはクレオール語を持つのに対し、黒人系でありながらフランスへの同化志向が強かった両親の方針によりフランス語だけを身につけた点で、コンデの育った言語環境は大いに異なっていると言える。

10代で故郷を離れ、宗主国であったフランスの首都パリで高等教育を受ける。ソルボンヌ大学卒業後、ギニア人俳優との結婚を機に西アフリカへ旅立ち、子育てをしながら十数年を過ごした。作家としての本格的なデビューは1976年。小説第一作となった『ヘレマコノン』には、独立直後のアフリカで自らが感じた逡巡が投影されている。その後、アフリカ・バンバラ族の王国を舞台とした歴史物語『セグー』(1984~5年)がフランスでベストセラーとなり、作家としての地歩を固めた。

いったんフランスに落ち着き、博士号を取得したコンデは、アメリカ合衆国の大学からしばしば招聘され、やがてニューヨークのコロンビア大学で比較文学の教授となる。2000年代に退職するまで、ニューヨークとグアドループを往復しながら、多くの長篇小説を発表した。デビューから数作はアフリカでのアイデンティティ模索と挫折をテーマとしていたが、アメリカ移住以降は、海を越えた地理的な広がりを舞台としつつも、カリブの人間としての意識が明確になってゆく。

この時期書かれた作品には、アメリカ合衆国ボストンで起きた魔女裁判に想をとり、被告となったカリブ女性をヒロインとする『わたしはティチューバ』(1986年)、カリブ海の奴隷の子孫が始祖となるある家系の一代記『生命の樹』(原題は『悪辣な人生』1987年)、ある闖入者《ちんにゅうしゃ》の死をめぐって村の者たちが彼との物語を語り継ぐ『マングローブ渡り』(1989年)、エミリー・ブロンテ『嵐が丘』を下敷きに、舞台をカリブ植民地の階級社会に移し替えた恋愛小説『風の巻く丘』（原題は『移り住む心たち』１９９５年）などがある。いずれも時空間をダイナミックに使った物語性に富む長篇小説で、作者の代表作といっていいだろう。またこの時期に書かれた自伝エッセイ『心は泣いたり笑ったり――マリーズ・コンデの少女時代』（１９９９年）にも、作家ならではの物語的な語り口が見られる。

コロンビア大学退職後は、健康その他の理由からアメリカを去り、フランスに移住する。小説執筆を続けるとともに、「奴隷制を記憶する委員会」の委員長となり、当時のジャック・シラク大統領に働きかけ、２００６年、「奴隷制を記憶する記念日」の制定に導いた。

当初パリを拠点としていたが、神経の病で徐々に四肢が不自由となり、のちに南フランスの景勝地ゴルドに居を移した。病が進行しても小説、エッセイなどの刊行は途切れず、夫であり、コンデ作品の英訳者であるリチャード・フィルコックスや友人の協力で、料理をモチーフとした自伝『料理と人生』（原題は『料理と驚異』２０１５年）以降は口述筆記による作品発表となっている。これを最後の作品と表明していたが、２０１７年、パリで起きたテロ事件を題材に、パリ郊外に生まれ育つ男女の双子の悲劇を描いた『イヴァンとイヴァナの数奇で悲しい運命』を発表し、カリブ海だけでなくイスラムの若者の問題にも切り込む新境地を開拓した。さらに２０２２年には、ある夫婦のもとに訪れた新生児をカリブ世界の福音になぞらえた『新世界の福音』を発表している。

２０１８年、ニュー・アカデミー文学賞受賞。この年、審査団内部のスキャンダルでノーベル文学賞の発表が中止となり、代替的に立ち上げられたのが本賞だった。フランス人作家としての受賞ながら、スピーチでは「この受賞でグアドループが知られることが何よりうれしい」と語り、車椅子でストックホルム、そしてグアドループを訪れている。

筆者は2000年頃、ニューヨークにあるコロンビア大学のキャンパスでコンデと出会った。日本でもクレオールの作家たちが紹介され始めた時代である。写真で見覚えがあり声をかけると、通りすがりの日本人であるにもかかわらず、オープンな態度で研究室に招き入れてくれ、大学院のゼミにまで飛び入り参加させてくれた。カリブ海やクレオールのことなど何も知識がなかったが、この出会いをきっかけに作品を読んでみると、奴隷制という歴史的な悲劇を根底に抱えながらの視野の広さに目をひらかれる思いがした。

日本びいきでもあり、1990年代終わりから2000年代はじめにかけ4回来日し、大学や日仏会館などで何度も講演を行っている。外国文学の世界では知名度があり、代表作『生命の樹』や自伝エッセイなどが邦訳されていながら、長らく後期の作品が紹介されていなかったが、2023年、拙訳によりようやく『料理と人生』を刊行することができた。

コンデにとっては3番目の自伝であるこの本は、本人が「文学と拮抗する」とまで言う、生涯にわたる料理への情熱がテーマとなっており、全20章を通し、作家には馴染み深いグアドループ、フランス、アフリカ、アメリカ合衆国はもちろん、旅をしたさまざまな土地の記憶が味との出会いとして語られる。「ある料理の起源がどこにあるのであれ、その料理はいつだって我がものにしてよい［…］忠実に表現してもよいし、まったく独創的なヴァリエーションを加えてもよい。料理に国籍などないのだ。それらはどこそこの共同体に結びついているのでなく、個々人の味覚と想像力に与えられるものだ」。「料理には贋作なんてない」といった料理に対するコメントは、作家の世界観ともどこか通底するようだ。エッセイでありながら、体が不自由になった作家が夢の旅をするというフィクションの1章が挟み込まれるのもコンデらしい。

これまであまり語られることがなかった料理へのこだわりは、自分の誕生以前に亡くなった母方の祖母から受け継いだものと作家は言う。白人家庭の女中だったコンデの祖母は、読み書きはできなかったが独創的な料理の才にはあふれていた。その娘として母子家庭に育ったコンデの母は勉学に励み、グアドループの女性教師第一号となって成功した。ごく若い時代に遡るコンデの料理への関心は、料理を無教養と結びつける母への複雑な反抗に始まったと言っていい。

本書にしばしば現れるコンデの臆病さ、傷つきやすさを意外に思う読者も多いだろう。だが注意深く読んだならば、『生命の樹』や『わたしはティチューバ』のようなかつての壮大な物語にも、世界に対する作家の繊細過ぎるほどの感受性はすでに見られることに気づくはずだ。

また先述した通り、この作品が口述筆記で成り立っていることの意味も大きい。作家活動の継続は、コンデの意欲もさることながら、最大の理解者である夫リチャードの献身的な手助けがなくては叶わないことだ。チームで作りあげる種類の芸術ジャンルと異なり、通常はひとりで書くものと思われている小説を、このカップルの場合、妻が口述し、夫がテキスト化するという協働によって生み出している。書く行為には不可欠ながら、老齢と病により作家がうしなった「手」を、夫が代わりに提供しているのだ。本作を含め、マリーズ・コンデの近年の作品は、そうしたケアの行為と深く結びついた表現であることも注目に値する。

〈大辻都〉

第39章 V・S・ナイポールとデレク・ウォルコット

記憶なき歴史、あるいは歴史としての記憶

セント・ルシア島出身のデレク・ウォルコットは1930年生まれ（1992年にノーベル文学賞を受賞）、トリニダード出身のV・S・ナイポールは1932年生まれ（2001年にノーベル文学賞を受賞）。ほぼ同世代である。ウォルコットは詩と演劇、ナイポールは小説と旅行記という具合に、それぞれ手がけるジャンルが異なる。2人の共通項があるとすれば、それはカリブ海地域にとって歴史とは何かという問いに取り組んできたことである。その問いへの向き合い方の違いが、それぞれの創作を別様に方向づけてきた。

まずはナイポールの『中間航路』（1962年）を見てみよう。前年の61年には、代表作でありカリブ文学最重要作品のひとつ、『ビスワス氏の家』を出版した。ナイポールはイギリスで作家として成功を収めつつあった。そこへ、故郷トリニダードの首相エリック・ウィリアムズから、カリブ海地域の現状について執筆するよう依頼された。トリニダードに加え、英領ガイアナ、スリナム、マルティニック、ジャマイカを訪れ、旅行者という立場から、社会と人びとの生き様を活写した。ただし、出

版された書物は、地元のトリニダードのみならず、カリブ海地域全般に対して否定的な記述が多かった。次は、しばしば引用される箇所だ。「島々の歴史はけっして満足に語ることなどできない。暴力があるからではない。歴史というものは達成や創造をめぐって打ち立てられるからだ。ひるがえって、西インド諸島では何も創られてはこなかった」（*The Middle Passage: Impressions of Five Colonial Societies.* London: Picador, 1996 [1962], p.20）。

イギリスの歴史家でオックスフォード大学教授であったジェイムズ・アンソニー・フルードは、『西インド諸島におけるイギリス人、あるいはユリシーズの弓』（１８８８年）のなかで、西インド諸島の人びとには歴史も文化もない、と差別的な言論を展開した。この主張は、翌89年にトリニダードの言語学者ジョン・ジェイコブ・トーマスの『フルーダシティ（フルード的なるもの）』によって的確に批判を受けた。ナイポールの言葉は、トーマスの批判を通り越して、フルードの差別的言論をなぞる。実際、彼は19世紀半ばに西インド諸島を訪れたイギリスの作家アンソニー・トロロープによる紀行も頻繁に引用する。エキゾティシズムや差別意識に満ちた植民者の目線を、ナイポールは意図的に模倣し反復するのだ。

もちろん、単純に植民者の模倣をするだけでなく、ときには西インド諸島の置かれた状況に向き合おうとする。１９４８年以降、西インド諸島からの労働者がウィンドラッシュ号に乗り、集団でイギリスへの移住をはじめた。しかし、イギリス人は肌の色の違いを理由に、カリブ海地域の人びとに日常的に差別や暴力を向けた。58年のノッティング・ヒル暴動により、集団的暴力の対象となったカリブ海地域出身者は危機をむかえる。ナイポールが乗るトリニダード行きの船には、そうして居場所を失い故郷に帰る人びとも乗船していた。カリブ海地域で彼に出会う人びとが尋ねることも、ノッティング・ヒル暴動のことだ。また、ガイアナについての章では、クーデタ後の混乱について正直に書いている。社会主義政権の担い手でありインド系の出自を持つチェディ・ジェイガンは、ブリティッシュ・ペトローリウムとCIAの手によって引き起こされたクーデタで失脚したが、政治活動をあきらめることはない。ナイポールはジェイガンの社会主義には同意しない。それでも、大国の利害が優先されるあまり、この地の政治的・経済的な発展が阻害されていることには理解を示す。

このように、模倣を通じた帝国主義への同一化と、一見して冷静な状況判断が同居しうるのがナイポールである。ただ、この奇妙に分裂した状態は、つねに不安と隣り合わせでもある。アフリカ系の人びとに対しては、露悪的に差別的な態度をとる。彼にとって、トリニダードのカーニヴァルは重要な文化ではない。「本当の文明」はあくまでイギリスやヨーロッパにあるものだからだ。ナイポールがやっかいなのは、帝国への同一化という身振りが、旧宗主国イギリスの読者によって求められていることをよく知っているということだ。

他方でウォルコットの場合、カリブ海地域の歴史性に向き合うことで、想像力の必要性が強調される。大文字の歴史に代えて記憶を資源とするという覚悟が生み出されるのだ。1974年に発表されたエッセイ「歴史の女神」は、直線的な進み方をする大文字の歴史に異を唱える。旧世界のヨーロッパがまさにその大文字の歴史と同義であり、新世界はそうではない。「真にたくましい新世界の美学は、歴史を説明することもなければ、歴史を許容することもない。創造的な力として認めることも、過失を含む力として認めることも拒むのだ。歴史に対するこうした恥や畏れというものが、第三世界の詩人を捉えて離さない」（*What the Twilight Says: Essays*. London: Faber & Faber, 1998, p.37. 以下引用は同書より。ページ数のみを記す）。詩作の際に依って立つべき確かな歴史がない代わりに、集団的な記憶に足場を求める。

すでに指摘されているように、カリブ海地域が何もない場所であるというウォルコットの認識は、実はナイポールと近い。しかし、ウォルコットは過去を拒絶することはない。むしろ、過去に対する恐れや畏怖のようなものがある。植民者も奴隷も自分の先祖でありうるという不分明な領域こそが、カリブ海地域の多くの人びとにとって共通の記憶であるからだ。それゆえ、「進歩というヴィジョンは、（略）理性に基づく狂気である」（p.41）。

ウォルコットは、英雄や勝者の歴史ではなく、人びとの記憶や歴史から消え去るものたちのなかに英雄的なるものを見出そうとする。そのため、ヨーロッパ言語の習得やキリスト教への改宗は、決して押し付けられた鎖などではない。むしろ、「わたしたちの詩的伝統の始まりとみなすことができる」のであり、そこでは、「叙事詩は民衆の言い伝えのなかに圧縮されたのだ」（p.48）。劇作家としてのウォルコットは、『ティ・ジャンとその兄弟』（１９５８年）や『モンキー・マウンテンでの夢』（１９６７年）にて、「民衆の言い伝え」を資源として活用し、新たな文体を作り出すことによって、プランテーション社会やその後の「変わらなさ」を鋭く問うてきた。さらに、『もう一つの生』（１９７３年）や『オメロス』（１９９０年）といった巨大な叙事詩では、まさにカリブ海地域そのものの記憶を歴史と文学の基底に据えた。

次の一節は、祖先と自身の関係を父と子の関係になぞらえつつ、旧宗主国と旧植民地社会、かつての奴隷主と奴隷の子孫らが、赦しや償いといった行為を契機として過去をふりかえる際に大文字の歴史が滑り込んでしまうあり方に警鐘を発する。「だが、黒き亡霊よ、白い亡霊よ、（略）もしわたしがあなたたちふたりのことを赦そうとするなら、あなたたちにとっての歴史という概念にわたしは身を委ねることになる。その概念によって、正当化が行われ、説明がもたらされ、償いがなされる。すると、赦すのはわたしではなくなってしまう。わたしの記憶からは、子としての愛はいかなる形でも呼び覚ますことができない。あなた方の顔貌は匿名のものであるし、消去されているからだ。それに、わたしは赦しを願うこともなければ、赦す力もないのだ」（p.64）。過去の罪は赦したり赦されたりすることによって、先に進むことができると思われている。ただ、「赦し」があくまで「先に進む」ためである限り、根底にある「進歩というヴィジョン」が変わることはない。謝罪や赦しが不要だというわけではない。奴隷制の過去への償いが世界的に問い直されつつある現在、経済的・政治的な必要性からの謝罪や償いという枠組みに収まらないかたちで、「歴史」に取り組み続けなければならない思想の根拠がここにある。そして、その鍵はカリブ海地域にある。

〈吉田裕〉

第40章 アメリカ国内にあるラテンアメリカ、ニューメキシコ

ルドルフォ・アナーヤが描き出す「チカーノ文学」の魂

アメリカ合衆国には「新しいメキシコ」という名前の州がある。メキシコと国境を接している「ニューメキシコ州」である。いわゆる「アメリカ南西部（アメリカン・サウスウェスト）」と呼ばれる地域に位置し、「The Land of Enchantment（魅惑の土地）」という愛称がつけられている。私は20代から30代にかけて、この地にまさしく「エンチャント」されていたことがある。「enchant」の語源であるラテン語の「incantare」（魔法をかける）という言葉どおり、理屈ではよくわからないまま、魔法をかけられたように「ニューメキシコ州」に魅了され、何度も訪れていた。

このニューメキシコ州をおもな舞台として小説を描くルドルフォ・アナーヤ（1937〜2020）の名前を知ったのは、『ぼくを祝福せよ、ウルティマ』（1972）が翻訳された1996年頃のことだったと思う。最初読んだときは、何が言いたいのかよくわからずに「不思議な気持ち」だけが心の底に残った。身体が覚える感覚が「新しいメキシコ」に魅了されていたとしても、理屈で理解しようとする頭の方がついていけなかったのである。言い換えるならば、エビデンスに裏打ちされた理論の

世界と、目に見えない神秘的な世界を結びつけることができなかったのだ。「アナーヤを読む」とはおそらく、その距離を埋めていく作業なのだろう。言葉を越えた霊的な世界を描くアナーヤは、その後、私のなかで少しずつその存在感を増していったのである。

アナーヤの独自の精神を育んだニューメキシコ州を含む「アメリカ南西部」は、メキシコとアメリカの間で勃発した米墨戦争（アメリカ・メキシコ戦争）が終結した1848年に、メキシコ領からアメリカ領となった。アメリカ南西部に多く残っているスペイン語由来の地名はその事実を端的に示している。つまり、ニューメキシコは19世紀の半ばまではメキシコの領土だったのであり、しかも、アメリカに組み込まれたあとも州に昇格するには、それから半世紀以上も経った1912年まで待たなければならなかった。両国の間に引かれた国境線が無機質な直線であることからもわかるように、メキシコとアメリカを分ける境界線は人為的な作業の結果に過ぎず、そこで暮らしている人々の思いとはまったく関係がなかった。だから、メキシコとアメリカの国境地帯に立ち、メキシコ北部から国境線を越えて南西部まで続く荒涼とした大地を眺めると、この地がラテンアメリカと地続きであることを実感させられる。住民はというと、日常的にスペイン語を話し、メキシコの伝統的な文化に沿った生活を続けた。

さらに言うと、アメリカ南西部は、かつてメキシコで栄華を誇ったアステカ帝国を築いた人々がもともと住んでいた土地（「アストラン」と呼ばれている）とされている。したがって、景観だけではなく精神的にもここはラテンアメリカ（メキシコ）の要素を色濃く引き継いでいるのである。アナーヤには『アストランの心』（1976）というタイトルの自伝的小説があり、チカーノ（メキシコ系アメ

母親から神父になるよう期待されていたアントニオが通った教会は、このような佇まいだったのだろう。写真は、アルバカーキから北へ車で１時間ほど行ったところにある州都サンタフェの「アッシジの聖フランシスコ教会」（撮影：今福龍太）

リカ人）作家のなかでもこのアストランを強く意識して執筆する作家の一人である。アステカ帝国から連綿と続く先住民（インディオ）の魂の息吹を彼が小説に込める理由は、インディオの血を引き継ぐメキシコ人でありながらアメリカに居住するという葛藤のなかで「いったいメキシコ人とはどのような存在なのか」と自問自答するようになったからだ。この複雑なアイデンティティがもたらす葛藤にこそ、「チカーノ文学」の大きな特徴があると言えるだろう。

「チカーノ文学」というカテゴリーをアメリカ国内で認知させ、のちに「チカーノ文学の父」とも呼ばれるようになったルドルフォ・アナーヤは、１９３７年にニューメキシコ州のパストゥーラで生まれ、サンタ・ローサで育った。アナーヤが最初に執筆し、代表作となった『ぼくを祝福せよ、ウルティマ（１９７２）』（邦訳『ウルティマ、僕に大地の教えを』［１９９６］）は、１９４４年のサンタ・ローサを舞台にしている。チカーノの少年アントニオが、不思議な力を持つ祖母のウルティマから、学校や教会では教えられない知識と叡智を授けられていく魂の交流の軌跡である。

ウルティマは、一般的な言葉で言うならば「シャーマン」であろう。チカーノの世界では「クランデーラ」と呼ばれ、小説のなかでは「薬草や昔からの治療法に詳しく、病を癒すことのできる女性、奇跡を起こす女性」と説明されている。近代的な医療が隆盛を誇るようになるまでは、シャーマンはチカーノ世界に限らず、世界中で人々の心や体の乱れを整えてきた。科学的な医療が台頭するにしたがって、「大地の教え」にもとづく叡智は非科学的なものとされ、徐々に私たちの前から姿を消していくことになる。

サンタフェの北西に位置し、ニューメキシコ州北部の荒涼とした大地を代表するゴーストランチ。ここには画家のジョージア・オキーフも魅了されて移り住み、多くの作品を残した（撮影：今福龍太）

　アナーヤは14歳の時に同じニューメキシコ州最大の都市アルバカーキに移り住み（『アルバカーキ』［1992、1998に邦訳］という作品がある）、そこで高校を卒業している。そしてもう一つの自伝的小説である『トルトゥーガ』（1979、1997に邦訳）には、彼が10代後半に負った身体的および精神的な苦痛の体験が描き込まれている。アナーヤはアルバカーキで、こうして長篇はもとより短篇、詩、児童書、旅行記、探偵小説、脚本など多様な作品を積極的に執筆し、2020年に82歳で亡くなるまでそこで暮らした。

彼が暮らしたアルバカーキから、インターステイト25号線をリオ・グランデ川に沿って南に下ると、5時間ほどでエルパソという街に到達する。その先は、メキシコ合衆国だ。米国側のエルパソとメキシコ側のシウダー・フアレスは、国境線をはさんだツイン・シティ（双子都市）である。ここでは歩いて国境を渡ることができ、その見えない線を越えると一気に空気が変わることを体感できる。メキシコ国内にある街と同じようにスペイン語しか通じず、街の匂いさえもが変わる。メキシコの空気が一気に流れ込むという経験を通して、ニューメキシコはやはり「ニュー」だったのだと気づかされる。メキシコと「新しいメキシコ」の空気の微細な違いを身体で感じながら、私はそのとき「ニューメキシコ」のメキシコ性とともに「アナーヤ」の作品が描き出そうとする魂について考えていた。

〈井村俊義〉

第41章 あらゆる境界を越えて

チカーナ詩人グロリア・アンサルドゥーア

ラテンアメリカという言葉を、もしラテン民族の言語と文化が浸透したアメリカ大陸の領域を指して使うなら、アングロアメリカとラテンアメリカの境界は、一般的に思われているほどはっきりとしたものではなくなる。米国には、メキシコ、プエルトリコ、キューバや、その他中南米にルーツのある、ヒスパニック、ラティーノなどとひとまとめに呼ばれる住民が2割近くいて、彼らのなかには移民として米国にやってきた人やその子孫もいれば、19世紀にいまの国境が画定されたときに定住地域が米国領となったことで米国におけるマイノリティとなった人たち、その両方を先祖にもつ人たちもいる。かつて先住民の諸部族が盛衰し、やがてスペインの征服者、つづいてヨーロッパ諸国の入植者がやってきて、彼らの血が混じりあうなか、独立戦争と諸国間の争いを経ていまの地図へと落ち着いた——そういうアメリカ大陸の歴史をふり返ってみると、ラテンアメリカという枠組みは、いくつもの勢力のせめぎあいや、そのなかにおける暴力と抑圧のプロセスを、うちに含んでいることがあらためて感じられる。

グロリア・アンサルドゥーアは、ラテンアメリカ文学をめぐる本書の旅のなかでは特別な位置にある書き手である。米国におけるメキシコ系、女性かつ同性愛者という複層的なマイノリティで、アングロ／スペイン／先住民という複数の文化と言語のはざまに生き、まさにそのことをテーマに執筆した彼女は、いま述べたような大陸内のダイナミズムをあらわにし、「ラテンアメリカ文学」の確かさをゆるがすような存在だからだ。彼女が１９８７年に発表した代表作『ボーダーランズ／ラ・フロンテーラ　新しい混血女《メスティーサ》』（原題：*Borderlands/La Frontera: The New Mestiza*）は、メキシコ系アメリカ人が連帯を図った〈チカーノ・ムーヴメント〉の流れを継ぎながら、さらに、その内部にも組みこまれていた女性やクィアへの抑圧をも批判して、あらゆる形の支配から自由な、「境界」にあって自らを変化させつづける主体の創造をよびかけ体現したエッセイであり詩だった。「わたし」の声は、冒頭で「境界」をつぎのようにえがく。原文では主言語である英語の中にスペイン語がイタリックで組み込まれており、その箇所をここでは太字で示した。

　　わたしが手を押しつける鋼のカーテン――
　有刺鉄線を巻いて冠にした金網の柵――
ティフアナがサンディエゴと触れあう海の波にゆられ
　　山へ
　　　平原へ
　　　　砂漠へひろがる

この「トルティージャ・カーテン」は、**大いなる川**《リオ・グランデ》にあわさって
　南テキサスのマジックバレーの
　　平原を流れくだり
　メキシコ湾に口から水を吐き出す。

1950マイルの長さに開いた傷口が
　ひとつの**民**《プエブロ》を、ひとつの文化を切りわけ
　わたしの全身を貫き
　　わたしの肉にフェンスの鉄線を突き刺して
　　わたしを裂く　　わたしを裂く
　わたしを裂く《メ・ラ・ハ》　**わたしを裂く**《メ・ラ・ハ》

『ボーダーランズ』における「境界」は、まず米墨国境を指すが、それだけでなく、男性と女性、白人と有色人種、英語とスペイン語、征服者と被征服者、異性愛者と同性愛者、散文と詩、生と死、光と闇といったさまざまな二分法をわかつ境界でもある。本の前半のエッセイでは、ページが進むにつれて、それらの境界は海の波と一体になるかのようにゆさぶられ――上の箇所では字配りも波のゆらぎを思わせる――、二分法を乗り越える「新しい混血女《メスティーサ》」の目覚めが、論述と詩的テクストとを織りあわせ、さらに英語とスペイン語が交ぜ書きにされた、混淆的な文体を通じて表現されていく。メ

スティーソというのは一般的なスペイン語では白人と先住民の混血者を指すが、アンサルドゥーアの「混血女《メスティーサ》」は人種的な意味合いを越え、いくつもの境界を渡っていく者のことだ。本の後半には、アンサルドゥーアの子ども時代の家族の記憶、メキシコ系アメリカ人の民衆の苦しみ、神々、新しい主体の目覚めといった、前半のエッセイに現れるイメージを変奏する38篇の詩が集められている。

１９４２年、アンサルドゥーアはテキサス州南部の農業労働者の家庭に生まれ、家族とともに農作業や牧畜に従事しながら、決して豊かとはいえない少女時代を過ごした。テキサス大学を卒業し、70年代に教師をしながら大学院で学んでいたころ、〈チカーナ〉を自称する女性やＬＧＢＴＱの活動家たち、白人ではない女性作家たちとの出会いがあった。

チカーノ・ムーヴメントは、メキシコ系アメリカ人が社会で周縁的立場に置かれ、差別的な扱いを受けていることに抗議し、その文化や伝統に固有の価値を与えようとする集団的な運動として、黒人公民権運動に触発されながら、１９６０年代に始まった。もともとはメキシコ系に向けられた蔑称だったチカーノという呼び名を、運動の担い手たちが自らのアイデンティティの旗印に変えたのである（チカーノは男性名詞で、女性を指す場合はチカーナになる）。アイデンティティの拠りどころとして提唱されたもののひとつが、民衆の歌としての詩だった。60年代の終わりごろから、英語、スペイン語、カロ（スラング）、先住民の言語を織り交ぜた詩的表現によって、チカーノに特有の経験に形を与える試みが始まった。ただ、その初期の担い手はそろって男性であった。そのため、人種や階級のヒエラルキーを批判しているにもかかわらず、実際のところ異性愛にもとづく家父長的な支配形態を踏襲しているのだという声が、女性たちから生まれてくる。

アンサルドゥーアはチカーノ・ムーヴメントに与しつつ、彼女ならではの立場からその展開を図る。チェリエ・モラーガとともに編集した1981年のアンソロジー『わたしの背中という名のこの橋』は、有色人種の女性たちによる詩、エッセイ、書簡などさまざまなジャンルの文筆を集めたもので、執筆者はアフリカ、アジア、中南米、先住民族のように多様なルーツをもち、経済状況やセクシュアリティにおいても異なるバックグラウンドをもっていた。人種や民族、階級、ジェンダー、セクシュアリティという数々の層が重なりあい周縁化される領域に光をあて、そこでの連帯──「橋」をかけること──の可能性を探るこの実践と併行してあったのが彼女自身の執筆であり、それは『ボーダーランズ』として実を結ぶ。

アンサルドゥーアとサボテン、1988年
(Robert Giard, CC BY-SA 4.0 DEED)

現実に積極的にアプローチしようとする『ボーダーランズ』の姿勢は、要約だけ見るとなんだか教条主義的でこわそうな印象を与えるかもしれない。だが、アンサルドゥーアはそういう書き方をしていない。蛇、サボテンといった自然に由来するメタファーや、アステカの地母神コアトリクエなどの神話のモチーフを駆使して、現実の次元と象徴の次元を混ぜあわせる。一人称の「わたし」の語りによる自伝的なエピソードと、三人称の「彼女」をめぐる詩的なテクストとを、継ぎ目なく結ぶ。そのようにして『ボーダーランズ』は、アンサルドゥーア自身の物語であり、より抽象的な「わたし」の抒情詩であり、かつ「わたしたち」という集団の叙事詩でもあるような奥行きと懐の深さをもって、「わたし」や「わたしたち」の内的な変容への希望を指し示す。すごい作品に出会ってしまった、と初めて読んだときに思い、興奮するほどだった。

アンサルドゥーアは２００４年に没し、『ボーダーランズ』発表からはすでに30年以上がたった。しかし、彼女の著作は新鮮さを失っていないどころか、インターネットの発達でフェミニズムが#MeToo運動などの新たな局面を迎え、さらにブラック・ライブズ・マターが人種、性別といった複数の抑圧の軸の交差に目を向けるインターセクショナルな視点の重要性を際立たせたいま、きわめてアクチュアルなテクストとして読むことができる。残念ながら今のところ邦訳はないのだが、スペイン語部分に英訳のついた版もあるので、ぜひ多くの人に彼女の書いたものを体験してほしいと願っている。

〈棚瀬あずさ〉

第42章 エレナ・ポニアトウスカ

至高の悪夢、極上の旅

２０１３年、スペイン語圏におけるノーベル文学賞ともいえるセルバンテス賞の栄誉に輝いたのはメキシコの作家・ジャーナリスト、エレナ・ポニアトウスカであった。メキシコ人として5人目、女性としては4人目の受賞となった。

同賞に先んじて、すでに数多の文学賞や名誉博士号を受けている彼女の業績は小説、ルポルタージュ、インタビュー、戯曲など多岐にわたっているが、それぞれのジャンルが互いに響きあってポニアトウスカの文学を形作っていることにそのユニークさは求められる。さらに言えば、彼女の作品群に収められた無数の声が、メキシコという国の過去と現在、そして未来にまで通ずる壮大な合唱となっている。複雑な対位法、不協和音、ポリフォニーをはらみながら。

ポニアトウスカがメキシコを代表する著述家であることは疑いをいれないが、その出自が新大陸にはないこともまた銘記しておくべき事実としてある。エレナ・ポニアトウスカは、１９３２年5月19日、公女エレーヌ・エリザベス・ルイーズ・アメリ・パウラ・ドローレス・ポニアトウスカ・アモールとしてパリに生まれた。ポニアトウスカという名字が示すとおり、18世紀ポーランド・リトアニア共和国の王となったスタニスワフ・アウグスト・ポニャトフスキ（スタニスワフ2世アウグスト、在位1764～95年）の家系に連なっている（スタニスワフの兄、カジミエシュの直系の子孫にあたる）。母方の家系であるアモール家もまたメキシコの名家で、メキシコ革命によって土地を失うと国外に亡命した。つまり、ポーランド系フランス人の父とフランス生まれの母のあいだに生まれたポニアトウスカにとって、そもそもの母国語はフランス語であった。

第二次世界大戦の勃発とともにパリを、そしてフランスを離れた一家はメキシコに移住した（父親はフランス市民として従軍しており、戦争終結後に合流）。彼女はここではじめてスペイン語に出会う。1949年にはアメリカ合衆国に送られ、カトリック系修道会が運営する学校に学んだ。

帰国して後、多言語運用能力と深い教養、そして持ち前のユーモアを武器に彼女はジャーナリズムの世界に身を投じる。作家、芸術家、政治家、ラテンアメリカ世界を代表する様々な人物にインタビューを行い、その頭角をあらわした。一流の書き手である前に、ポニアトウスカが一流の聞き手であることを看過してはならないだろう。彼女が耳を傾ける対象は著名人ばかりにとどまらなかった。市井の人々の暮らしをつぶさに観察し、ときに粗野な、しかし飾らない彼ら、彼女らの言葉に耳を澄ませることで、ポニアトウスカは躍動するメキシコの姿を浮かびあがらせる。

国際的に彼女の名を高からしめたのは、1971年に出版された『トラテロルコの夜』だろう。1968年10月2日、オリンピック競技大会の開催を間近に控えたメキシコシティのトラテロルコ地区にあるプラサ・デ・トレス・クルトゥラス（三文化広場）で、軍と警察が学生を中心とする民間人を虐殺する事件が起こった。教育機関における学生の自治と政治、教育、社会の改革を求めて集会に足を運んだ学生は1万人を超えた。空からは軍と警察のヘリコプターがそれを見下ろしていた。突然の銃撃が起こると広場は騒然となり、右往左往する群衆はパニックに陥る。この事件における死傷者は300人とも、400人とも言われる。

20世紀メキシコ史の汚点となった凄惨な事件を取りあげるに際して、ポニアトウスカは有名無名の人々の証言を次々と並べたてるという、型破りな方法を採った。文脈や経緯をめぐる一切の説明を抜きにして列挙されていく声、また声（そのなかには彼女自身のものも含まれる）。その向こうがわで、圧倒的な暴力の激発をもたらすことになる緊張感の高まりと、得体の知れぬなにものかがうごめいている気配がたしかに感じられる。この手法は首都メキシコシティに甚大な被害をもたらした1985年の大地震を扱った『なにもない、誰もいない』（1988年）にも引き継がれることになる。

とはいえ、ポニアトウスカが単純に生のままの素材を陳列して作品を作りあげているわけではないことは、彼女の超絶技巧が遺憾なく発揮された『レオノーラ』（2011年）を例にとれば容易に理解できるだろう。セルバンテス賞受賞の前年、バルセロナの出版社セッシュ・バラル主催のビブリオテカ・ブレベ賞に輝いたこの作品は、イギリス・ランカシャーに生まれ、大西洋を渡り最後はメキシコに居を定めることとなった芸術家レオノーラ・キャリントンの人生を題材としている。

1954年に出版されたポニアトウスカ最初の文学作品『リルス・キクス』に挿画を寄せているのがキャリントンであり、2011年に彼女が亡くなるまで、半世紀を優に超えて友情を育んだポニアトウスカは、『レオノーラ』という作品のなかでキャリントン自身の作品テクストを換骨奪胎しながら、彼女の人生の物語を紡ぎだしていく。キャリントンの作品の人物がキャリントンその人となりかわっていることに、注意深い読者なら気づくことができるだろう。キャリントンの創作によって、キャリントンを創作しなおすこと。あるインタビューでポニアトウスカはつぎのように語っている。

この本には長い年月にわたって彼女が語ってくれた多くのことを含めたけれど、同時に彼女が書いたたくさんのものも含めたの。彼女は偉大な作家よ。9冊のすばらしい本、演劇作品、短篇を書き、すべての短篇が彼女自身とかかわりを持っているわ。だから、そうしたものの断片をすっかり持ってきて小説に含めることはとても簡単なの。

こともなげに語っているが、そうした断片がレオノーラ・キャリントンその人の伝記のなかで生き生きと精彩を放つように配置し、いっぽうで物語の自然な流れが妨げられることのないようにする手腕は見事と言うほかない。おなじインタビューのなかで彼女は「神様が教えてくれるように書くだけ」とも答えている。声に、テクストに耳を傾け、物語として新たな生命を吹きこむ天賦の才がポニアトウスカにはそなわっているかのようだ。

作品の掉尾、年少の友人がキャリントンを新たなる旅へと誘う。ともすれば、ポニアトウスカ自身を思わせるこの人物とともに、レオノーラは遙かなる旅に出る。ともに大西洋をまたぎ越えたふたりの人生が絶妙に重なり合う。いつしか、誰の手になる誰についての物語を目にしているのかが朧《おぼろ》になっていく。夢とも現《うつつ》ともしれぬ世界。事ここに至って、ポニアトウスカこそがもっとも信頼のおけない、それでいてもっとも信頼に値するストーリーテラーであると、わたしたちは得心するだろう。彼女が1979年に発表した子ども向けの絵本『雲売る少女』から、ひとりの人物が口にする言葉を引こう。

夢を見るのさ、それは旅をするのとおなじことだから。

彼女の作品はフィクションと現実が侵食しあう夢のようなもの。悪夢かもしれない。それでも、わたしたちは夢を見る。なぜなら、それは旅をするのとおなじことだから。ポニアトウスカの作品は、メキシコという国の素晴らしさも悲惨も赤裸々に描きだしていく、至高の悪夢にして極上の旅なのだ。

2023年4月、ポニアトウスカはメキシコにおける最大の栄誉となるベリサリオ・ドミンゲス・メダルを授与された。

〈富田広樹〉

2015年の友好文化見本市で、キャリントンに敬意を表して講演を行うポニアトウスカ(Secretaría de Cultura CDMX, CC BY-SA 2.0 DEED)

第43章 エンドロールの続き

マヌエル・プイグと90年目のヘネラル・ビジェガス

マヌエル・プイグ（1932〜1990）の物語は、いつもエンドロールの続きから始まっていた。小説家としてのキャリアは、映画の都ローマで映像作家の夢破れた時に始まった。安住の地はもれなく幻滅に変わり、生涯を通して亡命や移住を重ねた。彼が描く主人公も、理想の世界に憧れつつ裏腹な人生に葛藤する人物たちだ。儚《はかな》い夢が醒めた後の現実との相克、そして和解というテーマが、彼の作品には一貫して流れている。

物語の出発点は、アルゼンチンの大平原パンパに佇む故郷の町ヘネラル・ビジェガスだった。マチスモ（男性中心主義）と偏見がはびこるこの町で、感受性が強くやがて同性愛者を自認していくプイグは、強い孤立感と共に成長する。そんな中、4歳で出会ったハリウッド映画に苛酷な現実と異なる自由な世界を見た彼は、以後映画館に入り浸る少年時代を送り、生涯にわたり映画と愛憎相半ばする関係を築いていく。

プイグの自伝的初小説『リタ・ヘイワースの背信』（1968）は、このヘネラル・ビジェガスがモデルの「コロネル・バジェホス」を舞台に、映画の世界に耽溺する少年トートと周囲の人々の物語を、会話、独白、日記、手紙等、様々な表現で描いた群像劇だ。また第2作『赤い唇』（1969）も、同じバジェホスの若者たちの恋愛劇を連載小説形式で鮮烈に綴っている。様々な言語表現のコラージュという形式が注目されがちな両作品だが、重要なのはプイグがそれに託して描こうとしたものだ。登場人物の多くは、性的指向や病、階級ゆえに疎外される人々、抑圧された女性たち、貧しさに夢破れる男女、そして弱さを見せられない男たちである。あてもなく吐露される彼らの胸の内を伝えるため、プイグは彼らが真似る大衆文化の言語や日記、独白を利用した。彼は誰もが発しているが誰も耳を傾けない声を聴きとり、故郷の人々の深奥を探ろうとした。そこには常に、片隅に生きる人間への深い共感があった。

だがビジェガスの住民はその意図を読み誤る。彼らは彼の作品に激怒した。言葉遣いの模倣は侮辱、差別や偏見など町の恥部の暴露は悪意と捉えた。プイグとその作品はビジェガスのタブーとなる。彼は以後この町に帰ることなく、コロネル・バジェホスが作品に登場することも二度とない。奇しくもすれ違う思いを象徴するように、『リタ・ヘイワース』と『赤い唇』は、共に届かなかった手紙の描写で幕を閉じる。

ここまでが、もはや神話と化した感のある作家マヌエル・プイグと故郷ヘネラル・ビジェガスの顛末《てんまつ》だ。だが物語には、まだ伝えられるべき続きがある。

プイグの誕生から90余年を経た2023年、ヘネラル・ビジェガスを訪れた。『リタ・ヘイワース』の冒頭では、トートの叔母が汽車でコロネル・バジェホス駅に降り立った際の幻滅を語っているが、今やその列車も廃線となり長距離バスが唯一の交通手段だ。ブエノスアイレスのレティーロ駅からバスに揺られること8時間超。ようやくビジェガスに到着する。

この町のかつてプイグ一家が暮らした家に、現在「プイグの未亡人」と呼ばれるパトリシア・バルジェロさんが住んでいる。ビジェガスで育ち、進学のため町を出たバルジェロさんは、1985年、ブエノスアイレスで司書の資格を取得し帰郷する途上、自動車事故で瀕死の重傷を負う。地元での結婚式を間近に控えた悲劇だった。一命をとりとめるも全身に麻痺を負った彼女は、絶望の中でビジェガス公立図書館に職を得た。そこで彼女が初めて手に取ったのが『リタ・ヘイワース』だった。幼い頃から「プイグはこの町をネタにした裏切り者」だと大人たちに聞かされ、彼の本など読もうとも思わなかったバルジェロさんは、半ば職業上の義務感から読んだこの作品に衝撃を受ける。それは人々が非難するような悪意に満ちた小説ではなかった。プイグは誰のことも責めていなかった。ただ差別や不寛容、憎しみがなぜ生まれるのかを考えようとしていた。主人公トートに投影された著者の姿に、はるか数十年前のこの町で、自分と同じ、「皆と違う」孤独を感じていた人がいると知ったバルジェロさんは、彼は私だ、と思った。彼女は図書館からブラジルに住むプイグに手紙を送り、ビジェガス再訪を打診する。返事はなかった。それでもいい、時間はまだあると思っていた。だがその希望は突然断たれる。1990年、プイグが急逝したからだ。

まるで小説の結末を再現するように、プイグとビジェガスのもう一つの物語も、一方通行の手紙という苦い幕切れを迎えたかに思われた。だがバルジェロさんはあきらめなかった。プイグと町の架け橋になると決意した彼女は、図書館でプイグ作品の紹介や資料編纂《へんさん》に着手する傍ら、1991年、仲間と「プイグ・エン・アクシオン！」という企画を始動する。以後2年に一度開催されてきたこのイベントは、読書会やシンポジウム、プイグに着想を得た美術展、劇の上演等、回を重ねる毎に規模を広げ、プイグ作品への多様なアプローチを行っている。行政も呼応し、町内のプイグゆかりの場所を辿る「プイグコース」の整備等の発信を始めた。また「アクシオン」での展示や演劇は、芸術を愛するビジェガスの若者に表現の場も与えてきた。２０１６年には、この町出身の映画監督カルロス・カストロが、プイグとビジェガス、バルジェロさんに焦点を当てたドキュメンタリー映画『コロネル・バジェホスへの帰還』を発表。さらに２０２３年にはプイグの生涯と作品にせまるテレビシリーズを制作し、国内外で賞賛されている。外ならぬビジェガスの人間の手で自身が銀幕の主人公となる日が来ようとは、プイグは想像もしなかったに違いない。

ヘネラル・ビジェガス中央広場の一画

　バルジェロさんたちの取り組みは、こうして故郷における不当な誤解と忘却から作家を救い、一つの和解を遂げた。でももっと大切なのは、彼の作品を糧に私たちが話し合い変化することだと彼女は言う。授業や「アクシオン」でプイグに触れるビジェガスの子どもの多くは、60年以上前の作品に描かれた差別や暴力が、今なおこの町に存在していることに気づいたと話す。その気づきは、

プイグの生家のレプリカと「プイグの散歩道」

私たちが今生きる社会の在り様を少しでも変えることができるのではないか。バルジェロさんの蒔《ま》いた種は思わぬ実を結びつつある。それは作品を現実に照らし返す試みであり、かつて彼を拒んだ土地からの終わりなき返信なのだ。

「プイグコース」を実際に歩いてみる。各地点の案内板にはプイグの作品でその場所が再現された箇所が併記され、現実のヘネラル・ビジェガスと架空のコロネル・バジェホスを重ね歩くささやかな旅に誘ってくれる。例えば中央広場を囲むのは、『リタ・ヘイワース』で幼いトートがロマの妄想に震えた役場、『赤い唇』で貧しい煉瓦《れんが》工パンチョが憧れた警察署、そして彼の私生児を産むラーバが祈りを捧げた教会だ。数ブロック内に作品の舞台が散りばめられ、角を曲がればトートたちに会えそうな気がする。すでにかつての姿を留めない建物も少なくないが、プイグが通った「シネ・テアトロ・エスパニョル」は、現在も劇場・映画館として存在し続けている。

コースの終点は市街地から離れたかつての鉄道駅近くにある。2022年12月、プイグの生誕90年を記念し、ここに老朽化に伴い取り壊された彼の生家のレプリカが建てられた。現在その一帯は「プイグの散歩道」という名の遊歩道となり、地面にはLGBTQ＋の象徴レインボーフラッグの絵と共に「セクシュアリティという他愛ないものが、その人のアイデンティティを定義することはできない」というプイグの言葉が刻まれている。

プイグがもし生きていたら、メールや新たな情報媒体の言語をどのように作品に織り込み、どんな物語を描いていただろう。一瞬で意思疎通が可能になり人と人の距離が縮まったかに見える世界で、取りこぼされる感情の機微をどう掬《すく》い上げていただろう。映画スターも一般人もSNSで私生活を発信する時代に、あぶり出される見栄や孤独や不寛容を、彼の眼差しはどう射抜いていただろう。そして誰もが自分らしく生き人を愛する道に光が差し始めたかに見える今、どんな言葉でその一歩に寄り添っていただろう。それを知ることは叶わないが、60余年前に彼が記した人々の声と、それに応えた一人の読者に始まるヘネラル・ビジェガスの30年の歩みは、物語が時を超え、同じ痛みを抱える誰かと世界を揺さぶり得ることを、確かに証している気がするのだ。儚い夢を夢で終わらせないことはきっと可能だ。たゆまぬ対話を続ける限り、スクリーンの中の理想が現実に反転する、そんなエンドロールの続きを描くことが、私たちにはできるのだから。

〈山田美雪〉

第44章 クリスティーナ・ペリ・ロッシ『狂人の船』

想像力のエクササイズ

２０２１年11月、クリスティーナ・ペリ・ロッシがセルバンテス賞の受賞者に選ばれたというニュースが入ってきた。ノーベル文学賞と同様、一つの作品ではなく一人の作家の作品全体や功績を対象に与えられる賞で、スペイン語で書かれた文学の世界における最高の栄誉ともいわれる。この受賞は私にとって特別な意味を持っていた。というのも、文学作品を翻訳する仕事への憧れとスペイン語という言語の魅力に導かれてラテンアメリカ文学研究の道に進んだ自分が、初めてスペイン語から日本語に訳して出版した小説が、ほかでもないペリ・ロッシの『狂人の船』だったからだ（原書は１９８４年、日本語版は２０１８年刊行）。

ペリ・ロッシの代表作の一つだが、日本ではまだあまり読まれていない。冒頭が謎めいた詩的な章で始まっていたり、中世のタペストリーの描写が随所にはさまれていたりと、入り込みやすい作品ではない。明確なストーリー展開もなく、特に前半の章には連続性が見いだしにくい。テーマの面でも、前半は亡命という経験を軸に展開されるが、後半はジェンダーやセクシュアリティの問題、とりわけ女性に対する抑圧へと主眼が移っていく。その移行にうまく乗れない読者もいるかもしれない。それでも日本語に訳したいと思い、それを実現させたこの小説はどんな作品なのか。要約を試みるなら、南米のある国の圧制を逃れて大西洋を渡った主人公エックスが、亡命先の各地で変わり者や社会の周縁に置かれた人たちとの出会いを重ね、自分を取り巻く世界を築き直していく遍歴の物語であると言おう。そして、想像力を働かせるための筋肉があると仮定したうえで、その想像筋なるものに普段とは違う負荷をかけ、それを鍛えてくれるような作品である、とも言ってみたい。それは現実からかけ離れたことを空想する力ではなく、自分が経験していないことを理解しようとしたり知ろうとしたりし、現実に着地するタイプの力である。その感覚をつかんでもらえるよう、『狂人の船』を通じてできる想像力のエクササイズをここで三つ提案し、それから番外編を一つ紹介したい。

一つめは、身の回りの現実をふだんとは違う仕方で見るエクササイズだ。たとえば、『狂人の船』を読んだある友人から、折に触れて思い出し、そのような考え方にしばしば助けられているという感想をもらった一節がちょうどいい。すなわち、「定住型の人［…］は、外国人［あるいは「よその」、原文ではextranjero］であるという身分が一時的で一過性のものであると同時に交換可能であることを知らない。反対に、ある種の人間は常に外国人であり他の人はそうでないと考えがちだ。外国人は生まれながらにして外国人なのであって、後からそうなるのではない、と信じているのだ」。日本に生まれ育ったその友人は現在イタリアで、まさに外国人として暮らしている。この一節を含む章「旅－4　エックスの物語」で展開されるエックスと通りすがりの女性の会話を読んで理解しようとしたり、前述の一節に救いを感じる人がいるとはどういうことなのかを考えたりすることは、現代の日本（多様なルーツを持つ隣人がますます多くなる国）に生きるうえで、特に重要だと思われる。

二つめは、自分の日常生活とは関係のないできごとに興味を持ち、その事実について調べたり、それを経験した人の置かれた状況や心境を想像したりするエクササイズ。「旅―9 セメント工場」と題された章を出発点に、私はそれを行ってきた。その章はアルゼンチンかウルグアイ、あるいはその両者を混ぜあわせた国を舞台とし、軍によって拉致監禁されどうにか生き延びた人物の体験が、詩的想像力と知性とユーモアのフィルターを通した形で語られている。ペリ・ロッシが１９４１年にモンテビデオで生まれ、72年にスペインへ亡命した経歴を持つことは、原書のプロフィール欄にも記されている通りだ。

ラテンアメリカ史の概説書を開けば、１９７０年代、ウルグアイ、チリ、アルゼンチンで次々に軍事クーデタが起き、独裁政権が誕生したことがわかる。では、その軍政下で何が行われ、人々は何を感じながら生きていたのか（あるいはどのように命を奪われたか）。そして80年代から90年に軍政が終わりを迎えた後、人々はその記憶とどう向き合ってきたのか。自国の国家権力によって命を脅かされる状況や心境とは。一人一人の身近に迫る暴力の背後にある、遠い大国の影響力とは……。これらの問いについて考えるための材料は、日本語でアクセスできるものだけでも、映画、小説、詩、戯曲、絵本、そして研究書、新聞記事など様々なジャンルのそれぞれで十分に見つけることができる。

三つめは、テクストの中で言及される別の作品を参照することによって、表面的には見えていない深層の意味を解釈するというエクササイズだ。ある論文で私は「旅―18 聖杯の騎士」という章をこのアプローチから読み解いたことがある。パーシヴァルという名の少年が登場するその章では、クレティアン・ド・トロワの『聖杯の物語』と、リヒャルト・ワーグナーの『パルジファル』を先行作品として踏まえていることが作中で明確に示されており、三つの作品やその周辺情報を照らし合わせてみると、予想以上の成果が得られた。結論のみ取り出しても意味不明ではあろうが、到達した解釈を紹介しよう。パーシヴァルの母エヴァの人物像をめぐる考察からは、キリスト教文化における男性中心的な世界観や女性に与えられた負のイメージが創世記にまで遡って転覆されていることを読み取った。パーシヴァルをめぐる考察からは、攻撃的な要素や硬直化した規範意識が解きほぐされ、またナチスによるユダヤ人迫害と結びつけて考えられる傾向のあった『パルジファル』から、迫害につながり得る要素を取り除くような操作が行われていると論じた。『狂人の船』は様々なジャンルの作品や作者への言及や引用に満ちており、他にも丁寧に掘り下げれば隠された深層の意味が見えてくる箇所がきっとあるだろう。

最後に、「番外編」と位置づけるのは、テクストには書かれていないことを、同じ作者や別の作者による後の作品を手がかりにして読み取るという技である。『狂人の船』の主題が亡命から女性に対する抑圧の問題に移行していくと書いたが、そのことをどう捉えればよいのか、私は何度も考えてきた。とりあえずの結論は、次のようなものだ。この作品では南米軍事政権下での人権侵害、異常と見なした者の排除、女性に対する様々な形での抑圧、ナチスによるユダヤ人の迫害などが類推によって結びつけられているが、これらに通底する原理のようなものを見いだすことこそがペリ・ロッシ特有のものの見方や問題の立て方である。

しかし、ペリ・ロッシの新しい長篇小説『あなたに言えなかったすべてのこと』（2017年刊、

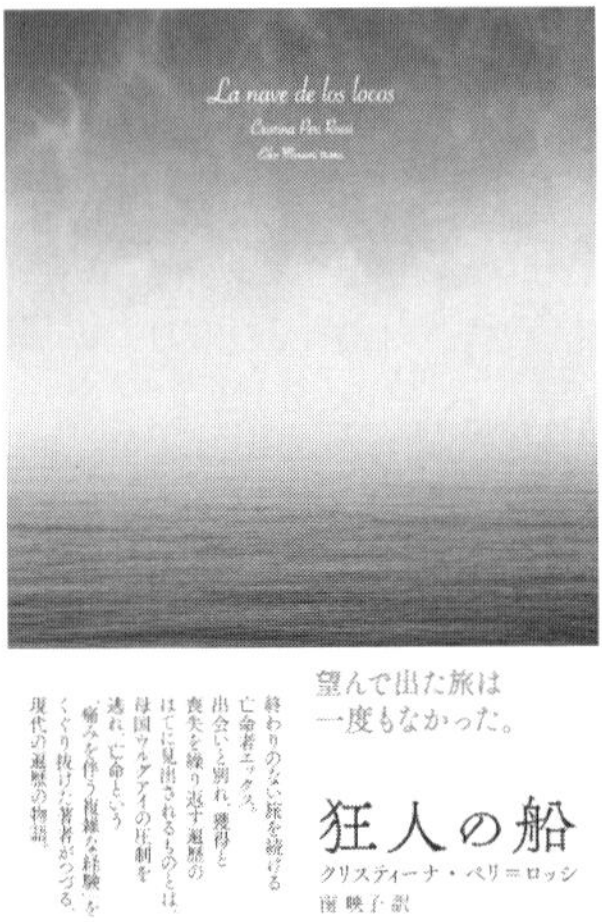

『狂人の船』書影（松籟社、2018年）

未邦訳）を読んだとき、新たな可能性が見えた。軍政期にウルグアイからスペインへ亡命し、現代のバルセロナに暮らす女性シルビアは、恋人が演出する『死と乙女』の舞台を見に行くことができない。その理由を問われ、数十年のあいだ封印してきた過去の記憶を語り始める。学生時代、彼女は海軍に拉致されて収容所に監禁され、そこでは女性囚たちが拷問や性暴力を受けていた。アリエル・ドルフマンの戯曲『死と乙女』の舞台はチリだが、その主人公パウリーナを苦しめているのもまた軍政下の収容所で受けた性暴力の記憶であり、だからこそシルビアは舞台が見られない。

ほぼ同じ頃ウルグアイ出身のマナネ・ロドリゲス監督が発表した『パンのかけら（*Migas de Pan*）』（２０１６年、日本語字幕版のタイトルは『赤の涙』）にも、軍政期に拉致監禁され性暴力やその他の人権侵害を受けたウルグアイの女性たちが、２０１０年代になって、過去の記憶と対峙し語り始める姿が描かれている。

ペリ・ロッシはあるインタビューで、シルビアの逸話は親しい友人たちの実体験に基づいており、辛すぎて長いあいだ書くことができなかったものだと語っている。過酷な経験の記憶を長い年月を経てようやく語り始めるというこの二作品を知ってから『狂人の船』を読み直すと、女性に対する抑圧の主題は、類推によって結びつけられ並列された様々な問題の一つであると同時に、軍政の主題そのものとも実は深く結びついているように見えてくる。
ほかの読者が『狂人の船』をどう読むのか——何に心惹かれ、何に興味を持ち、何をもっと知りたいと思い、何を考え、生じた思考を何に結びつけていくのか——知りたいと、私は強く思う。

〈南映子〉

第45章 知的でスリリングな語りの魔術

政治的暴力に抗するリカルド・ピグリアの文学的冒険

現代アルゼンチン文学の最先端を走りつづけた作家リカルド・ピグリア。その代表作として第一に挙げられるのは、やはり『人工呼吸』（１９８０）であろう。だがこの小説はなかなか一筋縄ではいかない作品である。さまざまな趣向を凝らした意想外のストーリー展開に読者は少なからず面食らうにちがいない。文中に埋め込まれた数々のヒントを手がかりに、想像力を働かせながら一貫性のあるストーリーを組み立て、物語の背後にひそむ恐ろしい謎を解き明かすことが読者には求められるのだ。

舞台は１９７０年代のアルゼンチンである。中心となる登場人物は、語り手のエミリオ・レンシとその叔父マルセロ・マッジのふたりだ。エミリオは、手紙のやりとりを通して叔父の消息を知ることになるが、叔父がなぜ遠方に身をひそめているのか、いまどんな暮らしをしているのか、肝心なことは何もわからない。わたしたち読者は、ほのめかしやはぐらかしがちりばめられた思わせぶりな手紙に翻弄されるばかりで、謎を解く手がかりはいっこうに見つからない。そんなストーリーの合間に、本筋とは何の関係もないようにみえるさまざまな逸話がはさみこまれる。

謎に満ちた「語り」の手法が用いられているのには理由がある。まず、作者リカルド・ピグリアが無類の推理小説好きだったことだ。作家としてデビューして間もないころにブエノスアイレスの出版社で働きはじめた彼は、「暗黒シリーズ」と銘打たれたハードボイルド推理小説コレクションの編纂を手がけている。チャンドラーやホレス・マッコイ、ジェイムズ・ハドリー・チェイスといった英米作家の作品をアルゼンチンの読者に広く紹介した功績は大きい。謎かけを多用した『人工呼吸』の語りも、推理小説に精通していたピグリアならではの手法と言えるだろう。

つぎに、『人工呼吸』が書かれた当時のアルゼンチンの政治状況を指摘することができる。1976年から1983年まで恐怖政治による独裁体制を確立した軍事政権下のアルゼンチンでは、苛烈きわまる弾圧の嵐が吹き荒れた。拉致や拷問、殺害といった政治的暴力が横行し、反体制派のみならず多数の一般市民も犠牲になった。2万人とも3万人ともいわれる行方不明者のなかには、作家や芸術家、ジャーナリストも含まれ、国外亡命を強いられた者も少なくない。エミリオ・レンシの叔父マルセロ・マッジの謎の失踪も、迫りくる弾圧の魔手から逃れようとする亡命者の姿を暗示している。一方、ピグリアのように国内にとどまった作家たちは、軍部による検閲をつねに意識しながら創作することを余儀なくされた。

言論の自由が脅かされる社会では、拉致や拷問、虐殺といった政治的暴力を文学作品のなかで正面から描くことはすなわち身の危険を意味する。検閲をすり抜けるための表現上の工夫が求められるのは当然であろう。政治とは直接かかわりのない話題を隠れ蓑に体制批判のメッセージをさりげなくすべりこませたり、政治的な暴力がはびこる社会を暗に風刺したりするなど、さまざまな技巧を凝らした「語り」が要求される。ピグリアの場合ももちろん例外ではない。『人工呼吸』はいわば、当局の目を欺く戦略的な語りを武器にアルゼンチン現代史の暗部に鋭く切り込んだ作品だと言えるだろう。高度な文学的テクニックを駆使した作品が言論弾圧という負の歴史から生み出されたというのは、まことに皮肉な幸運だったと言うべきかもしれない。

むろん当時のアルゼンチンの政治状況を知らなくても、推理小説を思わせる『人工呼吸』の魅力を味わう妨げにはならない。虚実が混然一体となった不思議な語りに心地よく身をゆだねるのが本書の正しい読み方なのである。

ピグリア文学への格好の入門書ともいうべき『燃やされた現ナマ』も日本語に翻訳されている。1965年にブエノスアイレス郊外で発生した現金輸送車襲撃事件を下敷きにしたこの小説は、フィクションとノンフィクションの融合を追求した野心作として高く評価されている。犯行グループと警察の緊迫した攻防を、畳みかけるような文体によって小気味よく切り取ってゆく手法は、いまなお多くの読者をひきつけている。語りをめぐるさまざまな仕掛けがほどこされているのも興味深い。

事実の枠組みを借りながら随所に虚構を織りまぜてゆく『燃やされた現ナマ』の手法には、「文学作品にとって真実とは何か」という問いが隠されている。ありえたかもしれない事実をフィクションという器に載せて差し出すことによって、事件をめぐる公の言説を相対化し、隠された真実をあぶりだす。フィクションという「嘘」を通してのみ到達することのできる真実があるという信念が、ピグリアの作品を根底から支えているのだ。

ここでピグリアの経歴を簡単に振り返っておこう。1941年、アルゼンチンのブエノスアイレス州に生まれたリカルド・ピグリアは、10代後半の多感な時期にヘミングウェイやフォークナー、フィッツジェラルドをはじめとする北米文学に親しんだ。国立ラプラタ大学の人文学部で歴史学を専攻する一方、短篇小説の執筆も手がけるようになり、文芸誌が主催する文学コンクールで入賞を果たすなど、早くから文学的才能の一端をかいま見せている。1967年には最初の短篇集『侵入』を発表する。この作品集には早くも、ピグリアの分身的存在として知られるエミリオ・レンシが登場する。エミリオ・レンシは、『人工呼吸』や『燃やされた現ナマ』をはじめとするのちの作品にも繰り返し姿をあらわしている。

創作と並んで、ボルヘスをはじめとするアルゼンチンの作家や北米の小説家をとりあげた批評にも積極的に取り組んでいる。1980年の『人工呼吸』の発表と前後して、ピグリアはメキシコやアメリカをはじめとする海外の大学に招かれ、数々の講演をこなした。小説家としては、その後も『終身刑』（1988）、『不在の都市』（1992）、『短い形式』（1999）、『最後の読者』（2005）、『夜の標的』（2010）、『イダの道』（2013）などを刊行、『夜の標的』ではスペインの批評賞のほか、ロムロ・ガジェゴス賞（ベネズエラ）やマヌエル・ロハス賞（チリ）などを受賞している。ほかにも、ボルヘスをテーマとするアルゼンチンのテレビ公開講座に講師として出演したり、エクトル・バベンコ監督の『フーリッシュ・ハート』をはじめとする映画の脚本を担当したりするなど、その多彩な活躍ぶりは広く内外の注目を集めた。

「作家のための作家」と称されることもあるボルヘスにつづく世代の小説家たちは、この偉大な文学者が残した遺産を受け継ぎつつ、それをいかにして乗り越えるかという問題に直面した。アルゼン

2011年のロムロ・ガジェゴス賞の授賞式で（右から2人目）

出　典：Guillermo Ramos Flamerich, CC BY-SA 3.0 DEED

チンの政治状況に向き合いながら、自身の問題意識を長篇小説というかたちに昇華してみせたピグリアの『人工呼吸』は、数少ない例外を除いて国内の政治問題をとりあげることのなかったボルヘスに対する挑戦状だったのかもしれない。

〈大西亮〉

第46章 イサベル・アジェンデ

スペイン語圏に並ぶものなき〈物語の女王〉

サンティアゴの書店メタレス・ペサードス

サンティアゴ旧市街サンタルシアの丘近くにメタレス・ペサードスという書店がある。詩人でもある店主セルヒオ・パラは自ら立ち上げた同名の出版社からアート関連の書物を刊行し文学にも造詣が深い。私もここを訪れるたびに有望なチリ人若手作家を紹介してもらっている。その彼が「この店には置かない」と公言するのがチリ出身の世界的作家イサベル・アジェンデ（1942〜）の本である。

アジェンデの代表作は『精霊たちの家』。彼女自身が幼少期を過ごしたプロデンシア区の古屋敷とそこに暮らした人々をモデルにした小説だが、このエリアは20世紀の終わりにかけて新市街として大規模な都市化が進み、現在は高層ビルや大型モールが立ち並ぶなどして、小説で描かれている往時の雰囲気とは真逆の街になっている。セルヒオのようにアジェンデに対して批判的な人々は、ひょっとすると彼女の文学を現在のプロビデンシア区と同一視しているのかもしれない。

グローバルスタンダートで均質化された偽りの楽園と。

果たして本当にそうなのだろうか。

パナマの独裁者ノリエガ将軍までも読んでいたと言われる『精霊たちの家』はかつてガルシア・マルケス『百年の孤独』の二番煎じとも揶揄されたが、読み直してみると決してそんなことはない。『百年の孤独』は人物が作中の時間上で抜本的な成長を遂げず生成変化もしないことが大きな特徴だが、アジェンデの描く女性たちは劇的な変化や成長を遂げていく。そういう意味で『エバ・ルーナ』という女性を主人公としたピカレスク小説をアジェンデが書いたのは必然と言えるだろう。出自に謎を抱えた主人公が様々な苦難に遭い、強烈な個性を持つ人物たちと困難な関係を取り結び、ときには争い、ときには友情を深め、己を取り巻く世界のなかで確実に成長を遂げ、生涯に一度の相手と恋に落ち、悲しみや苦難を乗り越え最終的に安寧な居場所を見出すという、人間が普遍的に好む話型をアジェンデは採用し続けており、これはガルシア・マルケスとは根本的に異なる資質である。

19世紀に文芸スタイルとして確立されたビルドゥングスロマン（教養小説と訳されてきたがむしろ人格形成小説とでもいうべきもの）にメロドラマをトッピングして物語として飽きさせず、歴史的事件や舞台となる場所のもつ詳細な文化記号にも器用に目を配るという離れ業を成し遂げてきたアジェンデに、魔術的リアリズムという意味不明のレッテルを貼るのは筋違いだ。

おじのサルバドールが死んだ１９７３年のクーデタ後にベネズエラに亡命して以降、米国を拠点としチリのことなど忘れたかに見える彼女だが、小説ではきちんと祖国を描いている。世界的ベストセラー作家への転機となった『幸運の娘（邦題『天使の運命』）』やそれに続く『セピア色の肖像写真』（未訳）は『精霊たちの家』と合わせて近代チリ100年の歴史を紡ぐ壮大な三部作として読める。『我が魂のイネス』（未訳）はチリ征服に関わった歴史上の女傑イネス・スアレスの一代記だ。内戦下のスペインを逃れ詩人パブロ・ネルーダが用意した難民船でチリへ渡った夫婦の生涯を描く『海の長い花びら』（未訳）は、作者同様バスク人の末裔がつくったチリという国の成り立ちを分からせてくれる。コロナ禍で書いたという近作の『ビオレタ』（未訳）はチリ南部で青春時代を送った100歳の女性が波乱万丈の一生を回顧するというアジェンデらしい女性の成長譚だ。早世した娘への書簡という形をとった『パウラ、水泡なすもろき命』やエッセイ『私のつくられた祖国』（未訳）など自伝でもチリを様々な角度から語り続けている。

イサベル・アジェンデ

　本来ならチリの国民作家とみなされてもよいのに、現実にそうなりにくいのはおそらく彼女が『幸運の娘』から〈大衆小説作家〉という領域に分類されてきたからだろう。

　実はスペイン語圏には娯楽に特化して物語的技巧とジャンル的個性を追求するタイプの作家が少ない。日本なら直木賞候補になりそうなタイプの作家、読みやすさと物語としての完成度を重視し、ミステリや歴史ものやSFやヤングアダルトのようなサブジャンルにも積極的に取り組む器用な作家が少ないのである。自らの目標が文学性のような霞ではなく金である、それが言い過ぎなら、できるだけ多くの読者を自分のストーリーヴァース（物語宇宙）に引き込んで可能な限り中毒にすることである、そんな作家が英語や日本語のそれに比べて極めて少ない。ダン・ブラウンやスティーブン・キングなど大物英語作家のスペイン語訳は読まれるが、それと張り合うスペイン語作家の影が薄く、ＳＦに至っては完全なる不毛の大地である。

そんなぽっかり空いた空虚を埋め、この全人類が無限の個人的想像をＳＮＳで無駄に交換し合い、独裁者やデマゴーグがメディアを駆使して狂気の妄想に人々を拉致しようとする21世紀のいま、少しでも人間に普遍のよくできた物語宇宙を定期的に訪れたいと願う健全なスペイン語読者の切実な需要を満たしているのがアジェンデなのだ。彼女はチリの国民作家というよりスペイン語圏全域における〈物語の女王〉なのである。

マドリードの地下鉄に乗ってスマホではなく珍しく本を開いている女性がいたら、たいていはアジェンデの新作を読んでいるという話を聞いたことがある。彼女の作品はたしかに通俗的と言える側面もあるが、誰が書いても（この時代にあってはＡＩが書いても）同じになるコピー文学とは違う。いずれの作品にもアジェンデの文体や物語特性の刻印があって、読者はそれを求めて毎回彼女の新作を買いに書店へ向かう。ノーベル賞作家ではなくアガサ・クリスティのようになりたかった少女イサベルの夢は実現したのだ。

私自身は彼女の本を積極的には読まない。セルヒオと同様、小説に子どもだましの予定調和や人生を前向きに生きるための栄養剤を求めるつもりはないからだ。仕事柄アジェンデの小説を読んでいて話が宿命の恋にさしかかると「またか〜」とげんなりしてページを閉じることもある。小説の読みやすさとはあくまで人類にとっての最大公約数的な特質であり、私はむしろそこから外れるような、読者に難読という行為を強いる厄介な小説を好んで読んでいる。それは私やセルヒオの特殊な趣味によるものであり、だからと言ってアジェンデの小説の価値が減じることはない。

アジェンデは日本でガルシア・マルケスの後継者というピント外れの紹介をされ硬派の海外文学読者から多大なる期待を集めた結果、ベストセラー作家となって以降の翻訳紹介が逆に滞ってしまった印象がある。恋愛からミステリまで娯楽小説には日本語作家のものや翻訳がすでに山のようにある国で、読み物作家としての価値が相対的に下落したのだ。

これは不幸なことだったと思う。

彼女はスペイン語作家でもっとも優れたストーリーテラーであり、そのほぼすべての作品が先進各国の諸言語に訳されてきたからだ。

幸いハンディな再版が刊行された初期の名作3冊に加えて、もしあなたがスペイン語や英語を多少なりとも読めるのであれば未邦訳の原作を思い切って入手してはどうだろう。中級レベルの語学習得にも向いている。最新作は２０２３年の『我が名は風が知る』、第二次大戦中にオーストリアから英国に亡命したユダヤ人の少年の話と２０１９年にエルサルバドルから米国に逃れてくる不法移民の少女の話が並行して進むというものだ。読み易さという点において世界最高のスペイン語作家であることは語学教師として私が保証する。


〈松本健二〉

サンティアゴの別の書店ではアジェンデの新作が平積みに（撮影：高橋可恋）

第47章 呪詛の向こう側にある何か

フェルナンド・バジェホ

近年、ほとんど話題にのぼらなくなって残念だが、ロムロ・ガジェゴス文学賞はスペイン語作家に与えられる文学賞の中では5年に一作という希少価値の高さもあって、かつては注目されたものだった（1989年以降は2年ごと）。ガルシア・マルケス、バルガス・リョサ、カルロス・フエンテスも受賞したこの文学賞は2003年、コロンビアのフェルナンド・バジェホの『崖っぷち』（2001）に与えられた。バジェホの4年前はボラーニョの『野生の探偵たち』、次いでスペインのエンリケ・ビラ＝マタスの『垂直の旅』が受賞しており、この並びを見ると、世紀をまたいで新しいタイプの作品に目が向けられていることがわかる。3人の特徴をあえてひと言で言うなら「偶像破壊」というテーマが何らかの形で表現されていることだろう。

1942年にコロンビアのメデジンに生まれ、映画人として出発したバジェホが小説を書きはじめたのは1980年代に入ってからで、小説作品として2023年までに15作を出しているが、代表作は、『崖っぷち』と、映画化された『暗殺者の聖母』（1994）となる。この2作はもちろんのこと、「私の書いてきたほとんどすべては私の経験したことを扱っている」と本人が言っている通り、彼の作品は基本的には自伝的な小説、あるいは少なくとも自身の経験を出発点にしている。

このような内容を語るにあたって彼は一人称の語りだけを信じ、三人称の語り手（いわゆる全知の語り手）による小説を強く否定している。人は他人が何を考えているのかがわかるわけがなく、何でも知っている神の視点から書くのは傲慢ということだが、その考え方で15作も書き続け、よく飽きないものだ。合間に短篇を書いたりもせず、小説はどれもおおよそ１５０ページから２００ページぐらいの長さである。今回はこんな風に書いたから、次は別の書き方をしようとは考えない。

人間の傲慢さの否定から導かれる彼の主張として繰り返されるのは、動物愛護の精神、ひいては動物との共生である。ロムロ・ガジェゴス賞の受賞スピーチでは、「馬、牛、犬、イルカ、クジラ、ネズミは我々と同じように哺乳類で、我々と同じように目が2つあって、我々と同じように鼻があって、我々と同じように腸があって、我々と同じように筋肉があって、我々と同じように神経があって、我々と同じように血液が流れ、我々と同じように感じて苦しみ、我々と同じように存在し、生という恐怖における我々の仲間であって、我々は彼らを尊重しなければならないし、我々の隣人なのだ」と言っている。バジェホはチリの作家ルイス・セプルベダのように環境保護団体に入るとか先住民文化の保護活動をするというのではない。彼の言葉は、動物を殺して生きるしかない人間の哀れみを描写している。自身も当然その哀れなひとりに含まれ、言葉の鋭い刃は彼さえも深く突き刺している。

彼の主張は人間中心主義の否定と言って良いと思うが、これを進めた宗教も彼は拒否する。具体的には彼がその環境の中で育ったキリスト教、カトリック教会である。とある講演のタイトルには「キリスト信仰の犯罪」とあり、「動物を我々の隣人として考慮しない宗教は非倫理的である」と述べている。彼によれば、19世紀のローマ教皇が、人間は動物に対して配慮をする必要がないという理由でローマに動物愛護協会の設立を禁じた時にカトリックの犯罪がはじまったとしている。

こうした強い自己主張が小説では撒き散らされている。語り口は呪詛、罵倒を基調として、「クソッタレ」「クソ喰らえ」「くたばれキリスト」といった汚い言葉のオンパレード、ローマ教皇のことは「害獣、ねばねばしてぐにゃっとした詐欺師の白い蛆虫」。カトリックの国でよくもまあここまで不敬なことが書けるものだ。嫌いなものへの憎しみが爆発していて、ともするとただの芸風ともとれそうだが、そう簡単に片付けられないような根源的な力強さがみなぎっている。あるスペイン人作家は「フェルナンド・バジェホの作品は熱狂か嫌悪のどちらかを引き起こし、決して無関心ではいられない」と評しているが、まさにその通りだ。

『崖っぷち』は私の人生におけるひとつのエピソードではない、虚構ではない、真実だ。その中で語っているように、私にとってはとても痛ましく思い出したくない。

この小説は、メキシコに住む主人公の「おれ」（＝フェルナンド）が、エイズで死にかけている弟ダリーオのいるメデジンに帰って看取るまでが大きな流れになっている。臨終間際のダリーオは投薬で夢遊病のように振る舞うのだが、ある時昔のアルバムを取り出し、小さい頃の写真を見つめる。その写真には、「オーバーを着た金髪の巻き毛の弟、その後ろから弟を抱きしめている縞柄のシャツのおれ」が写っている。読み進める読者はここで本の表紙を見て、この描写そのままの写真があることを確認するだろう（写真参照）。フェルナンドと弟ダリーオの少年時代の愛らしい表情と小説中の醜い中年になった兄弟のあいだには、荒廃を避けがたくもたらす時が横たわっている。小説冒頭の「ああ、時は流れた！　歳月も人生もまたたく間に過ぎてしまった。メデジンのあの川もいまやどぶ川だ。きらきら光るカラシン魚を追い出して、狂ったように水しぶきをあげながら、クソションベンの濁流を海に垂れ流している」はバジェホの世界観をよく表している。この本の日本語版を作るとき、本文にも言及のあるこの写真を無視するわけにはいかないので使わせてもらった。

自らが経験した肉親の死を描いたものとしては、コロンビアではエクトル・アバッド・ファシオリンセが殺害された父との思い出を美しく描いた『我ら、忘却される存在（*El olvido que seremos*）』、あるいはピエダー・ボネットが息子の自死を乗り越えようと書いた『名付けえぬもの（*Lo que no tiene nombre*）』があるのだが、バジェホの小説はこの2冊とは大きな距離があるように思える。バジェホの呪詛からは、大切な人の死からは必ずしも立ち直れないのだという苦しみが感じられてならない。

『崖っぷち』書影（松籟社、2011年）

バジェホは1970年代からメキシコシティに、パートナーで舞台芸術家のダビー・アントンと40年以

インタビューを受けるフェルナンド・バジェホ（2012年ブエノスアイレス）

上住んでいた。そのマンションを訪れた時、グランドピアノのある部屋で、愛犬も一緒に食事をした。バジェホは書斎を持たず、廊下の突き当たりにパソコンが置いてあり、そこで書いているとのことだった。食事の後、バジェホと犬の散歩に出かけた。1時間以上たっぷり歩き、最終的に本屋に連れて行ってくれたバジェホは、犬は中に入れないから外で待っている、好きなだけいていいと言って、外のベンチで待っていた。それから数年後、ダビーは没し、ひとりになったバジェホはその愛犬と一緒にメデジンに帰った。

今から思うと、本屋の外で犬を撫でているバジェホの姿を写真に撮っておけばよかった。寂しそうに見えなくもなかったが、わからない。バジェホより年上のダビーの弱々しい姿を見て、ついバジェホの心中を想像してしまったのかもしれない。『崖っぷち』に書かれていることを読み直すしかない。

〈久野量一〉

第48章 レイナルド・アレナスと海

流れゆくさき

海に憑かれていた。わきおこる潮騒のように生き、とめどない波のように書いた。レイナルド・アレナスほどに文学と生とが不可分で、そのいずれもが旅そのもの、旅への衝迫そのものだと思える作家を、ぼくは知らない。

その直観をどう説明できるだろう。もちろん、47年間の短く激しい生が絶え間ない流転の旅であった事実は、それ自体が奇想天外な物語でもある自伝『夜になるまえに』とその映画版で知られている。キューバ東部の寒村でも州都オルギンでも耐えがたい閉塞を感じ取り、革命の直後にハバナへ出たものの、新たに彼を迎えたのは「反革命的」な作家や同性愛者に向けられた苛烈な迫害だった。監視、検閲、原稿の没収、密告、失職、強制労働、逃亡生活、投獄、自己批判。ありとあらゆる辛酸を嘗め尽くし、いちかばちかタイヤチューブに身を託して海を渡ろうとさえした。だが、突如奇跡のように開港されたマリエルから漂着した彼岸にも、自由はなかった。「キューバが地獄ならマイアミは煉獄だ」と吐き捨て、早々に向かったニューヨークが旅の終着点となった。それでも、エイズウイルスが突きつける死期に抗い、最期の瞬間まで書くことは止めなかった。書くために生まれてきたと信じていた。

波乱と逆境の生涯に驚く学者たちからはさまざまな評価をされる。革命への反抗により島内ではいまだにタブー視される一方で、島外では政治的弾圧への抵抗と自由の作家として偶像視されることも多い。あるいは、一作ごとに新たな実験を試み、メタフィクションの遊戯を駆使したポストモダンの作家とか、クィア・アクティヴィズムの先駆者としても。どの墓碑銘だって間違ってはいないのだろう。でもアレナスに触れる心に震えを呼び醒ましているのは、もっと根源的な何かだ。あらゆる場所に見出される、個を圧し潰す地獄への恐怖。そこから離脱し、ここではないどこかへと流れ去り続けていく、むしろ戦闘的なほどの逃走の意志。逃走の中で言葉にされることを渇望している、剥き出しの生の叫び。「我叫ぶ、ゆえに我あり」。

だから悩むのだ、アレナスと旅について、いったいどの場所を語るべきなのかを。青春と苦悩の記憶で溢れたハバナの、ラ・ランパ地区やコッペリア・アイス店か、希望と失望を寄せたマイアミの、貧富を映すラテン地区か、雑踏と孤独とが寄り添い続けたニューヨークの摩天楼か？　それとも、ナイアガラやグランドキャニオンへの旅行のひとコマを？　でもアレナスは書いていた、「生きるべき場所はただ一つ、存在し得ない場所だ」と。そんな作家を、生前居合わせた特定の地名にピン留めすることには、つねに疚しさがつきまとう。だからきっと、本当に語るべきは海なのだろう。アレナスが愛した海、それも、現実と想像のはざまにある海。

アレナスと海にまつわる多数のエピソードの一つに、長年パートナーだったラサロが明かしたものがある。ある時2人は、詩人ホセ・レサマ・リマに勧められた『カラマーゾフの兄弟』を、同じタイミングで贈り合うことになった。偶然に心打たれたレイナルドは、2人同時にその本を読むべきだと言い、ハバナの喧騒を離れ、毎日違うビーチで読書することを提案した。「メキシコ湾流の海水は大西洋を一巡し、ノルウェーの、デンマークの、イギリス、フランス、スペインの水となって、ふたたび南アメリカに戻って来る。湾流と逆向きにビーチを巡るんだ、そうすれば、他の国々の水に触れることができるかも」。島を包囲する境界でありつつ、世界そのものへと変貌する魔法の場でもある海への旅、それをアレナスは特別な読書の舞台として選んだ。それはもちろん、領土と居場所のはざまにあること、自己を離れ、変容を生き、終わりを迎え、また新たに始まることという定義において、旅と文学と海が、同じ一つのものだからだ。

書くことにおいても海が舞台となった。自死の間際に完成させた、「苦悩の五部作《ペンタゴニア》」の名を冠された自伝的小説群は、次第に海へと接近していく旅だ。一作ごとに転生する主人公は、『夜明け前のセレスティーノ』や『真っ白いスカンクたちの館』ではまだ幼く、性や書くことへの欲望を肥大させ、他人の苦悩にさえ共振しながらも、家族や共同体が向ける抑圧から逃れる術をついに持たない。海は遠いままだ。

一転、「海のリズムに合わせて」書かれた『ふたたび海』では、ハバナの東に広がる美しく静かなグアナボ・ビーチが物語を包みこむ。息の詰まる革命政府のスローガンが林立する街路を飛ばし、辿り着いたそのビーチで詩人エクトルは6日間の休暇を過ごす。後半の詩篇では、模範的な革命主体「新しい人間」を装って生きる彼が、秘めた自身の恐怖と憤怒のみならず、島民全体が抱えるものとしての服従と抵抗のジレンマを詠い上げる。日常を離れた海への旅が、刹那の消失点を、空想と創造の噴出孔をもたらすのだ。

『夏の色』でのカリブ海はもはや、あらゆる人間が過剰で猥雑な自由への欲望を露出させる場として充満する。独裁者が催すカーニバルに集められた古今東西の無数の登場人物は、体制側の人間ですらも監視をかい潜って、海中での乱交に耽りつつ、基盤に齧りついては島自体をどこかへ旅立たせようとする。その原動力は、独裁者自身を含めたすべての人物、さらには過去の偉人や奴隷や先住民までもが、一つの個に立ち戻って解放する生の叫びだ。最終作『襲撃』の完全無欠なディストピアにおいてすら、個は個であることを貫き、やっぱり最後にはふたたび海へと行き着く。

島を包囲し、同時に唯一の出口でもある、監獄と自由の海。領土の束縛をつかの間脱した裸の個の身体を浮かばせ、欲望を離散させる海。ハバナのマレコン遊歩道から眺める遠心の海と、「物語の終わり」の語り手が亡命者の遺灰を流すキーウエストの望郷の海。現実の地勢でありながら想像の場でもあるアレナスの海は、無数の差異を抱える個々の叫びを併呑する変容の海であるがゆえに、彼の言葉通り「あらゆる人物の鏡」となる。だからこそわたしたちも彼の物語を前にして呟くのだ、まるでアレナスが、異端の僧セルバンド師の迫害と流浪の人生に触発されて『めくるめく世界』を書いた時のように、自転と重力による潮汐運動のように。きみはわたしだ、これはわたしの本だ、と。

もう20年も前にそう感じてから、ぼく自身もゆくさきの見えない旅にいざなわれていった。影を追って見知らぬ土地を目指し、途上でアレナスの熱に感染した人々に迎えられた。そこにはいつも、他の誰を語る場合とも違う熱っぽさと連帯が込められ、自分自身の叫びと創造へと駆り立てられていく個の姿があった。今もまだその熱を、作家や研究者たちは活字やシンポジウムで、友人たちは回想録で、芸術家は映像作品やオペラで作品化し続けている。ぼくが日本で出会った人たちもまた、ある人はアレナスの作品を舞台化し、ある人は読書会を主催した上に分厚い学位論文さえも探し出して読み込んでくれ、ある人はずっと年下のぼくのゼミに参加してまで、情熱を表現し共有してくれた。一個の震える波が帯びる熱、旅への衝迫は次のうねりとなって伝播し、また新たに祝祭のような波形を得ていく。

あるとき、プリンストン大学図書館の閲覧室に広げた膨大な手稿資料の、終わりに近づくにつれて震えていく筆跡の中から、思いがけずある数字列がぼくの目に飛び込んできた。自死の直前、夜の只中で最期のメッセージが綴られた、家具のほとんどない殺風景な部屋のアドレスだった。「キューバは自由になる。ぼくはもう自由だ」。タイムズスクエアの狂騒がわずかに届かない、いまでは富裕地区となったヘルズ・キッチン、「地獄の台所」の外れ。墓所詣でをわけもなく忌避するぼくには、まったく異なるのに分身のように想ってきた作家の、旅路のゆくさきに辿り着いたその時もやはり、煉瓦建てのコーナーストーンに献花代わりの紙片を奉じるのが精一杯だった。「夜がまた明ける」。旅も文

ヘルズ・キッチンの蚤の市には、かつて「小鬼《ドゥエンデ》として記憶されたい」と言っていたアレナスの遺影代わりに、悪戯っぽく微笑む悪魔が姿を現す

学も、いまふたたび始まるのだ。

遺灰は海に撒くよう告げた
そこなら絶えず流れてゆくはず。
夢見がちなのはいまだ変わらず、
わが水へ飛び込む若者を待っている。（「自作の墓碑銘」１９８９）

〈山辺弦〉

第49章 愛憎入り混じる関係を起点に

ジャメイカ・キンケイドと故郷アンティーガ

アンティーガでの暮らし

ジャメイカ・キンケイドは1949年、カリブ海の小島アンティーガのセントジョンズにエレイン・ポッター・リチャードソンとして生まれた。

アンティーガ　セントジョンズの波止場

バーブーダ島と合わせても種子島ほどの面積しかない「小さな場所」だ。幼少期、アンティーガはまだイギリスの植民地だった（この場所がアンティーガ・バーブーダという国として正式に独立したのは1981年のことだ）。イギリスのものは何であれすばらしいという価値観のもと「あらゆるものがイギリスという軸を中心に回っていた」という。

『アニー・ジョン』は、そんなアンティーガを舞台

ドミニカ島の小高い丘から見た景色

に少女の心の揺れ動きを描いた自伝的小説である。自分の生前や生後の話をくりかえし語って聞かせてくれる母を愛し、楽園のような日々に満たされていた少女は、思春期にさしかかると「ヤング・レディー」らしいふるまいを求められるようになり、母との間に次第に埋めがたい溝が意識されてゆく。成長の過程で親との間に生じる軋轢は、多かれ少なかれ誰しも経験するものだろう。ところがこの「ヤング・レディー」には、イギリス的な価値観が隠されていた。ここに、植民地制度に覆われたこの土地特有の複雑さがある。

制度は家庭にとどまらず、学校生活にも影を落とした。主人公のアニーは教師の目をかいくぐり、「レディーらしくない」とされるカリプソ（スキャンダルやゴシップをネタにしたカリブ海地域発祥の音楽ジャンル）を友人たちと歌って踊る。教科書に描かれたコロンブスの絵を揶揄する書き込みをしたのが教師に知られると、イギリスの作家ミルトンの『失楽園』を筆写する罰を与えられる。「ヤング・レディー」として求められる恭順なふるまいは、カリブ海地域に混在する文化や言語や歴史を否定したうえでしか成り立たないものだったのだ。

キンケイドの母は「イギリスびいき」だった時期もあったようだが、アンティーガから海を挟んで南に190キロメートルほどのところにある、山がちなドミニカ島で生まれ育ち、ときおりそこで使われるパトワ（アフリカ諸言語やカリブ語やフランス語が混ざり合ってできた話し言葉）を口ずさむ人で、オービアと呼ばれるカリブ地域の民間信仰の影響も受けていた。さらにその母の母、つまりキンケイドの祖母はカリナゴ族と呼ばれるカリブ先住民の血を引く、オービアにさらに深く親しんだ人だったという（マーチェスと呼ばれていたが、本名はキンケイドさえ知りえなかったという謎に満ちた人物だ）。「オービアの呪術は海を渡ることができない」と信じられていたため、キンケイドは呪いをかけられそうになると祖母のいるドミニカ島へ渡ってしまいだこともあるそうだ。作家が文体を模索した跡が強烈に残る散文詩集『川底に』では、そんな矛盾と混沌に満ちた母（の母たち）の声が圧倒的な存在感を放っている。

母、そして故郷との距離

16歳の頃、キンケイドは優秀だった学業を断念して住み込みのベビーシッターとして働くためひとり合衆国へ渡ることになる。義理の父が病気になり、家計を支えるためだった。しかし途中からは、故郷への仕送りや連絡を絶った。働きながら夜学で写真を学んでいたという。類似した境遇の少女を主人公にした『ルーシー』もまた、自伝的小説と言っていいだろう。

母への複雑な思いを抱えながら渡米したルーシーは、故郷から遠く離れた場所で、まったく新しい世界に出会い、まったく新しい自分になろうとしていたが、思わぬ事態に直面する。

新しい一日が目の前で開くたびに、あらゆることの同一性が見てとれた。現在が形を──わたしの過去の形をとっていくのが見てとれた。

わたしの過去はわたしの母だった。〔…〕わたしは母のようになりたくないと言明することに時間をかけ過ぎてしまって全体像を見逃していたのだ。わたしは母のようではなくて──わたしが母そのものだったのだ。


遠く隔たっていても、母（過去、故郷）は些細なことをきっかけにありありと蘇る。今とあの頃、合衆国とカリブ海は、分かちがたく互いを照射し続ける。植民地主義の暴力、カリブ海地域特有の習俗や信仰、そして何よりも母を通して見聞きした物語や身ぶり──その記憶がどれほど深く〈わたし〉に刻み込まれているのか自覚するのに、この距離はかえって不可欠なものだったのだろう。

渡米から8年後、エレイン・ポッター・リチャードソンはカリブ海とスコットランド（母の父は、アフリカ系とスコットランド系の混血だった）の響きを結びつけた、ジャメイカ・キンケイドという名前に改名し、雑誌への寄稿を始めた。それから現在に至るまで、合衆国で執筆活動を続けている。

2つの場所、〈あなた〉と〈彼ら〉の間で

白い砂浜と青い海に囲まれたキンケイドの故郷アンティーガの主要な収入源は、観光である。長篇エッセイ『小さな場所』は、この島を通して垣間見える世界の構造的な歪みを直視するよう誘う。主人公は〈わたし〉ではなく、その地を訪れる〈あなた〉と、そこに住む〈彼ら〉である。

彼らは貧乏すぎてどこにも行かれない。彼らは貧乏すぎて人生の現実を逃れられない。それどころか、彼らは貧しすぎて現に暮らしている場所ですらちゃんと暮らしていくことができない。そして、そういう彼らが暮らしている場所こそ、観光客であるあなたが行きたい場所だ〔…〕

アンティーガの砂糖工場跡

アンティーガの「美しい」景色を上滑りしていく〈あなた〉のまなざしに、キンケイドは数々の問いを投げかける。なぜ肥沃な大地をもつアンティーガの食料の大部分は輸入品なのか？　北米から休暇を過ごしにやって来た人たちが作った「ミル・リーフ・クラブ」の占拠するビーチに、なぜアンティーガ人は入れないのか？　シリア人と麻薬密売人はなぜこんな豪邸に住んでいるのか？　元奴隷商人が創始者の銀行バークレイズ・バンクはなぜここまで大きくなったのか？　イギリスからの独立後、アンティーガの政府はなぜ腐敗してしまったのか？——ものごとの全体を把握する力がなければ「そういうものだ」と受け入れてしまいかねないこれらの理不尽な事柄を、キンケイドは持ち前の冴えた語り口でつないでいく。今〈あなた〉が目にしているアンティーガの姿は、奴隷制、資本主義、グローバル資本主義へと至るまでに幾度となく繰り返されてきた〈あなた〉と〈彼ら〉の圧倒的に不均衡な関係のなかで形づくられてきたものなのだ、と。アンティーガがどれほど遠く離れた「小さな場所」であろうと、〈あなた〉が実際にそこを訪れたことがあろうとなかろうと、ここは関係ない場所ではない。それどころか〈あなた〉と〈彼ら〉の数百年にもわたる関係をつきつける場所なのだ。

キンケイドの作品はどのページを開いても、身近なものに潜む巨大な問いに、瑞々しい植物のようにしなやかに切り込んでいく。愛憎相半ばするものとの親密かつ苛烈な関係が、この作家の声の厚みを増しているようだ。明確な答えや解決策がなくとも真実に近づこうとするその切実な声に、あなたは引き込まれずにはいられないだろう。

〈三宅由夏〉

コラム2

カリブ文学とは何か

カリブ文学とは何だろうか。いくつかの切り口から考えてみたい。まずは言語による分断だ。フランス語、スペイン語、英語、オランダ語を中心に、カリブ海地域を分断支配した宗主国の言語の影響が現在まで継続している。そのため、英語圏とフランス語圏の島々、スペイン語圏の島々では言語が通じない。かつての宗主国の影響力の方が強力なのだ。二つ目に、植民地教育の否定的な影響である。植民地教育を通じ、何が重要な美的意識なのかが決められてきた。イギリスのワーズワースが「ラッパスイセン（Daffodils）」について書いた詩がある。カリブ海地域ではこの植物は存在しないが、身の回りに存在しない草花を美しいと思うよう教育される。

三つ目以降は、これら否定的な力を乗り越えようとする動きだ。まず、1930年代から40年代に、ローカルな文芸運動が現れる。トリニダードでは『ザ・ビーコン』という雑誌にC・L・R・ジェームズやアルフレッド・メンデスらの知識人が集った。バルバドスでは教員のフランク・コリモアが『ビム』を発刊し、ラミングやサミュエル・セルヴォン、ウォルコットらも寄稿した。ガイアナでは編集者のA・J・シーモアが『キック・オヴァー・オル』を創刊、詩人のマーティン・カーターや小説家ウィルソン・ハリスらの才能が集結した。ジャマイカでは1920年代に詩作を中心とする集団や雑誌が登場した。当初は白人や特権階級の場であった。時をおなじくして、クロード・マッケイやルイーズ・ベネットらが作品を発表する。

四つ目に、西インド諸島という概念が登場したことだ。1952年より、英語圏の島々をつなぐかたちで宗主国からの離脱が西インド諸島連邦として構想された。しかし、61年にジャマイカが単独での独立を選択し連邦の夢は潰える。ただ、地域主義に近い形でのナショナリズムの可能性は、後の地域経済共同体カリコムの登場にも影響を与えた。48年には、ジャマイカにユニヴァーシティ・カレッジ・オブ・ウェスト・インディーズ（現在の西インド諸島大学モナ校）が設立された。歴史家のエルサ・ゴヴェイアや文学批評のケネス・ラムチャンド、ゴードン・ローレアーらがイギリスの大学で学位をとって帰還し、カリキュラム改革を行う。カリブ海地域全域から学生が集った。70年代以降にはカリブ文学が英文学科のカリキュラムに据えられた。そして、五つ目は文学賞だ。キューバ革命以後、社会主義政権が地域主義的な文化振興を支える形で主催していたカーサ・デ・ラ・アメリカス賞は、語圏を跨いで作家らをつないだ。92年にデレク・ウォルコットがノーベル文学賞を受賞し、カリブ文学の認知を広げた。

かつては国が独立した時の根幹をなす「民衆」に軸足を置いた作品群が評価されたため、ラミングやウォルコット、セルヴォンらの作品が大学のシラバスで取り上げられた。現在ではそうした評価にとらわれず、インド・カリブ系や女性作家、性的少数者の立場で書く作家などを含む、より広い射程でカリブ文学を考える動きが盛んだ。マール・コリンズ（グレナダ）やオリーヴ・シニア（ジャマイカ）、ローナ・グッディソン（ジャマイカ）といったベテランのみならず、ディオンヌ・ブランド（トリニダード）やシャイニー・ムートゥー（トリニダード）など、性的少数者であることを公言する作家らを中心に、新たな才能がどんどん登場している。2015年にマーロン・ジェームズ（ジャマイカ）がブッカー賞を受賞したのも記憶に新しい。カリブ海地域の文学の未来は明るいと言っても過言ではない。

〈吉田裕〉

コラム3

「文学」と「亡命」：キューバ断章

「いつの日かラテンアメリカ文学史には、亡命文学についての一章が付け加えられるだろう」。常数としての亡命を説くコルタサルの予言はもちろん的確だった。だが越境はいつも不確かさを伴う。例えば、それを「ラテンアメリカ文学」と呼べるのか？

そう問う時、いつも心に浮かぶキューバ作家たちがいる（でもこの分類も口にしたとたん怪しくなる）。G・カブレラ・インファンテが、ビートルズに沸くスウィンギング・ロンドンを終の棲家に定めたのは、フランコ政権のスペインというもう一つの独裁を避けた屈折の結果だった。グロスター・ロード53番地で綴られる文字にはつねにキューバが滲んでいたけれど、一方で英語文学を格別な糧にしてきた作家は、彼の地で葉巻の世界史にまつわるエッセイ『煙に巻かれて』や、映画脚本、自作翻訳をも英語で書き上げて、「英語で書く唯一のキューバ作家」とも「スペイン語で書く唯一のイギリス作家」とも自称するに至った。さて、ここで問い。彼は何語で書くどの国の作家であり、何と何、どことどこの「あいだ」にいたのか？　そもそもこの作家の得意技が、多種の外国語を交え、世界中の文物を引用する該博をきわめたダジャレだと知ったら、問いへの答えはまた変わるだろうか？

時の隔たりもこの問題を複雑にする。長年書き続けられ死後出版された小説『気まぐれニンフ』では、革命前のひと夏のハバナを彷徨う主人公の声と、40年近い亡命生活のどこかの時点から、身に染みついた「英語的表現」を交えてその夏を回顧する作家の声とを区別するのは難しい。読者は絶えず、どれくらいの隔たりをもって物語が語られているのかを、つまりは、（それ自体が複数的な）作者と土地と時間と言語と読者自身との、流動する距離感を測るよう求められるのだ。

米国に生まれ、キューバとアイルランド系の血を引き、英語とスペイン語が母語で、欧米各地で育った後ハバナへ戻ったカルベール・カセイは、その混淆的な出自に由来する名を名乗る時いつも困惑されていたらしい。同性愛を理由に亡命した先は、「ハバナそのもの」と映ったローマの街だった。しかし4年後、どの国の市民権も得られず、母親の死と恋人との別れにも直面した作家は、孤独のまま自ら命を絶つ。

消失を免れた遺稿「マルガーナ広場」は、本来使いたかったイタリア語やいつものスペイン語ではなく、あえて隔たりを伴う英語で、しかし生来の吃音症が嘘のように思える言葉の奔流として書かれた。恋人の体内への侵入を白昼夢に描く語り手は、全身の器官を地勢に見立てて旅して巡り、「あらゆるものから完全に自由だ」という至福に酔いつつ、永遠にそこに住まうことを宣言する。自己も時空も「亡くなる」このユートピアの幻視は、逆説的に、(二者の「あいだ」と言うより)いくつもの故郷、国籍、人種、言語、性、時間の「はざま」を漂い、さらには出自や障碍や境遇によっても世界と隔絶していた彼の、根源的な「居場所のなさ」を想起させずにはおかない。

「移民第n世代」「内的亡命」「ディアスポラ」……革命の統治体制が長く続いたキューバ文学は、「亡命」の一語では捉えきれない分裂をも生み出してきた。ましてや現在の世界では、「亡命」だけでなく、移住やノマディズム、果ては一歩も動かない仮想的《ヴァーチャル》な越境までもが移動《トランスレーション》のリアルを形成している。冒頭の予言は40年を経たいま、的確過ぎたがゆえに時代の常識と化してしまったようでもある。

だが「亡命」は過去のものではない。「スペイン語」の「ラテンアメリカ文学」というような前提の、嘘や暴力性を暴露するだけでもない。創造とははじめから、安定した居場所を装う国家や居住地や人種や言語や規範や世界観を疑い、隔たりを感じ、それらを異種のものに「変形／翻訳《トランスレイト》」し直す行為だからだ。定義上、作家は亡命を生きている。移動が多様化し、航空ネットワークやサイバー空間を通して「居場所」が増えていくほど、必ずその「はざま」を生きる生の物語も新たに紡がれ続ける。「亡命」とは私たちの生のうちにある、いまだ書かれざる一章なのだ。

〈山辺弦〉

IV

21世紀

第50章 オルタナティヴな文学史、オルタナティヴな世界地図

ロベルト・ボラーニョにおける前衛運動とノマディズム

この本を開いたあなたは、なるほど、ラテンアメリカには58の代表的な作家がいるのだ、と得心する。それは正しい。そして、大陸を構成する国々はそれぞれに個性的で、独自の文学の伝統を有している、と理解する。それも正しい。しかし、58人の向こうにはあずかり知れない無数のラテンアメリカ作家がひかえているし、各国の「伝統」の陰には、それに加わることのできなかった無名の作品群が伏流している。チリ出身の作家、ロベルト・ボラーニョ（1953～2003）を読む得難さは、そのことを認識できる点にある。ラテンアメリカは、そして世界は、思った以上に広いのである。

ボラーニョは遍歴のひとだった。チリの首都サンティアゴに生まれた彼は、学生運動吹き荒れる1968年、仕事をもとめる両親とともにメキシコシティへ移住する。1973年、高校を中退し、文学に耽溺するボヘミアン生活を送り、やがて、サルバドール・アジェンデの社会主義政権を支援すべく故国へ帰るが、折り悪く軍事クーデタに遭遇し、1週間ほど刑務所に拘置されることになる。彼を助け出したのは、偶然看守をしていたチリ時代の同級生だったという。メキシコへもどった後、盟

友マリオ・サンティアゴと前衛詩運動「インフラリアリズム」を立ち上げ、オクタビオ・パスら文壇のエスタブリッシュメントに抗する活動をする。1977年、母親の暮らすスペインに渡った彼は、やがて結婚し、バルセロナ近郊の町、ブラーナスに移り、ようやく同地に定住する。当初の彼はもっぱら詩を書いていたが（その成果は詩集『感傷的な犬』［2000年］、『無名の大学』［2007年］等にまとめられることになる）、肝臓に病がみつかり、妻とふたりの子どもを養う必要がうまれると、散文作品を書くことを決意する。1992年のこの決意から死去までの約10年間のあいだに数多の小説と短篇作品を物した彼は、文字通り、それらの傑作とともに世界を席巻した。皮肉なことに、自らの死期を悟ることで、彼は、詩人には得られない広範な名声を獲得したのである。

自伝的要素の多い彼の作品を読むうえで、以上の来歴は重要である。ここではふたつの点に注目したい。まず第一に、前衛詩というテーマである。ラテンアメリカには、第一次世界大戦とともに始まった、ビセンテ・ウイドブロ、セサル・バジェホ、ホルヘ・ルイス・ボルヘスに代表される前衛詩の太い幹がある。メキシコで反動的な詩運動を発起した過去をもつボラーニョは、この伝統に意識的であり、かつ、それを介してラテンアメリカの歴史を語ろうとする。くわえて、キャリアの大半をアングラ詩人として過ごした彼は、詩が読まれないこと、あるいは読み得ないということに意識的だった。過剰な実験ゆえに鑑賞に耐えず、読まれず、ゆえに伝統に回収されない、忘れられた詩とその作者。ボラーニョにとってのラテンアメリカ文学とは、詩の伝統と反伝統の弁証法であったといってもいい。

二点目は、チリ、メキシコ、スペインという3つのトポスである。ボラーニョの作品において、チリは軍事クーデタの恐怖とともに、メキシコは学生運動と詩運動の狂熱とともに想起され、スペインは、そうした過去への哀愁をにじませる場として描かれる。そして重要なのは、彼自身の道程と同様、彼の登場人物たちもまた、これらのトポスを移動しつづける、という点である。チリからメキシコへ、メキシコからスペインへと無目的に移動しつづける彼らは、ラテンアメリカ文学の環大西洋的展開を体現している。前衛詩というテーマがボラーニョ作品に垂直的（歴史的）な深みをあたえるとすれば、これら3つのトポスは、それに水平的（地理的）なひろがりをあたえている。

実際の作品に目を投じて、このボラーニョ・ワールドの遠大さに触れてみよう。『アメリカ大陸のナチ文学』（1996）は、ファシズムに共感した南北アメリカ大陸の30人の作家たちの生涯を記した、辞典形式の小説である。アメリカ合衆国、メキシコ、ブラジル、アルゼンチンなどから選ばれた架空の詩人たちはそれぞれに苛烈で興味深いのだが、ここで取り上げたいのは、「カルロス・ラミレス＝ホフマン」の章である。1973年にチリで起きたクーデタの直後にデビューしたラミレス＝ホフマンは、飛行機に乗り込み、その軌跡で空に詩行を書き込むという、パフォーマンス・アートを実践する。それを、刑務所に収監されていた語り手「ボラーニョ」は、格子越しに見やる。「飛行機は僕たちの頭上を飛び去った。空は暗くなり始め、雲はもうピンク色ではなく黒ずんでいた。コンセプシオンの上空に来たとき、飛行機のシルエットはほとんど見えなかった。今度は単語を3つ書いただけだった。APRENDAN DEL FUEGO（炎から学べ）文字はあっという間に宵闇に紛れ、そして消えてしまった」（野谷文昭訳）。不思議なカリスマをもつラミレス＝ホフマンは、しかしアウグスト・ピノチェト軍事政権に協力し、猟奇殺人を犯したのち、スペインに亡命する。「ボラーニョ」は彼の行方を追い、バルセロナを訪ねるが、はたして見つけることはかなわない（この章はやがて敷衍、拡張され、同年に長篇小説『はるかな星』として発表された。こちらも傑作）。実はこの「ナチ詩人」には、チリの前衛詩人、ラウル・スリータというモデルがいる。スリータもまた1970年代から1980年代にかけ、同種の空中詩をはじめ、パフォーマンス・アートと詩作を精力的に行った人物である（両者の違いは、スリータが反ピノチェトであり、思想上の罪で収容所に送られた経験をもつことである）。かき消えた詩行をとらえ、忘れられた詩人のあとを追いかけるというボラーニョ的身ぶりは、この章と、『アメリカ大陸のナチ文学』全体の通奏低音である。

2年後に刊行された長篇小説『野生の探偵たち』の舞台は、一転、メキシコシティである。1920年代のカルト詩人セサレア・ティナヘロの行方を50年後に追うふたりの詩人、アルトゥーロ・ベラーノとウリセス・リマを描く第1部、第3部と、捜索後のふたりの軌跡を関係者へのインタビューを通じて物語る第2部からなるこのメガノヴェルは、前衛詩をめぐる作品群の集大成である。ここでボラーニョはふたつの操作を行っている。まず、第1部、第3部では、ティナヘロの率いた架空の前衛運動「はらわたリアリズム」を既存の文学史の裏面として描くことで、オルタナティヴな文学史の可能性をしめしている。「はらわたリアリズム」は、近代における都市化を言祝いだ「絶叫主義」や、その後に登場したパスのような大詩人の影にかくれ、メキシコでは忘れ去られた運動である。しかしそれを切り口としてラテンアメリカ文学史を見つめなおすことで、あらたな作品、作者が発見され、また、古典的な作家にあらたな光を当てることができるのである。ボラーニョはまた、第2部で、ローカルなこの弱いつながりを世界地図のうえに再定位している。インタビューに登

メキシコ国立自治大学文学部の建物（左手奥）。『野生の探偵たち』に登場する「メキシコの詩の母」アウクシリオ・ラクチュールは、ここで１９６８年の学生運動を経験した。（撮影：藤井健太郎）

場する人物たちの証言は、ベラーノとリマの20年間にわたる、ヨーロッパ、中東、アフリカを股にかけた放浪を明らかにする。ティナヘロを私淑し、自らも「はらわたリアリズム」を掲げるふたりの詩人は、たしかに世界各地で記憶され、その運動の残滓もまた、各地に点綴《てんてい》しているのである。ふたりの軌跡は、ラテンアメリカ文学を読むことが世界の文学を読むことにほかならないことを、私たちに教えてくれる。

ボラーニョの野放図な野心は、晩年にさらに拡大したようだ。没後出版された短篇小説「鼠警察」（『鼻持ちならないガウチョ』［２００３］所収）はなんと、下水道を駆ける、鼠の警察官を語り手にしたものだし、未完の遺作『２６６６』（２００４）は、ドイツの覆面作家を探す文学研究者たちの物語にメキシコの連続殺人事件などが積み重なる、全５部、邦訳にして８００頁超のメガ・メガノヴェルである。もちろんここでそれらを紹介する紙幅はないが、この過剰さじたいがボラーニョ・ワールドの要約であるといっていい。はたして世界は広大なのである。

〈安原瑛治〉

第51章 人気作家レオナルド・パドゥーラの誕生まで

出発点としての推理小説

日本でのラテンアメリカ文学の翻訳紹介の中に、さほど目立たないとはいえ、推理小説の系譜がある。ボルヘスやビオイ・カサーレスのような知的ミステリーとは異なるハードボイルド系の推理小説やノワールである。これまでに刊行された「ラテンアメリカ文学全集」のようなシリーズや叢書にこの系譜の小説は入っていない。一般にこのジャンルはエンターテインメント作品とみなされ、純文学的な出版物とは切り離されている感がある。

しかしラテンアメリカでは、キューバの推理小説が特殊な発展を遂げてきた。現代スペイン語作家の中で高く評価され、新作が常に期待されているレオナルド・パドゥーラは、推理小説を創作の出発点としたキューバ出身の作家である。なぜキューバなのか。その答えはキューバ革命の中にある。

「ラテンアメリカ文学」と呼ばれる一つのまとまりを生み出す上で、キューバ革命の演じた役割は大きい。ホセ・ドノソは『ラテンアメリカ文学のブーム』で、「[ラテンアメリカ]大陸のあらゆる国から集まった作家たちの圧倒的多数が、ほとんど異口同音にキューバの革命運動に対する支持を表明した。思うにこの信念と政治的な全体の合意――あるいはほぼ全体の合意――が、その当時、そして1971年にパディーリャ事件が起こるまで続いた、イスパノアメリカ小説の国際化の大きな要因のひとつ」だと述べている。

このように、ほとんどのラテンアメリカ作家はキューバ革命を擁護していたのだが、一方で肝心のキューバの中で書かれた革命後の文学そのものは、必ずしもその方向を向いていなかった。キューバ出身でこの時代に執筆旺盛だった作家といえば、革命当初はともかくも、その後は亡命し、フィデル・カストロへの憎しみを創造力に変えたカブレラ・インファンテとレイナルド・アレナスが国際的に知られている。

ではキューバの中で革命によって育まれ、革命のために書かれた「正典」が何なのかというと、それがジャンルとしての推理小説なのである。

象徴的な例をひとつあげよう。レイナルド・アレナスの『夜明け前のセレスティーノ』は1965年にキューバ作家協会の文学賞の選外佳作に選ばれる。しかしその3年後に同じ選外佳作に選ばれたのは『日曜日の謎（*Enigma para un domingo*）』というイグナシオ・カルデナス・アクーニャの作品である。タイトルから多少想像がつくように、この作品は、その後「革命推理小説」と呼ばれるジャンルの先駆的な小説とみなされている。作家協会がお墨付きを与えたこともあって、このジャンルはその後、キューバ文学の中で大きな隆盛を見ることになる。欧米ではアレナスの名前が高まる一方で、国内では異なる動きが生まれていたのである。1972年には内務省によってこのジャンルの小説を顕彰する文学賞まで設けられている。

「革命推理小説」は、革命前＝悪、革命後＝善、あるいは革命＝善、反革命＝悪といったわかりやすい図式で書かれている。善を代表するキューバ国家治安当局が、悪を代表する米国CIA主導の革命転覆作戦を事前に察知し、敵側にスパイを潜り込ませ、そのスパイと連絡を取りながら作戦をぎりぎりの段階で封じ込む内容で、革命を下支えする無名のスパイの活躍を称えるのを特徴とする。

１９５５年に生まれたパドゥーラは、「革命推理小説」が量産されていくのを目にした世代である。彼が学んでいたハバナ大学では、このジャンルの作品を書いたウルグアイのダニエル・チャバリーアが教鞭をとっていたし（邦訳に『バイク・ガールと野郎ども』）、パドゥーラは文芸誌でそのジャンルについて辛辣な書評を書いていたのだから、かなり熱心な読者だったと想像される。そんな彼が、90年代初頭、キューバのフィリップ・マーロウとでもいうべきマリオ・コンデを主人公とするハードボイルドタッチの推理小説を書きはじめたのである。当時は一般にどの作家も自由に書くことは許されず、検閲もあったので、パドゥーラとしては、キューバ国内で発表する戦略として推理小説を選んだのかもしれない。そのジャンルを熟知する彼であるからこそ、多少のエンターテインメント色を出して検閲の目をかいくぐることもできたのだろう。当初は4部作で終わらせたはずのマリオ・コンデを主人公とする推理小説ものは人気シリーズになり、２０２３年までに10作を数えている。

そのマリオ・コンデものの中篇推理小説が『アディオス、ヘミングウェイ』（２００１）で、その次の『わが人生の小説』（２００２）も推理小説風である。両作ともに、その後の未邦訳の大作に至る彼の軌跡を知るのにうってつけである。

ヘミングウェイの存在はパドゥーラにとって、あるいはキューバ人一般にとって愛憎の対象であ

キューバにあるヘミングウェイ邸（Gorupdebesanez, CC BY-SA 3.0）

る。この白人米国作家は、20年近くもキューバで暮らし、その間に多くの作品を書いていながらも、キューバ文化・文学にほとんど関心を抱かず、それでいて海外からの観光客がこぞって訪れるのが、彼が住んでいたハバナ郊外の大邸宅（フィンカ・ビヒーア）なのである。そのヘミングウェイ邸に40年前から埋められていたと思しき遺体が発見され、その謎解きに挑むのがマリオ・コンデである。ストーリーは遺体が発見された20世紀末と、革命前夜の1957年が並行して進み、前者ではマリオ・コンデ（＝パドゥーラ）のヘミングウェイへの屈折した思いが吐露され、後者ではヘミングウェイの晩年が虚実ないまぜに語られる。タイトルが示すとおり、パドゥーラにとって文学的な父殺しがここで完成させられる。

パドゥーラが次にとり上げたのは、やはり実在した19世紀の詩人ホセ・マリア・エレディアである。最初のキューバ詩人と言われたエレディアは、多くの逸話を残した一種の神話的な人物である。パドゥーラはここでエレディアにまつわる神話をはぎ取って、彼を俗っぽくもありまた自己陶酔的な人物として描き出す。

先日筆者はパドゥーラに『わが人生の小説』の日本語版を渡す機会があったのだが、その時彼は、この2作の執筆にまつわるエピソードを教えてくれた。彼によると、『アディオス、ヘミングウェイ』

の前に『わが人生の小説』に着手していたが、行き詰まってしまったために一旦中断して『アディオス…』に取り掛かり、そちらを先に終わらせたのだという。

なぜ行き詰まったのかは、『わが人生の小説』を読めば一目瞭然だ。作家本人が認めるとおり「野心的過ぎる」からである。この小説は19世紀のエレディアの流転する人生を丁寧に描き、それが確かにこの小説の大きなテーマであるのだが、エレディアが経験せざるを得なかった亡命、権力者による迫害、友人の裏切りといった細部が、20世紀末のキューバに生きるパドゥーラ世代の人物の経験と二重写しになるように仕組んでいるからである。『アディオス…』と同じように、複数の時代を往還するのだが、こちらの方では、2つの異なる時代が部分的に重なり合い、どちらの時代のことを読んでいるのかがわからなくなる感覚を生じさせる。キューバ独立の歴史を振り返るように見せながら、現在のキューバの独裁体制の抑圧に抗する作家の闘いという裏テーマが浮かび上がるのだ。

この苦労を乗り越えることによって、パドゥーラは執筆の自由を得たと思われる。歴史上の人物を登場させたさらに大きな構想の歴史小説を書けるようになる。トロツキー暗殺事件とキューバの関わりを探る『犬を愛した男』（2009）、ユダヤ人を乗せて1939年にハバナに寄港予定だったセントルイス号にまつわる『異端者』（2013）である。『犬を愛した男』より後の作品の翻訳が待たれる。

レオナルド・パドゥーラ（2023年、ハバナ）

〈久野量一〉

第52章 アメリカで書かれたラテンアメリカ文学

ジュノ・ディアス『オスカー・ワオの短く凄まじい人生』など

ジュノ・ディアスの作品を分類するのは難しい。言語で分けても、国家で分けても、あるいは地域で分けても、そのどのカテゴリーにもすんなりとは収まらないのだ。たとえば彼の文章は基本的に英語で書かれている。だが、アメリカ合衆国で出版されている作品としては異例なことに、かなりのスペイン語が混ざっている。しかも多くの場合、それらに英語訳が付されることはない。しかも時に、1文の中で英語とスペイン語を行き来する。したがって、英語しか知らない者も、スペイン語しか知らない者も、彼の作品の全てを理解することはできない。

国家もそうだ。カリブ海に浮かぶ島、イスパニョーラ島の東半分を占めるドミニカ共和国で生まれた彼は、小学校入学前にアメリカ合衆国に移民し、ニュージャージー州にあるドミニカ系コミュニティで育った。だが、過去の移民文学とは違い、飛行機の利用が当たり前になった現在では、作者も登場人物たちも、ドミニカ共和国とアメリカ合衆国を生涯、往復し続ける。したがって、どの作品でも両方の場所が描かれる。だから彼の作品を、ドミニカ共和国の文学ともアメリカ合衆国の文学とも決定できない。

文学史的な規定はどうか。彼はコーネル大学の大学院で創作を学び、「ニューヨーカー」誌に次々と作品を載せ、今はマサチューセッツ工科大学で、創作の教授として活躍している。すなわち彼の経歴を見れば、れっきとしたアメリカ現代文学の担い手といえるだろう。それは彼が全米批評家協会賞やピュリッツァー賞といった、アメリカ合衆国の主要な文学賞を複数、獲得していることからもわかる。

だが、ドミニカ共和国の独裁者ラファエル・トルヒーヨを扱う『オスカー・ワオの短く凄まじい人生』は、実はマリオ・バルガス・リョサの長篇『チボの狂宴』に対抗して書かれている。しかも、ガブリエル・ガルシア・マルケス流のマジック・リアリズムを取り入れながらも、それを現代のSFやファンタジーといったサブカルチャーと結びつけ、アメリカ合衆国独自のマジック・リアリズムとでも呼ぶべきものをディアスは編み出そうとしている。言い換えれば、魔術的な独裁者小説を書く、という至ってラテンアメリカ文学的な試みを、現代アメリカ文学の文脈の中で成し遂げているのだ。

ジュノ・ディアスがこうした混淆的な存在になったのには、彼の経歴が大いに関係している。1968年、ドミニカ共和国のサント・ドミンゴに生まれた彼は、非常に貧しい幼少期をおくった。やがて先にアメリカ合衆国に渡り働いていた父親に呼び寄せられ、1974年に母親と海を渡る。家族が落ち着いたのは、ニュージャージー州にあるドミニカ系の人々のコミュニティだった。もちろんアメリカ合衆国に来たばかりのディアスは英語など喋れない。だがテレビを見たり、近所の子どもと遊んだりしているうちに、急速に言葉を獲得していった。

もっとも、彼のスペイン語訛りはなかなか抜けず、文法の間違いなどへの不安感は、作家になった今でもなくなってはいない、とディアスは言う。そんな彼が惹かれたのは、公立図書館の本の世界だった。ＳＦやファンタジーなどを片っ端から読みながら、目の前のアメリカ合衆国とは別の世界を空想する。将来『オスカー・ワオの短く凄まじい人生』という、現実の政治とマジカルな場面が交錯する作品を書くようになる基盤が、このころ構成されたと言えるだろう。

ラトガース大学で文学と歴史を学び、次いでコーネル大学の修士過程で創作を専攻した彼は、卒業後も肉体労働を含む様々な仕事を経験しながら作品を書きつづける。そして１９９６年に短篇集『ハイウェイとゴミ溜め』を出版し、高い評価を受けた。この作品集に収録された諸短篇は今も、全米の英文科で模範的な作品として教えられている。

若くしてマサチューセッツ工科大学の教員となり将来を嘱望された彼だが、初の長篇小説『オスカーの短く凄まじい人生』を２００７年に出すまで11年もかかってしまった。彼がかなりの遅筆である、というのも理由の一つだろう。だがむしろ、瑞々しい筆致でドミニカ共和国とニュージャージーにおける青春を描くという、リアリズムに即した移民作家から、様々なサブカルチャーを投入した、魔術的で分厚い長篇小説を書ける作家へと大きく成長するのに、そこまでの時間がかかったと言ってよい。

本作で彼は全米批評家協会賞とピュリッツァー賞を得て、現代アメリカ文学を代表する地位を獲得することとなった。その後もコミカルなものから深刻なものまで幅広い短篇を集めた『こうしてお前は彼女にフラれる』を２０１２年に、そして怪物の姿で現れた独裁者と闘う人々を描く絵本『わたしの島をさがして』を２０１８年に上梓している。

それでは具体的に作品を見ていこう。『ハイウェイとゴミ溜め』に収録された「イスラエル」は、ドミニカ共和国での少年時代の話である。兄と弟が、バスに無賃乗車を繰り返しながら遠くの集落まで出かける。幼い頃、豚に顔を食われたというイスラエルという少年を見るためだ。ようやくたどり着いた兄弟はイスラエルと話す。父親が出稼ぎ先のアメリカから送ってきた凧で遊んでいるイスラエルは、そのうちアメリカ合衆国で整形手術をして顔を元通りにするんだ、と嬉しそうに語る。

だが一瞬の隙を突いて兄はイスラエルを瓶で殴りつけ、気絶した彼の顔からマスクを剥ぎ取る。するとその下から現れたのは、筋肉がむき出しになり、側面からは舌が覗いている、という光景だった。アメリカに行けば本当に治してもらえるのかな、と問いかける弟に対して兄は答える。どこに行こうが貧乏人はそんな恩恵にあずかれるはずなどない、と。

そして長篇『オスカー・ワオの短く凄まじい人生』はこんな話だ。主人公のオスカーはドミニカ系の２世としてアメリカ合衆国で生まれた。筋金入りのオタクである彼はＳＦやファンタジー、そして日本のアニメが大好きだ。だが日本のオタクとは違うところがある。彼は二次元の相手で満足せず、常に現実の女性にアタックし続けるのだ。

だが太っていて、コミュニケーションも下手な彼は何度も撃沈する。ようやく里帰りでドミニカ共和国に行ったとき、自分に優しくしてくれる女性を見つけた。だが、彼女には一つ問題があった。なんと秘密警察の構成員の愛人だったのだ。手を引かなければ殺すと脅されるが、失うもののないオスカーは愛に猛進する。そしてサトウキビ畑で圧倒的な暴力を振るわれることになる。

日本語で読めるディアスの著作

実は彼の母親も、そして彼の祖父母も常に独裁政権に苦しめられてきた。かつて彼の母が愛した男は、独裁者の妹の夫だった。命の危険を感じた彼女は迷わず飛行機に乗り込み、事実上アメリカ合衆国に亡命してきたのだ。一方祖父母は美しい娘を独裁者に見初められたが、差し出すことを拒否し、一家皆殺しの目に遭う。そして他人にもらわれていたオスカーの母親だけがかろうじて生き残ったのだ。

なぜディアスはこうした三代にわたる迫害の歴史をＳＦやファンタジーといった要素を用いて描いたのか。インタビューで彼は言う。「ありきたりの政治小説を書くことでは、トルヒーヨの幻燈のような力を捉えることは誰にもできないでしょう。だからこそ私は、ものすごくオタク的になる必要があったんです」。こうしてディアスはアメリカ合衆国版の『族長の秋』（マルケス）とも言えるだろう名作を書き上げたのだ。

〈都甲幸治〉

第53章 冷戦後のハバナを自転車に乗って

カルラ・スアレスと『ハバナ零年』

この本の読者の多くは自転車に乗れると想像する。しかしラテンアメリカで自転車に乗れる人は、正確な数字はわからないものの、日本に比べると少ない。『ハバナ零年』の作者であるキューバ人のカルラ・スアレスは小さい頃、自転車を与えられることがなく、当然乗り方も知らなかった。手に入ったのは20歳のときである。

カルラは1969年、ハバナで生まれた。小さい頃に夢中になったのは、音楽と数学と物語だった。音楽学校でクラシックギターを学び、大学では数学を必要とする電子工学を専攻した。物語は高校時代からフリオ・コルタサルの『石蹴り遊び』がお気に入りで、大学生になると文学ワークショップに参加して短篇を書くようになる。90年代のキューバは、彼女と概ね同世代の女性作家が何人か登場した時期でもある。98年にヨーロッパに渡り、2010年以降はリスボンに住んでいる。これまでに長篇や短篇集、紀行本を出版しているが、彼女の存在が広く知られていったのは、自身が「キューバ交響曲」と呼ぶ長篇4部作である。そのうち3作目の『ハバナ零年』（2011）は複数の文学賞

カルラ・スアレス (@Isabel Wagemann)

を受賞して評判になった。フランス語や英語のその翻訳版の表紙には自転車の写真やイラストが使われ、この小説の背景を適切に説明する役割を果たしている。

さて、なぜ自転車なのか。カルラが自転車に乗れるようになった1989年とは、一般的には「ベルリンの壁崩壊」と呼ばれている出来事が起きた年である。東西ドイツの統一や冷戦終結のニュースは表向き、世界の平和の訪れとしてやや過剰に報じられたのだが、キューバにとっては違う。蜜月にあった社会主義圏の後ろ盾がなくなって、経済的に大きな危機を迎えたのである。しかもその危機は徐々に訪れたのではなく、突然のことだった。食糧の不足はもちろんのこと、燃料不足によって公共交通機関は麻痺し、停電が何日も続いた。将来ソ連や東欧に留学しようとしていた若い人たちはその夢を絶たれた。政府が困難の一部を解決しようと講じた策は、ロシアや中国からの自転車の輸入だった。カルラが重い中国製の自転車に乗る練習をしたのは、ヨーロッパの平和の反対側でカリブの熱帯地方に極貧状態が襲いかかり、それがなければ日常生活が成り立たなかったときである。もちろんその自転車さえ手に入らない人がいたことも忘れてなるまい。災害時の自転車の有用性はキューバですでに見出されていたのだ。

彼女は、作家としての自身の経験で、女性であることが障害だと感じたことはないと言い、「フェミニズム文学」とは距離を置いている。しかし自転車が歴史的に女性の解放に大きく貢献してきたことを考えると、自転車獲得はやはり、女性である彼女にとって大きな一歩だったとみなしたい。実際、彼女は自転車によってこれまでは行けなかったところに行ける自由、これまでに感じたことのない速度を感じるようになっているのだ。ハバナで自転車という自由を得たことが彼女の次のジャンプ、ヨーロッパ行きを可能にしただろうと想像したくなる。

彼女が最初に渡ったのはローマだった。『ハバナ零年』の着想にはこのイタリア経験が作用している。イタリアは何人かの有名な発明家を輩出し、電圧の単位ボルトはアレッサンドロ・ボルタからとられているが、世界的にほとんど知られていない発明家もいる。それが電話を「最初に」発明したとされるアントニオ・メウッチである。メウッチは19世紀の半ばにハバナにやってきてタコン劇場で舞台技師を務め、その時にたまたま「しゃべる電信機」を開発していた。多くの人が知っている米国のアレクサンダー・グラハム・ベルは電話の特許競争に、メウッチの経済的困窮のおかげで勝利したのである。その後メウッチの功績を認める運動が各方面から立ち上がり、裁判その他でメウッチの存在が広まっていった。現在ハバナ・グラン劇場と呼ばれているかつてのタコン劇場の内部には、電話の発明に寄与したメウッチを称える内容のプレー

ハバナ・グラン劇場

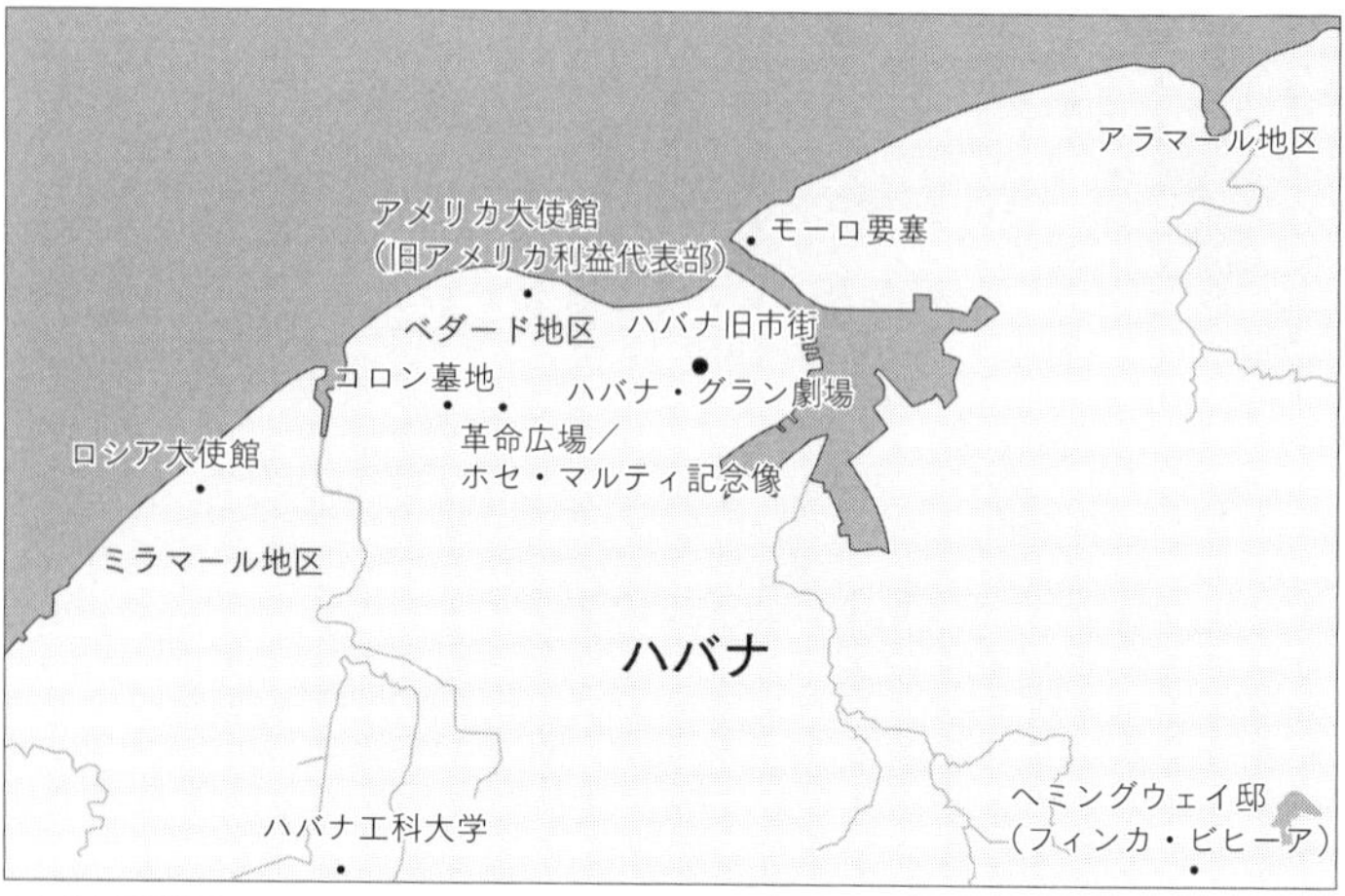

ハバナ市街図

トが飾ってある（プレートの設置は1999年）。

『ハバナ零年』は、メウッチが電話を発明した証拠がハバナに存在するという設定のもと、その証拠文書を探し求めるキューバ人たちを主人公にした一種の推理小説である。時代は1993年のハバナの3ヶ月。1989年に始まった経済危機はこの年に極限、すなわちゼロまで達した、いや、落ちたと言うべきだろう。タイトルはそこからとられている。

ゼロの年。ハバナで生きることは、何にも向かっていかない数字の連続にいるようなものだった。時が経過してもどこにも向かわない。どれも同じ日だった。（中略）何時間も電気がない。食べ物もわずか。来る日も来る日も豆ご飯。そして大豆。大豆の煮込み。豆乳。ヨーロッパだったら贅沢な食餌療法かもしれないけれど、ここではそれが毎日続いた。パンは一人あたり一日一個。米ドルと国内通貨のペソのあいだに引き裂かれている国。

「ゼロ年」を前後して、キューバは観光化に力を入れ、キューバ人用の通貨と外国人用の通貨の2種類が流通する二重通貨の時代に突入する（２０２０年末まで）。筆者がはじめてキューバを訪れたのもこの時期だ。多くのホテルやレストラン、娯楽施設は外国人なら入ることができ、キューバ人と外国人では見える風景が違う。『ハバナ零年』には、そういう分断時代のキューバが生々しく描き出されている。

社会主義国キューバは引っ越し手続きが複雑なために住宅問題はもともと切実だったが、そこに通勤問題が加わった。地図をご覧いただきたい。登場人物の一人ジュリアは右上のアラマール地区に住んでいる。ここはソ連の技術によって建てられた集合住宅地区である。ところが勤務先は左下のハバナ工科大学である。公共の交通機関が動かなければ自宅から通勤先までは自転車かヒッチハイクしかない。ハバナの中心地区、旧市街やベダードはその間にある。

キューバ文学史に照らしてみると、この小説は革命推理小説の系譜の末裔に位置づけられる（「革命推理小説」については第51章を参照）。メウッチ文書を探し出す主人公たちは、その捜査をオペレーション（作戦）として計画し、各人はそれぞれの役割をミッションとして引き受ける。冷戦という戦時下、裏切り者（反革命分子）を探し出す作戦を描いた革命推理小説のように、メウッチ文書の発見と入手は作戦なのである。ミッションにはスパイ活動も含まれる。相手に本心を隠して接近し、情報を仕入れ、作戦本部に持ち帰る。騙したつもりが騙されてのどんでん返しもつきもので、これもこの小説の面白いところだ。革命推理小説は、革命擁護のための深刻な小説だったが、この小説では著者の遊戯性が発揮され、ここに例えばコルタサルを読んだ彼女の経験が生かされていると見ることができるし、キューバ独特のこの小説形式に対する批判精神があるとも考えられる。

遊戯性で言えば、カルラの好きな数学と音楽がこの小説に「導入」され、登場人物の一人はユークリッド幾何学にちなんでユークリッド、もう一人、すでに名を挙げたジュリアは、フランスの数学者ガストン・ジュリアにちなんでいる（作中では女性数学者として出てくる）。音楽のほうは用意周到で、カルラは作品中で言及された歌や歌詞をリストにして、ホームページ上で公開している(karlasuarez.com)。例えば、ジュリアが失恋した時に口ずさむ歌、「幸せよ、さようなら（Adiós Felicidad）」はキューバの女性歌手オマーラ・ポルトゥオンドのバージョンが聞ける。このメロディーを流して読むと、読書経験がますます楽しいものになることは間違いない。長篇第三作『旅する女』（２００５）はＣＤ付で出版されている。

フィデル・カストロやエルネスト・ゲバラが理想を掲げて成し遂げたキューバ革命は世界の多くの人びとに、それまでとは異なる世界を確かに夢見させた。が、カルラが育った１９７０年代、その夢の世界はさらに膨張し、大きな構想のもと強引に人びとを動員していく。その帰結が、四部作のテーマである家族の離散や経済危機、戦死者との対峙である。カルラは革命の夢と挫折の両方を意識しながら書いているように見える。

キューバでぼくたちは、大文字の歴史に囲まれながら朝食も昼食も夕食も食べている。歴史はぼくたちの寝室、家族、子どもの遊びにまで入り込み、ぼくたちの肌にくっついてしまっている。

これは4部作最後の作品、『英雄の息子』（2017）の主人公で、カルラと同じ年に生まれ、カルラと同じように父がアンゴラ戦争に加わった男の告白である。キューバはアフリカのアンゴラで起きた戦争に多くの兵士、技術者などを送り、負傷者、戦死者を数多く出した。カルラの父もアンゴラに行き、無事に帰ってきたが、『英雄の息子』のほうはそうではない。小さな国では政治が個人の生活に直に降りかかってくるものだが、そのことをカルラはあの手この手で伝えようとしている。

キューバが共産主義国であり続けることに、国の中で期待する声はいまやほとんど聞かれないが、キューバ以外の場所だと違う。カルラはそうした人たちとは意見を異にする。日常の大きな変化を地肌で受けとめてきた彼女は、小説という懐の深い容器にその経験を注ぎ込んでいる。〈久野量一〉

第54章 エドウィージ・ダンティカ

「負」の要素を「生」への原動力に変えるハイチ系移民作家

グレアム・グリーンがポルトー・プランスのオロフソン・ホテルで執筆した『喜劇役者』が出版された1966年、ハイチは独裁政権下の真っただ中だった。その3年後、エドウィージ・ダンティカは生まれた。日なたのヒストリー（his story）ではなく日かげのヒストリー（her story）を「記憶」という手段でくみ上げ、「女性」の存在意義を伝承しようとする彼女の文学的哲学は、ノーベル賞の登竜門と言われるノイシュタット文学賞はじめ数多くの受賞にも裏打ちされる通り、世界中の共感を呼び続けている。そんなダンティカがニューヨークへの移民を経てマイアミに居住する現在に至るまでずっとテーマに取り上げるのは、少女期を過ごしたハイチの原風景と、その後も通い続ける現在のハイチ、そしてアメリカのハイチ系移民の現実である。

ブルックリンに移り住んだ両親と再び暮らし始めるまでの12年間、ダンティカはデュバリエ親子に支配された残忍で過酷なハイチの現実を記憶に刻み込んだ。「その男は牧師を殺しにやってきた」で始まる「デュー・ブレーカー」は、そんなハイチの負の歴史を今に伝える。朝露を掃ってやってきては反体制派の寝込みを襲い、連行しては拷問し殺した実在のデュー・ブレーカー。彼らが忠誠を誓う通称パパ・ドクのデュバリエシニアが、街の広場に高級車で乗りつけては配る1米ドル紙幣に子どもたちが群がる光景をはっきりと覚えているとダンティカは言う。短篇集『デュー・ブレーカー』（2004）は、そんな拷問執行人を父に、その被害遺族を母にもつ娘の葛藤の話だ。広場での生々しい記憶が、その背後で繰り広げられていたハイチの歴史の闇への意識をより敏感に掻き立てていることは想像に易い。

同じく、彼女の記憶には10本の指になぞらえられるハイチ女性の存在がある。最初の作『息吹、まなざし、記憶』（1994）には、「指が片方にもう1本ずつ、全部で12本あればいいのに」というくだりがある。女性の指は夫や家族といった本人以外のために使われるのを当然とするハイチの性役割観である。母娘の信頼関係をよじれさせ、束縛と自由の摩擦を引き起こす処女検査もまた、この封建性の延長線上にある。短篇「キャロラインの結婚式」（『クリック？　クラック！』［1995］収載）は、この母娘関係に移民1世と2世の世代間格差を巻き込んでより複雑化した作品だ。アメリカに渡ってもなおハイチの保守性を引きずる母親に正面から対立するアメリカ生まれの妹、そんな2人の間で両者をつなごうとする姉。この姉こそがダンティカ自身の投影であり、少女期をハイチで過ごし、その後アメリカに暮らす経験的二重性が2つの世代の異なる意識と価値観をつなぐ重要な役割を果たしている点は、自身の作家としてのスタンスとも重なって、読者を安心させてくれる。

ダンティカがカリブの玄関口として知られるマイアミの、その名もリトルハイチに住んでいることからもわかるように、彼女の心象的故郷はあくまでハイチである。そんな彼女の心をひき裂いた

２０１０年のハイチ地震は30万以上の命を奪った。しかし、大地震の直後、ダンティカは同じハイチ系移民でハーレム在住の画家アリックス・デリノアと組んで『八日間――ハイチのお話』（２０１０）という絵本を緊急出版した。地震の８日後に奇跡的に助け出された少年が、凧あげやかくれんぼ、合唱コンクールで大活躍したこと、サッカーで疲れ果てて寝入ったこと、大きく口を開けて雨を腹一杯に飲んだこと、英雄の銅像の周りを友達と自転車で走ったこと、そして美味しいマンゴーを家族皆でほお張ったことなど、がれきに閉じ込められた毎日を楽しかった日常をあたかも経験しているかのように空想して生き抜く物語である。ダンティカはその未曽有の災害の先に、人口の半数を占める子どもたちが今後背負っていくハイチの未来を早くも見据えていたのだろう。子どものもつ豊かな想像力はハイチ地震を生き抜いたという「点」ではなく、ハイチを立て直し明るい未来へと導く「線」であることを見抜いているのである。

生きる苦しみや避けられない自然災害をもはるかに凌駕するまでに辛く悲しいもの、それは人の死である。その究極の負をも生への原動力に変えてしまう力がダンティカ文学にはある。そして、それはハイチが育んできた死生観を基盤とするものである。メキシコで有名な「死者の日」が実はハイチにもあることを筆者は偶然にも経験している。人びとは顔を髑髏のように白く塗り、その日ばかりは死者を思い亡者と対面する。この死者、先祖、ひいては見えないものとの対話は、ダンティカが好んで取り扱うテーマのひとつである。短篇「ローズ」（『クリック？　クラック！』収載）では死んだ赤ん坊を拾ってくる母性の突き抜けた主人公を慈しみをもって描き、筆者との京都探訪中に見かけた水子地蔵がそのインスピレーションとなっている「水子」（『デュー・ブレーカー』収載）では、恋人との別れを機に堕胎し、水と小石を入れたコップを部屋にまつる移民看護師の無念さを声なき声として絞り出す。「奇跡の書」（同収載）の主人公の母親は、幼い時に水難事故で海に消えたままの弟の霊魂のさまよう姿が意識から離れず、墓地の近くを通るときは必ず息を止めるという奇習を欠かさないし、「キャロラインの結婚式」（『クリック？　クラック！』収載）の姉妹に至っては、死者封じとされる赤い下着着用の風習を破って死んだ父親が化けて出てくることを心待ちにさえする。実際、ダンティカはエッセイ「単なる核家族ではなく――家族とは遥か昔に埋葬された先祖とまだ生まれていない世代をも含むもの」（２０２０）のなかで、今は亡き両親に「墓場のなかからいまだに育てられている」と告白している。記憶という見えない装置にこだわるダンティカが描く見えない世界とのコミュニケーションは、逃れることのできない死の絶対性を相対化することで得られる癒しと安らぎに満ちた生への活力源なのである。

ポルトープランスでの「死者の日」（2006 年 11 月 2 日）

ダンティカはまた、アメリカのハイチ系移民の現状に焦点を当てた創作も数多く出版している。小説『山の向こう側』（２００２）から『蝶の道――アメリカにおけるハイチ系ディアスポラの声』（２００３）、『愛するものたちへ、別れのとき』（２００７）、『危険な創造――移民芸術家たちの仕事』（２０１０）のノンフィクション、果ては『ママのナイチンゲール――移住と離ればなれの物語』（２０１５）といった子どもの絵本に至るまで、アメリカの今を生きるハイチ系移民にダンティカは関心を寄せつづける。

その背景にハイチ人を含むアメリカ社会の移民に対する差別や偏見への不満と怒りがあることは、亡命を求めて訪れたマイアミ空港で拘束された叔父が仮病を疑われ高血圧の薬を取り上げられた挙げ句の果てに死亡するという、自身の痛ましい体験も影響している。幸か不幸か、少女期の独裁体制に次いでハイチ移民の苦難をも身をもって刻印づけることになったダンティカ。その記憶を記録に変えて文学という領域に刻み続ける姿は、もはや作家の域を超えた、一人の戦士だと言っても過言ではない。

最後に、筆者をエドウィージ・ダンティカに引き合わせたポール・マーシャルについて少し触れておきたい。ニューヨークでは結婚式に2人の後見人が必要となる。ポールはそのうちの一人だった。エドウィージの名前が初めてあがったのはパリのジョルジュサンクで一緒にランチを取っていたときのこと。筆者が邦訳にふさわしいカリブ系作家を探していたときにポールの口から出たのがエドウィージの名前だった。2人には共通項があまりに多い。同じカリブ海地域という出自、作家兼大学教授、それでいて子どものいる家庭を持ち、料理がすこぶる上手ときている。互いに響き合ったのもそのはず、2人はまさに「キッチン・ポエット」そのものなのだから。

ダンティカは言った。「人は三度死ぬ。一度目は心臓が止まったとき、二度目は葬式、そして三度目は人びとの記憶から消えてなくなったとき」だ、と。トニ・モリスンと同じ2018年に他界したポール・マーシャル。そう、彼女はまだ死んではいない。なぜなら、その優しい笑顔はわれわれの記憶のなかにしっかりととどまっているのだから。

〈山本伸〉

第55章　メキシコの新しい声　グアダルーペ・ネッテル

または、不穏なモノローグ

初めての子の出産を控えた、パリに住む若い夫婦は、友人からつがいの赤い鑑賞魚をプレゼントされる。語り手であるわたしは産休に入り、居間で魚を眺めながら落ち着かない日々を送っているが、ある日、メスの異変に気づく。調べてみると、その赤い魚はベタ・スプレンデンスという、オスとメスとでも共生がとてもむずかしい魚だった。やがてわたしは女の子を出産するが、夫ヴァンサンとの関係は、赤い魚たちの関係のように、いつのまにか壊れていく……。

グアダルーペ・ネッテルの短篇集『赤い魚の夫婦』の表題作はこのような話だ。「えっ、これがラテンアメリカ文学?」と、新鮮な驚きを抱く読者も多いことだろう。

ラテンアメリカ文学というと、大きな主語で語られる、時間も場所も登場人物も日本人の現実からはかけはなれた作品が多く、自己を投影するというよりも、フィクションとして未知の世界を楽しむものと思っていたら、この作品は小さな主語で、登場人物たちの日常のさりげない心理や感情が細やかに描かれているからだ。

表題作では、最初は仲睦まじく、協力しあっていたはずの妻と夫がすれ違い、溝が深まり、あともどりできなくなっていくさまが、魚と呼応するように描かれる。この本に収録された5編ではどれでも、共生する生き物が、小さな違和感や、人間の心の奥にひそむ闇をあぶりだす。ネッテルの文章はあくまで静かで、決して声高にならない。そこが恐ろしく、かえって説得力がある。読者から、「クセになる」「もっと読みたい」という声が寄せられる理由は、そのへんにありそうだ。

「ゴミ箱のなかの戦争」では、少年とゴキブリが、「牝猫」では、女子大学生と牝猫が、「菌類」では、他国の音楽家と不倫関係に陥ったバイオリニストと菌類が、「北京の蛇」では、パリ在住の中国生まれの劇作家と毒蛇が、どのようにからみあっていくか、ぜひ確かめてみてほしい。

この作品のもうひとつの魅力は、どこでもない、誰でもない感じだ。物語の舞台は、パリやコペンハーゲンなどヨーロッパの都市のこともあれば、どことはっきりと書かれていないこともあり、すべて一人称で展開する。語り手は、性別はわかっても、「北京の蛇」を除けば名前も不明だ。特定の名前や場所に限定されずに物語に入っていけることで、ゆるやかな普遍性が生まれる。誰が読んでも、「自分の物語」と感じられるのは、だからだろうか。

とはいえ、メキシコらしさを強く感じさせる短篇もある。「ゴミ箱のなかの戦争」は、両親の離婚によって、こぎれいな住宅地にある伯母の家に預けられた少年が語り手だ。彼が与えられた部屋は、女中部屋と伯母家族の居室の中間地点にある。家政婦母娘は先住民の血が流れている気配があり、アルフォンソ・キュアロン監督の映画『ローマ』の、屋上の女中部屋や若い家政婦たちを想起させる。

さらに、物語のキーになる昆虫食。ネッテルによれば、メキシコでは５０７種類の昆虫が食べられているらしい。だが、作中に地名は出てこないので、読者はそこがメキシコシティだと思っても、どこかの架空の町を想像してもいいわけだ。

ここでグアダルーペ・ネッテルのプロフィールを紹介しておこう。1973年メキシコシティ生まれ。生まれつき右目の角膜ににごりがあり、そのせいで子ども時代は激しいいじめにあったという。やがて両親が離婚し、ティーンエイジャーになると、母の再婚によりフランス南部に渡った。その後、メキシコとフランスを行き来しながら過ごし、パリでラテンアメリカ文学の博士号を取得している。それゆえか、ネッテルの描くヨーロッパの都市や人は軽やかだ。

作家として注目を集めるようになったのは、小説『宿主』（未邦訳）が、スペインの出版社アナグラマ社が主催するエラルデ小説賞の最終候補になり、2005年に刊行されてからのことだ。その後も小説や短篇をコンスタントに発表し、邦訳のある2つの短篇集、『花びらとその他の不穏の物語』は2008年に、『赤い魚の夫婦』は2012年に出版された。

2023年には、小説『ひとり娘』（未邦訳、2020）の英訳が英国のブッカー国際賞の最終候補に入り、国際的にも評価が高まった。アルゼンチンのマリアーナ・エンリケスやサマンタ・シュウェブリンと並んで、現在、スペイン語圏で最も注目されているラテンアメリカ女性作家の一人である。

邦訳されたもう一つの短篇集『花びらとその他の不穏な物語』の帯には、「すべての人間はモンスターであり、人間を美しくしているのは、私たちのモンスター性、他人の目から隠そうとしている部分なのです」というネッテルの言葉が引用されている。これはどういう意味だろうか。

『赤い魚の夫婦』の短篇は生き物が共通項だったが、こちらに収められた6篇に共通するのはこだわりやクセだ。まぶたフェチのカメラマンや、向かいの集合住宅の男性を夜な夜な盗み見る女性、似た者同士の恋人とこじれていく、毛を抜くクセのある女性等が登場する。表題作「花びら」は極めつけで、カフェのトイレの残り香から、それを残した女性を探し歩く男性が登場する。ここまでくると、ぎょっとする人もいるだろうが、ネッテルは、特別なものを排除したり分断したりすることなく、それこそが美しいものとして淡々と一人称で描くのである。生まれつきの目の障害や、異邦人としてフランスで過ごした経験など、弱者やマイノリティの側の経験の陰影が反映された作品とも言えるだろう。

10代の少女が叔母とその恋人とともに、ある島で過ごした夏休みを描いた「桟橋の向こう側」のように、心と体をもてあました思春期のようすが瑞々しく描かれた作品もある。

「盆栽」の舞台は日本で、「青山植物園」という架空の植物園が出てくる。語り手の男性が、自分はサボテンであり、妻はつる植物だと気づいていくのだが、「泥棒カササギ」が流れる場面があり、園丁の名前がムラカミというなど、ネッテルのハルキストぶりがうかがわれる。

現在「メキシコ大学雑誌」という人文系総合誌のようなものの編集長を務めるネッテルは、この雑誌では、フェミサイドやマチスモなどハードなテーマも扱い、ラテンアメリカの現状について鋭い発言をしているが、小説ではあくまでシンプルな表現を好む。短篇の手軽さもあり、紹介した2作は、日本の現代文学はよく読むが外国文学にはなじみがないという読者にとって、ラテンアメリカ文学へのよい道案内になるだろう。

〈宇野和美〉

第56章　歴史家が書かないことを書く

ファン・ガブリエル・バスケス

ファン・ガブリエル・バスケス（1973年生まれ）といえば、現代スペイン語作家として押しも押されもせぬ地位を築いている。系譜としては、バルガス・リョサ、レオナルド・パドゥーラのように、ラテンアメリカ地域全体に衝撃を及ぼした動乱や内戦、社会的に大きな事件を題材に重厚な小説を書く〈本格派〉である。これまでに『密告者』『コスタグアナ秘史』『物が落ちる音』『廃墟の形』が日本語に翻訳され、そのどれから読んでもよく、読み終わればまたもう一冊読みたくなるはずだ。

筆者は『コスタグアナ秘史』を翻訳する機会に恵まれた。ここではこの小説との不思議な出会いから書き起こしてみたい。

21世紀のはじめごろ、筆者は、コンラッドの大長篇『ノストローモ』を読んだ。この長篇は南米の架空の国コスタグアナを舞台として、簡単には要約できないほど複雑で、読むのに難渋した。しかしそれでも、船乗り時代の彼がコロンビアのカリブ沿岸地方を訪れた経験に基づいて書いたのは確かだと思って愛着が湧いた。なにしろコンラッドの描く南米の港から見える光景——海辺の街から、冠雪している標高の高い山が近くに目に入る――は、筆者自身がコロンビアのサンタ・マルタで見たシエラ・ネバダ山脈とそっくりだと思わせられたからである。

ポーランド出身で、英語で小説を書いたコンラッドがコロンビアにいたことがあり、しかもその経験と無関係ではない小説がある。コロンビアの文学に関心があった筆者は、この事実に興奮した。

コンラッド（Alvin Langdon Coburn）

『ノストローモ』はいわば外側から書かれたコロンビアだ。コロンビアの作家であれば、コンラッドの描く「コロンビア」の「書き直し」をしたくなるのではないか？　そんな小説はないものだろうか？　例えば、イギリスのシェイクスピアによるカリブを舞台にした『テンペスト』に対し、カリブ・マルティニックのエメ・セゼールによる『もう一つのテンペスト』という書き直しがあるように。

そういうわけでコロンビアに行った時、『ノストローモ』や『闇の奥』のスペイン語版を手に入れつつ、コンラッドに関係しそうな本を探していたら、コンラッドの伝記本が見つかったのである。

当然作者は何者で何をしている人なのだろうと思った。それがおそらくファン・ガブリエル・バスケスとのはじめての出会いである。コロンビア出身であることを確認した。フランスの大学でラテンアメリカ文学博士の学位を得て、短篇集を3冊出したことがあり、文芸批評を雑誌に書き、英語とフランス語の翻訳ができる人物として紹介されていた。この翻訳書の中には、有名なジョン・ハーシーの『ヒロシマ』が含まれている。作家なのか、批評家なのか、翻訳家なのか、コンラッド研究者なのか、そのすべてであるのか。それはわからなかった。

するとと偶然にもそれから数年後、『ノストローモ』と無関係ではあり得ないタイトルの『コスタグアナ秘史』という本が、バスケス本人によって書かれたのである（！）。

さて、バスケス自身が「コロンビアは自分のオブセッション」と語っているとおり、これまでに翻訳のある長篇4冊はどれもコロンビア現代史に関わっている。『密告者』はコロンビアと第二次世界大戦、特にドイツからの移民（ナチスを含む）との関わりを扱い、コロンビアにおけるナチ支持の実態が明かされた、驚くべき内容である。この本は、コロンビアの過去の、これまで見えていなかった部分に光を当てた感がある。

『物が落ちる音』は20世紀後半の麻薬戦争を題材として、これまたコロンビア現代史においては重大事である。『廃墟の形』はやはり20世紀にこの国が経験した2つの大きな暗殺事件を扱っている。翻訳のない『回顧』は、内戦時にスペインからコロンビアにやって来た亡命者と、その息子でのちに映画監督になった人物——どちらも実在である——を題材にしている。この亡命者（父）は、日本の演出家でラテンアメリカ各地で活躍した佐野碩の助手を務め、のちにコロンビア演劇の立役者となり、文化大革命時には中国に渡った人物である。

『コスタグアナ秘史』は中でも扱う時代が一番古く、メインストーリーは20世紀初頭のパナマ運河建造に端を発するパナマのコロンビアからの分離・独立である。

こうしてみると、バスケスは自分の生まれた国の歴史の中でも、誰もが知っている大きな出来事、

パナマ運河建設風景（1907年、アメリカ議会図書館所蔵）

そしてそのぶん厄介で取り扱いの難しい問題に取り組んでいる。そのことだけでも驚嘆に値すると思うのだが、小説として書く方法についても相当な熟慮の跡が見える。

『コスタグアナ秘史』について言えば、パナマ分離・独立を頂点とする「コロンビア史」とコンラッドによる「コスタグアナ史」が二重写しになっている。自信を持って書くことができたコンラッドの伝記的な事実や『ノストローモ』執筆の背景に潜む謎を解き明かしつつ、そこにパナマ運河建造にまつわる物語が浮かび上がる仕掛けである。

歴史を描くとはいえ、バスケスの作品は事実だけに基づいた歴史書ではない。彼は歴史学者も顔負けの史資料の調査を経たうえで、「歪曲の芸術」と称し、意図的に歴史的な事実とは異なることを書いている。小説家は歴史学者が書いていることを繰り返しても意味がない、周知の歴史を豊かにするには、それを歪曲する必要があるというのが彼の主張だ。この歪曲とは、過去に関して思索や想像を広げることである。こうであったかもしれない、ああであったかもしれないと推測すること、ひとつの答えを出さないことが小説家にできることなのだと言う。

このような彼の考えを知るためには、彼の小説以外の作品が参考になる。文芸評論書としては、ずばり『歪曲の芸術』、講演録としては『旅は白地図とともに』と『世界の翻訳』（すべて未訳）が出ている。それに目を通すとわかるのは、彼が世界を飛び回って多くの欧米作家と付き合っていること、古典から現代までの小説やそれらを論じた、主に小説家による小説論の広範な読書量が彼の創作を支えていることである。

ラテンアメリカの作家は欧米文学の「中心」から離れていることをある種のアドバンテージとしてきたところがある。欧米作家の主要作品がスペイン語に翻訳されるには時間がかかり、その時差から必然的に欧米とは「ずれた」文学観が形成され、それが後発ならではの新奇性に繋がったのがラテンアメリカ文学の特徴のひとつではあった。

しかしバスケスは、ラテンアメリカ文学はもちろん、スペイン語の『ラサリーリョ・デ・トルメスの生涯』や『ドン・キホーテ』といった古典を論じたりしながら、英語圏やフランス語圏作品は翻訳を介さずに読み、同時代作家、たとえばリビア系のヒシャーム・マタールやジャマイカ系の母を持つゼイディー・スミスといった作家と文学観を共有している。こういう幅広い付き合いや読書は、小説全般について広い知識を得ようというだけではなく、小説家として小説の可能性を信じ、大きな構想のもとで書き続けようとするための養分になっているようだ。世界と同時代を生きながら、ラテンアメリカの歴史に根ざして書く作家、それがバスケスである。〈久野量一〉

フアン・ガブリエル・バスケス
（fourandsixty, CC BY-SA 3.0）

第57章 ラテンアメリカの民衆的《ポピュラー》な文学

テスティモニオ、エドゥアルド・ガレアーノ

ブンガクというと高尚で近づきがたいように考える人もいるが、ここでは民衆的な読み物を紹介しよう。

一つは、スペイン語で「証言」を意味する「テスティモニオ」、英語では「Testimonial literature（証言文学）」と呼ばれたりしているジャンルだ。最も有名なのは、グアテマラの先住民女性リゴベルタ・メンチュウの語りを、エリザベス・ブルゴスの手で書物の形にした『私の名はリゴベルタ・メンチュウ――マヤ＝キチェ族インディオ女性の記録』である。

「テスティモニオ」という表現はグアテマラと縁があり、この国出身のミゲル・アンヘル・アストゥリアス（彼については第17章を参照）が１９６７年にノーベル文学賞を受賞したときの講演タイトルが「ラテンアメリカの小説――一時代のテスティモニオ」だった。

その後、テスティモニオの知名度を広めたのはキューバだった。革命後、人類学者ミゲル・バルネーが逃亡奴隷のエステバン・モンテーホから聞き取った内容を『逃亡奴隷』という本にまとめた。

リゴベルタ・メンチュウ（CorteIDH, CC BY-SA 2.0 DEED）

逃亡奴隷という、奴隷制度からこぼれ落ちたカリブ海域特有の存在に注目したことはもちろん、これまで「声」を与えられなかった民衆の一人に光を当てた意義は大きく、こうした声を拾い上げることの重要さが認識された。その後、キューバの文化機関は文学賞の中にテスティモニオ部門を設けるようになる（1971年）。前述のメンチュウの本も受賞作だ。

ラテンアメリカの「民衆」にとって、自分たちがどう描かれるかということは常に課題だった。高学歴の知識人は彼らの代弁者となりえないという思いがある。そこに生まれたテスティモニオは既成の文学概念を考え直すためにも重要である。

個人の「才能」によって一人で仕上げる芸術作品と違い、テスティモニオは当事者と聞き手の共同作業から生まれるのを特徴としている。当事者は読み書きができない場合もあるし、必ずしも一人ではない。聞き手は通常、文章を書くことのできる学者である。果たしてこうした本の著者は誰だろうか？　経験を語った当事者なのか、それともそれを聞き取った側なのか。日本ではこのジャンルは通例、歴史や人類学の本として分類されてしまう。

これと同じスタイルのテキストは、日本語圏では「聞き書き」として知られ、森崎和江の『まっくら――女坑夫からの聞き書き』、ロシア語ではスヴェトラーナ・アレクシーエヴィッチの『チェルノブイリの祈り――未来の物語』がある。「聞き書き」という表現には「聞き手＝書き手」の優位性が感じられてしまうがどうだろうか。

どんな人の語りでもテスティモニオになるわけではない。日本だとアイドルのシンデレラストーリーがライターによって書かれているが、そこまでを含めて良いのかどうかは疑問が残る。大きな歴史に残りにくい極小の存在に語らせることによって、一時代の集合的な過去が浮かび上がってきたとき、それがテスティモニオと呼ばれるのだと思う。

自分一人の力では書物にする力のない人（たち）が、それができる人と協力して作り上げる共同作業は必ずしもうまくいくわけではない。聞き手と調査対象者のあいだで軋轢が生じる場合も多く、メンチュウとブルゴスは著作権をめぐって揉め、結果的にメンチュウには印税が入っていないという。アレクシエーヴィッチは取材対象者と裁判になっている。

ここには、当事者（「私」）という唯一無二の存在と、それを形にする聞き手（「私」にとっての他者）がそれぞれ果たしたい役割の違いがある。当事者は、自らの経験（悲惨な経験の場合が多い）の絶対性を伝えたい。聞き手はそれを巧みに表現したい。しかしわかりやすい言葉（商品）に置き換えられたと当事者が感じてしまったら、聞き手は対応を迫られる。こうした相克を抱えたまま世に出る「テスティモニオ」は、ラテンアメリカの民衆と知識人の関係をそのまま反映したテキストでもある。

民衆の声にできる限り耳を傾け、そこから独自のスタイルを築き上げたのがエドゥアルド・ガレアーノである。日本語になっている『火の記憶』（全3巻）、『スタジアムの神と悪魔――サッカー外伝』、『日々の子どもたち――あるいは366篇の世界史』は、各挿話がどれも1ページ程度、あるいはそれにも満たない場合もある短い「おはなし」を積み上げた集成である。ラテンアメリカでこういうスタイルの書き手はガレアーノしかいないのではないか。

ガレアーノは１９４０年にウルグアイに生まれた。若い頃から政治漫画を描き、その後左翼系の雑誌で編集長を務めた。１９７３年の軍事クーデタで投獄され、その後亡命し、最初はアルゼンチンへ、しかしここにも軍事政権が誕生して次いでスペインに渡り、ウルグアイに戻ったのは、１９８０年代半ばの民政移管後のことである。２０１５年にウルグアイで没した。

彼が一躍有名になったのは、上記3冊よりも前に書かれた『収奪された大地――ラテンアメリカ五百年』である。欧米によるラテンアメリカ搾取の歴史をデータに基づいて書いたこの本はラテンアメリカでは１９７０年代に爆発的に読まれ、「ラテンアメリカのバイブル」と称された。ただし、この本はジャーナリズム作品でも歴史書でもない。ガレアーノは政治経済を恋愛小説や海賊小説の方法を使ってわかりやすく書いたと言っている。ここにガレアーノの意図がある。彼はエリートのためでなく、ラテンアメリカの民衆にとって手に取りやすい読み物として書いている。しかし日本ではそうは受け取られていないようだ。

エドゥアルド・ガレアーノ（Daniel Zanini H., CC BY 2.0 DEED）

先の分類について言うなら、『収奪された大地』と『日々の子どもたち』は日本の図書館では「歴史」に分類されてしまう。一方、『火の記憶』は「歴史」に並んでいるのかと思っていたが、「文学」に分類されている。しかし日本でこの本は文学作品として受け止められているだろうか？　ガレアーノ自身は『火の記憶』についてこう言っている。「この作品が、文学の部類でいうと何にあてはまるのかを、わたしは知らない。（中略）小説なのか、随想なのか、叙事詩なのか、はたまた証言か、いや年代記かと問われても」と。

このことは、ガレアーノをどう紹介するかという問いにつながる。文学者、歴史家、ジャーナリスト、評論家が浮かぶが、一つには限定できない。もちろんこうした分類不可能性はガレアーノに対する賛辞である。

身も蓋もないことを言うと、ガレアーノの本はどこから読んでも良いという気楽さがある。本の読み方にも堅苦しさがなくて自由がある。筆者は『日々の子どもたち』を訳出したが、この本の読者から、類似した形式の本として、筆者がその時まで知らなかったトルストイの『文読む月日』（全3巻）を教えてもらった。一日一章方式で古今東西の箴言集を取り揃えたこの本とガレアーノの本をぜひ並べて読んでもらいたい。

ガレアーノの短い文章は詩のようでもあり、頭に残るパッセージも多い。文語というよりは朗読に向いた口承性を重視しているからかもしれない。いったん彼の言葉の魅力に取り憑かれると中毒になる。こうした文章は、彼がラテンアメリカ、そして世界の隅々で感じ取った民衆の知から生まれている。最近ではスペインの映画監督のペドロ・アルモドバルが映画『パラレル・マザーズ』で引用していた。テスティモニオの誕生を予告する名言である。

沈黙する歴史はない。どれほど燃やされようと、どれほど破られようと、どれほどそれについて嘘が言われようと、人間の歴史は、口を閉ざすのを拒むのだ。

〈久野量一〉

第58章

マヤ文学

民族的アイデンティティの見直しを迫る脱植民地文学

古代マヤ文明が栄えた場所（メキシコ、ベリーズ、グアテマラ、ホンジュラスにまたがる）には今でも30ほどのマヤ系言語を話す人たちが暮らしている。古代マヤ文明ではマヤ文字が使われており、石碑等に刻まれた文書記録（碑文）の中には広義の文学があったと考えても差し支えないだろう。もっとも、言語を使う限りにおいて人間社会には必ず口承による文学がある。いずれにせよ、通常は、マヤ地域には先スペイン期に遡る文学的な伝統が存在するという前提で、今日のマヤ語文学はその文学的伝統に結び付けて理解される。

実際、マヤ文字の使用は植民地支配の下で失われてしまうが、マヤ語によって世界を表象し、それを仲間に伝えるという意味での文学的伝統は口承によって受け継がれていく。そうした口頭伝承の一部は植民地時代のものがアルファベットによってテキスト化され、今日まで残っている。たとえば、グアテマラのキチェー族の『ポポル・ヴフ』やメキシコのユカタン・マヤ族の『チラム・バラムの書』などは彼らの間で語り継がれていた神話や歴史を書き記したものであり、現代のマヤ研究において一級の歴史資料として用いられるだけでなく、今日のマヤ文学の重要な参照点ともなっている。

とはいえ、植民地支配が確立していくと、打ち捨てられたマヤ遺跡がジャングルに埋もれていったのと同じように、マヤ人の文学的伝統は先住民（インディオ）という社会的底辺に暮らす人々の日常生活の中に埋もれていく。それを文学として最初に掘り起こそうとしたのはマヤ人（インディオ）たち自身ではなく「西洋」の人たちだった。19世紀後半、主にアメリカ人の好事家たちがマヤ文化に関する文献学的調査を始めた。西洋のそうした異国趣味を知った現地の知識人（非インディオ）たちも身近にあるマヤのフォークロアに興味を抱くようになる。ユカタン半島ではメキシコ革命後（1910～17年）のナショナリズムの高揚とも相まって、アントニオ・メディス・ボリオの『雉と鹿の大地』（1920）のようなマヤ人の風俗を描いた国民文学がいくつも執筆された。これらはマヤ人の口頭伝承を西洋的な視点からノスタルジックな文体で語り直したものである。また、『イカル・マヤタン』という文学雑誌にはスペイン語に翻訳されたマヤの説話が数多く採録された。スイス人のラテンアメリカ文学研究者マーティン・リーンハートはこうした文学をエスノフィクションと呼んでいる。それは社会の支配層に属す作家たちが被支配層の社会や文化を自分たちの都合のいいように美化する文学である。そうした文学はヨーロッパのロマン主義の系譜を引きつつも、ラテンアメリカではナショナリズムの高揚と結び付いた国民文学として展開している。そこに社会批判が含まれるようになると、インディヘニスモ文学へと転化する。エスノフィクションは国家の支配層の立場からスペイン語で書かれたものであり、狭義の先住民（マヤ）文学と呼ぶことはできない。だが、先住民（マヤ）の口頭伝承に依拠している点では広義の先住民（マヤ）文学と言えるのかもしれない。

マヤ人の手によるマヤ語の文学テキストの作成が始まるのは全世界的に民族復興運動が高まる1980年代に入ってからである。ユカタン半島ではそれは口頭伝承そのものの文字化という作業として開始された。教育省の下部機関である民衆文化局の文化普及員などが中心となって、口頭伝承のテキスト化が行われた。もちろん、それにはスペイン語による翻訳が付けられる。この口頭伝承の採集は現在でも続いており、マヤ人作家が創作による執筆を始めるための訓練の場ともなっている。また、マヤ語による文学作品の執筆を目的としたワークショップが開かれたり、マヤ〈語〉文学作品のコンクールも開催されるようになっていく。

2018年のユカタン国際ブックフェア (FILEY) でマヤ文学について講演するマヤ人作家たち

こうしたマヤ〈語〉文学の興隆は民族復興運動の一部として展開したものであり、暗黙の了解として作家たちにはマヤ人の社会や文化を美しく描くことが求められる。マヤ人の生活の苦境が描かれることがあっても、それは困難を乗り越えようとするマヤ人の努力を賞賛するためであって、何故マヤ人がそうした苦境に置かれているのかはほとんどと言っていいほど焦点化されない。マヤ〈語〉文学が脱植民地主義を目指す文学である限りにおいて、マヤ人は植民地支配という不正と不幸を耐え抜いた忍耐強い民族として、また世界に誇れる文化の継承者として表象されねばならないのである。しかしこれはマヤ〈語〉文学の振興が当初主に男たちの手によって行われたことと無関係ではない。結果として多くのマヤ〈語〉文学では父権主義的な価値観を反映したマヤ社会やマヤ文化が描かれ、勝者や強者のナラティブが紡がれることになる。これはマヤ〈語〉文学に限ったことではなく、多くの先住民文学にも共通に言えることである。ところが、21世紀に入ると、ユカタン半島のマヤ〈語〉文学は特異な展開を見せる。男性中心の価値観を批判的に描くフェミニズム文学が登場してくるのである。

一般的に、先住民社会において女性が西洋的なフェミニズムを実践することはほとんど困難であり、女性は男性（=先住民運動）の補完的な役割を引き受ける。ところが、ユカタン半島ではアナ・パトリシア・マルティネス・フチンとソル・ケー・モオという2人の女性作家が純粋に文学のレベルにおいて男性的な価値観を批判するフェミニズムの視点を導入する。社会的側面を度外視すれば、マヤ〈語〉文学にフェミニズム文学が登場するのは論理的必然であったし、またその登場は時間の問題だった。ここでその経緯を詳細に紹介することはできないが、2人は奇しくもマヤ〈語〉文学が男性の価値観によって生み出されていることを見抜き、社会的弱者である女性の観点から執筆を試みた。

『女であるだけで』を執筆したソル・ケー・モオは、様々なインタビューや講演において、女性として抑圧されてきた自らの生い立ちを語るようになっていく。これは彼女が作品の中で用いたフェミニズム的視点を、西洋のフェミニズムが期待する女性の抑圧というストーリーに後付けで当てはめようとするものだ。彼女は自らの文学を成長させていく過程でフェミニストを演じるようになっていくと言ってもいいかもしれない。彼女がフェミニズム文学を書くようになるのは男性的な価値観に縛られたマヤ〈語〉文学仲間から批判を受けたからである。ある時彼女が、自分の書いた小説に対してアドバイスを貰おうと先輩の同僚作家に原稿を渡すと、マヤ文学の伝統には小説などというジャンルは存在しないのだから、こんなものはマヤ文学とは呼べないし、読むに値しないと言われ、原稿を突き返されている。また彼女は、自分たちとは違う文学を目指しているという理由で、他の先住民作家たちから仲間外れにされる状態がしばらく続いた。こうしたこともあり、彼女は伝統的なマヤ文化の表象にこだわる文学（者）を批判するようになっていく。つまり、ソル・ケー・モオのフェミニズムは本来は、父権主義的なマヤ〈語〉文学、さらにはそれを実践する男性作家たちのマチスモに対する批判ないしは反省から生まれた文学的スタンスである。彼女はマヤ〈語〉文学の中に〈女〉を虐げる〈男〉を発見したのだ。だが、彼女が書くのは〈女〉の物語だけではない。むしろ、彼女は〈男〉を好んで描く。〈男〉の価値観に縛られたマヤ人の姿だ。

ソル・ケー・モオと同じ視点に立たずとも、現在のマヤ文学が植民地主義からの脱却を目指す文学である場合、それはマヤ人自身にとって民族的アイデンティティの見直しを迫るものとなる。そのことを理解せずに、過去から連綿と続く民族文化の観点だけからマヤ文学を捉えようとすることは、今日のマヤ文学の理解の妨げにしかならない。さらに言えば、そうした先入観がマヤ文学発展の阻害要因とならないことを願いたい。

〈吉田栄人〉

コラム4

多様化するブラジル文学

――広大なテーブルマウンテン、青の洞窟、幻想的で美しい地底湖、滝、鍾乳洞、大自然が織りなす絶景は息をのむ美しさ――こんな美辞麗句で紹介されるブラジル北東部のバイーア州のシャパーダ・ジアマンチーナは、いまや世界にも知られるエコツーリズムの名所だ。だが、そこには裏の顔がある。イタマール・ヴィエイラ・ジュニオールの『曲がった鋤』が描くのは、その悲しい歴史と、いまも尾を引く悲惨な実態だ。もともとは2018年にポルトガルの文学コンクールのレヤ賞に選ばれ、まずはポルトガルで刊行された。ブラジルでは19年8月に出版されて高く評価され、20年にブラジルの主要なジャブチ文学賞とオセアーノス文学賞をダブル受賞して文壇の話題を総ざらいした。

舞台は、バイーア州都サルヴァドールから約400キロ奥地に入ったところにある農場。代々、白人の不在地主が治め、奴隷の子孫の農民たちは現代も奴隷同然の境遇にある。この小説には、奴隷制度の負の遺産として現代のブラジルになお残る社会格差、人種偏見と差別、社会的不平等、労働搾取と、それに立ち向かう人々の姿が描かれている。

著者ヴィエイラ・ジュニオールは先住民とアフリカ黒人を先祖に持つ。十数年にわたり国立植民農地改革院に勤務する傍ら、かつて駐在したシャパーダ・ジアマンチーナでの経験と知見を活かし、この小説を執筆した。ブラジル文学は長らく白人作家（特に男性）が圧倒的比重を占めてきたが、近年、アフリカ系作家の活躍が目覚ましい。21年には、ジェフエルソン・テノーリオが長篇小説部門で、22年にはエリアーナ・アウヴィス・クルスが短篇小説部門で、いずれもアフリカにルーツを持つ作家がジャブチ賞を受賞している。

そもそもブラジルは、人口の1％に満たない先住民を除けば、移民（強制を含む）とその子孫で構成される多民族国家で、その文学には底知れぬ潜在的多様性を秘める。もともと先住民とポルトガル人と黒人の対話から形成された複合的な文化があったところへ、19世紀後半から20世紀前半にかけて大量の移民がヨーロッパやアジアから流入した。これに伴い、第4四半期、文学界にもヨーロッパ系や中東系などの移民の2世や3世作家が現われ、少し遅れて日系人作家も登場した。

その代表が2012年に『ニホンジン』でジャブチ文学賞を受賞したオスカール・ナカザトだ。ブラジルには1908年、最初の日本人移民が渡り、以降、二十数万人が移住して、現在、総数が200万人近いともいわれる世界最大の日系コミュニティがある。『ニホンジン』ではその移住初期からいわゆるデカセギ時代までの歴史が、主人公のヒデオ一家の歩みに重ね合わされ、史実にかなり忠実に描かれている。ヒデオは、農場での重労働や不当な搾取、経済的困窮や精神的ストレスなど過酷なコロノ（契約労働者）生活に早々に見切りをつけ、サンパウロの都会に出てコンジ・サルゼーダス通りで雑貨店を始めたが、それは多くの初期の移民に起こったことだった。サンパウロ市内には1910年代に早くもその通りを中心に日本人街が形成され、日本人小学校も開校されていたという。それが現在のリベルダージの始まりだ。当初ここは「日本人街」とも呼ばれていたが、日系人住民の減少と中国や韓国からの移民の増加が進み、最近は「東洋人街」として知られている。だが、そのルーツは、地下鉄の駅名の「Liberdade – Japão」にしっかりと刻まれている。

〈武田千香〉

コラム5

今、女性作家の時代がやってきた

「男だったらこの仕事を任せられたのだが」、と男性上司は当然のように言い放った。小説のエピソードではなく、筆者が経験したことだ。男女差がないと思って就いた公務員職だったが、男性向け・女性向けの仕事の区別は厳然としてあった。その後、メキシコで暮らし始めた2000年当時、現地で出会う美術館の館長や文化団体の長が女性ばかりだったことには、だからこそ、心底驚かされた。〈マッチョ〉が横暴に振る舞うとされていたラテンアメリカ地域で、初めてノーベル文学賞を受賞したのは、チリの女性詩人ガブリエラ・ミストラルであった。17世紀の植民地期メキシコには、ソル・フアナ・イネス・デ・ラ・クルスの存在がある。書くという営みが、男性向けの仕事であるとされていた時代にあっても、女性たちは書き続けていた。

ラテンアメリカ文学のブームに沸いた1960年代から70年代にかけては、欧米で第二波フェミニズムが隆盛した時期と重なる。ブームで名が挙がるのは男性作家ばかりだった。だが80年代後半以降、女性作家の掘り起こしが盛んになる。文学をフェミニズムの観点から読み解くことが始まっていたからだ。ラテンアメリカの女性作家らの英訳アンソロジー、論文集が相次いで出版された。当時、それらに共通して名が挙がっていたのが、メキシコのエレナ・ポニアトウスカと、ウルグアイ出身のクリスティーナ・ペリ・ロッシだ。2人とも後に、スペイン語圏のノーベル文学賞とされるセルバンテス賞を受賞している。

同地域では、フェミニストに相当する単語feministaとは、組織体に所属して活動する人という強いイメージが長らくあったが、今や女性作家の多くは「私はフェミニストだ」と自らの立場を軽やかに明言する。そして昨今、フェミニズムは多様化し、人種、階級、エスニシティやセクシュアリティ等と交差するそれへと変貌している。トランスジェンダー〈女性〉作家、異性装〈男性〉作家、先住民言語で書く女性作家等々、多様性に富んだ様子が早くから観察されているのがラテンアメリカである。

そのラテンアメリカの、女性作家たちの作品が世界中で注目を集めている。北欧圏最大規模のノルウェー文学祭は２０２０年、ラテンアメリカの女性作家３名を同時に招聘した。アルゼンチンのサマンタ・シュウェブリン、マリアーナ・エンリケス、メキシコのバレリア・ルイセリである。ルイセリ作品は翌年にダブリン文学賞、シュウェブリンの作品は翌々年の全米図書賞（翻訳部門）を受賞する。２０２３年の同賞ロングリストには、２０２０年同様、コロンビアのピラール・キンタナとメキシコのフェルナンダ・メルチョールの２人が揃って再び名を連ね話題となった。歴代受賞者の中からノーベル文学賞受賞者を輩出しているブッカー国際賞は、２０２１年にエンリケス、２０２３年にはメキシコのグアダルーペ・ネッテル作品を最終候補リストに挙げた。こうした状況は、彼女たちの作品がスペイン語圏はもちろんのこと、各国でも商業ルートに乗り、幅広く読まれているからであるといえる。

エンリケスはホラー・プリンセスと異名を取り、新世代の幻想文学の旗手とされるシュウェブリンの小説世界はときに読者に不安を引き起こす。独裁制や軍政といった特有の記憶を共有するラテンアメリカの女性作家らにとってのホラーとは、家父長制、フェミサイドといった女性に対する暴力に対抗するためのものでもあると、米国の大学で教鞭を執るボリビアの作家リリアナ・コランツィが断言していることを付け加えておこう。ポニアトウスカやペリ・ロッシに続く彼女らが打ち出すさまざまな世界を見据えるためには、勇気が必要かもしれない。

〈洲崎圭子〉

コラム6

ラテンアメリカの児童文学

現在のラテンアメリカの児童文学界を牽引する多くの児童書出版社が誕生したのは1980年代以降のことだ。ここでは、そういった出版社が手がけてきた、各国の注目すべき現代の児童文学作品や作家を紹介していこう。

出版社の誕生とともに起こったのは、欧米の作品の翻訳だけではなく、自分たちの現実を描いた作品を出していこうという動きだった。ベネズエラのカラカスを舞台に、遊び場を求めて立ち上がる子どもたちを描いた絵本『道はみんなのもの』（1981）は、その記念碑的作品だ。

その隣の国コロンビアのハイロ・ブイトラゴ（1970～）も社会派の作家だ。『いっしょにかえろう』は、幼い弟の面倒を見て家事をし、母の帰りを待つ少女を描いた絵本で、ボゴタの街並みとコロンビアの現代史が絵に織りこまれている。

ラテンアメリカの読み物の翻訳は、残念ながら少ないのだが、アルゼンチンからはYA文学2作が翻訳されている。リリアナ・ボドック（1958～2018）の『最果てのサーガ』全4巻は、南米を思わせる大陸が舞台の壮大な本格ファンタジー。マルセロ・ビルマヘール（1966～）の『見知らぬ友』は、冴えない少年を主人公とする、ひねりのきいた短篇集。独裁が終結した頃の社会やユダヤ系の人びとの暮らしが描かれ、通りの名も登場し、ブエノスアイレスへの旅情を誘う。

また、コミック（現地では「イストリエタ」と呼ばれる）の伝統があるアルゼンチンの絵本作家は、特有の諧謔と抜群の画力を備えている。グスティ（1963～）は、ダウン症のある息子との日々の記録『マルコとパパ』以来、ユーモアとともに人権や多様性を描くことに力を入れる。『エンリケタ、えほんをつくる』は、新聞「ラ・ナシオン」で20年連載されたコマ漫画『マカヌド』の作者リニエルス（１９７３〜）による絵本。すばらしい生命体として赤ん坊を描いた『ちっちゃいさん』を手がけたイソール（１９７２〜）も絵に文に、独特の視点と個性が光る。

ウルグアイのアルフレド・ソデルギット（１９７３〜）の絵本『カピバラがやってきた』は、親しみやすい動物絵本の体裁をとりながら、移民や難民との共生を示唆している。

チリのアントニオ・スカルメタ（１９４０〜）文の絵本『ペドロの作文』は、１９７３年の軍事クーデタを背景とする。この絵本もそうだが、国籍の違う作家や画家のコラボでの絵本づくりは、スペイン語圏ではもはや日常的だ。ピクトグラムつきの絵本『いっぽんのせんとマヌエル』の作者、チリの詩人マリア・ホセ・フェラーダ（１９７７〜）と、いうことをきかないマストドンが登場する絵本『いいこにして、マストドン』の作者、ペルーのミカエラ・チリフ（１９７３〜）はどちらも、国境を越えた活躍が目ざましい作家たちだ。

また、『まぼろしのおはなし』は、中米コスタリカの作品。文字が書かれていないと思っていた白い本が点字の本だったという物語で、有名な歌手でもあるハイメ・ガンボアが文を書いた。

最後に、最近翻訳されたメキシコの児童文学作品を紹介しよう。ハビエル・マルピカ（１９６５〜）の『おとなってこまっちゃう』は、祖父の年の差婚を受け入れられない母親を説得しようとする小学生の女の子が主人公のコメディー。10年以上前の作品だが、ＬＧＢＴＱや人権意識やジェンダーへのまなざしもあり、メキシコの児童文学者の意識の高さがうかがえる。

〈宇野和美〉

◎読書案内

Ⅰ　征服・植民地時代

第１章

『コロンブス航海誌』林屋永吉訳、岩波文庫、１９７７年

コロンブス『全航海の報告』林屋永吉訳、岩波文庫、２０１１年

エリオ・アントニオ・デ・ネブリハ『カスティリャ語文法』中岡省治訳、大阪外国語大学学術出版委員会、１９９６年

G・カブレラ＝インファンテ『煙に巻かれて』若島正訳、青土社、２００６年

エドワード・ウィルソン＝リー『コロンブスの図書館』五十嵐加奈子訳、柏書房、２０２０年

第２章

ピガフェッタ「最初の世界周航」『マゼラン　最初の世界一周航海』長南実訳、岩波文庫、２０１１年

ラス・カサス『インディアス史』全7巻、長南実訳／石原保徳編、岩波文庫、２００９年

エドムンド・オゴルマン『アメリカは発明された――イメージとしての１９４２年』青木芳夫訳、日本経済評論社、１９９９年

第３章

ソル・フアナ『知への賛歌――修道女フアナの手紙』旦敬介訳、光文社古典新訳文庫、２００７年

ソル・フアナ・イネス・デ・ラ・クルス『抒情詩集』中井博康訳、現代企画室、２０１８年

オクタビオ・パス『ソル・フアナ＝イネス・デ・ラ・クルスの生涯――信仰の罠』林美智代訳、土曜美術社出版販売、２００６年

コラム１

de Lión, Luis. *El tiempo principia en Xibalbá.* Guatemala: Editorial Serviprensa, 1985.

ホセ・マリア・アルゲダス『ヤワル・フィエスタ（血の祭り）』杉山晃訳、現代企画室、１９９８年
吉田栄人「現代マヤ文学の誕生 —— 原風景としての伝統的なマヤ村の発見」『国際文化研究科論集』26号、15‐17頁、２０１８年

Ⅱ　19世紀

第４章

花方寿行『我らが大地 —— 19世紀イスパノアメリカ文学におけるナショナル・アイデンティティのシンボルとしての自然描写』晃洋書房、２０１８年
Carilla, Emilio (ed.). *Poesía de la independencia*. Caracas: Biblioteca Ayacucho, 1979.
Pratt, Mary Luise. *Imperial Eyes: Travel Writing and Transculturation*. London, New York: Routledge, 1992.

第５章

高橋純『アメリカ南西部物語 —— こころの鼓動が聞こえる場所で』海象社、２０００年
ベネディクト・アンダーソン『想像の共同体 —— ナショナリズムの起源と流行（増補版）』白石さや・白石隆訳、ＮＴＴ出版、１９９７年
花方寿行『我らが大地 —— 19世紀イスパノアメリカ文学におけるナショナル・アイデンティティのシンボルとしての自然描写』晃洋書房、２０１８年
Fernández de Lizardi, José Joaquín. *El Periquillo Sarniento*. edición de Carmen Ruiz Barrionuevo. Madrid: Ediciones Cátedra, 1997.

第６章

花方寿行『我らが大地 —— 19世紀イスパノアメリカ文学におけるナショナル・アイデンティティのシンボルとしての自然描写』晃洋書房、２０１８年
林みどり『接触と領有 —— ラテンアメリカにおける言説の政治』未來社、２００１年

Echeverría, Esteban. *El matadero / La cautiva.* edición & introducción de Leonor Fleming. Madrid: Ediciones Cátedra, 1986.
Mármol, José. *Amalia.* edción e introducción de Teodosio Fernández. Madrid: Ediciones Cátedra, 2000.
Sarmiento, Domingo Faustino. *Facundo. Civilización y barbarie.* edición de Roberto Yahni. Madrid: Ediciones Cátedra, 1993(2a ed.).
Sommer, Doris. *Foundational Fictions: The National Romances of Latin America.* Berkeley, Los Angeles, Oxford: University of California Press, 1991.

第7章

マシャード・ジ・アシス『ブラス・クーバスの死後の回想』武田千香訳、光文社古典新訳文庫、２０１２年
——『ドン・カズムッホ』武田千香訳、光文社古典新訳文庫、２０１４年
武田千香『千鳥足の弁証法——マシャード文学から読み解くブラジル世界』東京外国語大学出版会、２０１３年

第８章・第９章

オクタビオ・パス『泥の子供たち——ロマン主義からアヴァンギャルドへ』竹村文彦訳、水声社、１９９４年

Ⅲ　20世紀

第10章

オラシオ・キローガ『野生の蜜——キローガ短編集成』甕由己夫訳、国書刊行会、２０１２年

第11章

芳田悠三『ガブリエラ・ミストラル——風は大地を渡る』ＪＩＣＣ出版局、１９８９年
ガブリエラ・ミストラル『ガブリエラ・ミストラル詩集』田村さと子編訳、小沢書店、１９９３年
伊藤滋子『女たちのラテンアメリカ』(上下巻)、五月書房新社、２０２２年

第12章
田村さと子『ラテンアメリカ詩集』世界現代詩文庫7、土曜美術社出版販売、1984年
駒井睦子『アルフォンシーナ・ストルニの詩の道程――モデルニスモから前衛、アンティソネットの創造へ』渓水社、2020年

第13章
セサル・バジェホ『セサル・バジェホ全詩集』松本健二訳、現代企画室、2016年

第14章
『集英社版世界の文学37――現代詩集』（ビセンテ・ウィドブロ著、内田義彦訳「赤道儀」を所収）集英社、1979年
ビセンテ・ウイドブロ『クレアシオニスムの詩学――ラテンアメリカのアヴァンギャルド（関西大学東西学術研究所　訳注シリーズ17）』鼓宗編訳、関西大学出版部、2015年
『怪奇・幻想・綺想文学集――種村季弘翻訳集成』（ハンス・アルプ、ビセンテ・ウイドブロ著「深夜城の庭師――犯罪小説」を所収）国書刊行会、2012年
坂田幸子『ウルトライスモ――マドリードの前衛文学運動』国書刊行会、2010年

第15章
マリオ・ヂ・アンドラーヂ『マクナイーマ――つかみどころのない英雄』福嶋伸洋訳、松籟社、2013年

第16章
J・L・ボルヘス『伝奇集』鼓直訳、岩波文庫、1993年
――『アレフ』鼓直訳、岩波文庫、2017年
――『シェイクスピアの記憶』内田兆史・鼓直訳、岩波文庫、2023年
――『創造者』鼓直訳、岩波文庫、2009年

第17章

――『続審問』中村健二訳、岩波文庫、2009年
――『七つの夜』野谷文昭訳、岩波文庫、2011年
――『語るボルヘス――書物・不死性・時間ほか』木村榮一訳、岩波文庫、2017年
ミゲル・アンヘル・アストゥリアス『グアテマラ伝説集』牛島信明訳、岩波文庫、2009年
――『緑の法王』鼓直訳、新日本出版社、1967年
――「大統領閣下」(『集英社ギャラリー[世界の文学]19』集英社、1990年所収)
A・レシーノス原訳『マヤ神話 ポポル・ヴフ』林屋永吉訳、中公文庫、2001年

第18章

フェリスベルト・エルナンデス『案内係』浜田和範訳、水声社、2019年

第19章

(本文での表記はカルペンティエールだが、以下の翻訳書はいずれもカルペンティエル)
アレホ・カルペンティエル『この世の王国』木村榮一・平田渡訳、水声社、1992/柳原訳が近刊予定
――『失われた足跡』牛島信明訳、岩波文庫、2014年
――『光の世紀』杉浦勉訳、水声社、1990年

第20章

パブロ・ネルーダ『大いなる歌』松本健二訳、現代企画室、2018年

第21章

ホセ・レサマ＝リマ『パラディーソ』旦敬介訳、国書刊行会、2022年
旦敬介「レサマ＝リマのめくるめく世界」『國文学　解釈と教材の研究』2002年8月号所収、學燈社
旦敬介「飛散していくイメージ――レサマ＝リマの『パラディーソ』をめぐって」(『岩波講座――文学12　モダンとポストモダン』所収)、岩波書店、2003年

第22章
ホセ・マリア・アルゲダス『深い川』杉山晃訳、現代企画室、１９９３年
――『ヤワル・フィエスタ（血の祭り）』杉山晃訳、現代企画室、１９９８年
――『アルゲダス短編集』杉山晃訳、彩流社、２００３年
――『ダイヤモンドと火打ち石』杉山晃訳、彩流社、２００５年
濱田滋郎「インディオの声」『ユリイカ』〈特集・ラテンアメリカの作家たち〉１９７９年７月号
今福龍太「直覚の人類学」『荒野のロマネスク』岩波現代文庫、２００１年

第23章
ジョルジェ・アマード『砂の戦士たち』阿部孝次訳、彩流社、２００８年
――『丁子と肉桂のガブリエラ』尾河直哉訳、彩流社、２００８年
ジョルジ・アマード『老練な船乗りたち――バイーアの波止場の二つの物語』高橋都彦訳、水声社、２０１７年

第24章
ヴィニシウス・ヂ・モライス『オルフェウ・ダ・コンセイサォン――三幕のリオデジャネイロ悲劇』福嶋伸洋訳、松籟社、２０１６年

第25章
アドルフォ・ビオイ＝カサーレス『パウリーナの思い出に』高岡麻衣・野村竜仁訳、国書刊行会、２０１３年
――『モレルの発明』清水徹・牛島信明訳、水声社、２００８年
――『英雄たちの夢』大西亮訳、水声社、２０２１年
アドルフォ・ビオイ＝カサレス『脱獄計画』鼓直・三好孝訳、現代企画室、１９９３年

第26章
フリオ・コルタサル『石蹴り遊び』土岐恒二訳、水声社、２０１６年
――『遊戯の終わり』木村榮一訳、岩波文庫、２０１２年

第27章

――『秘密の武器』木村榮一訳、岩波文庫、2012年

オクタビオ・パス『オクタビオ・パス詩集（世界現代詩文庫23）』真辺博章訳、土曜美術出版販売、1997年

――『続オクタビオ・パス詩集（世界現代詩文庫27）』真辺博章訳、土曜美術出版販売、1998年

――『大いなる日々の小さな年代記（BIBLIOTECA de AMERICA LATINA）』曽根尚子訳、文化科学高等研究院出版局、1993年

阿波弓夫『オクタビオ・パス――迷路と帰還』文化科学高等研究院出版局、2015年

第28章

田村さと子『南へ――わたしが出会ったラテンアメリカの詩人たち』六興出版、1986年

第29章

フアン・ルルフォ『燃える平原』杉山晃訳、岩波文庫、2018年

――『ペドロ・パラモ』杉山晃・増田義郎訳、岩波文庫、1992年

寺尾隆吉『魔術的リアリズム――20世紀ラテンアメリカ小説』水声社、2012年

旦敬介「フアン・ルルフォの廃墟で」『写真との対話』近藤耕人・管啓次郎編、国書刊行会、2005年

仁平ふくみ『もうひとつの風景――フアン・ルルフォの創作と技法』春風社、2022年

野谷文昭・旦敬介編著『ラテンアメリカ文学案内』冬樹社、1984年

第30章

クラリッセ・リスペクトル『星の時』福嶋伸洋訳、河出書房新社、2021年

第31章

カルロス・フエンテス『フエンテス短篇集アウラ・純な魂 他四篇』木村榮一訳、岩波文庫、1995年

――『澄みわたる大地』寺尾隆吉訳、現代企画室、2012年

フエンテス『アルテミオ・クルスの死』木村榮一訳、岩波文庫、2019年

第32章
M・バルガス＝リョサ『都会と犬ども』杉山晃訳、新潮社、1987年
バルガス・ジョサ『街と犬たち』寺尾隆吉訳、光文社古典新訳文庫、2022年
マリオ・バルガス＝リョサ『緑の家』（上下巻）、木村榮一訳、岩波文庫、2010年
バルガス＝リョサ『ラ・カテドラルでの対話』（上下巻）、旦敬介訳、岩波文庫、2018年

第33章
『ギリェン詩集』（羽出庭梟訳）、世界現代詩集Ⅷ、飯塚書店、1963年

第34章
エメ・セゼール『帰郷ノート／植民地主義論』砂野幸稔訳、平凡社ライブラリー、2022年

第35章
ジョージ・ラミング『私の肌の砦のなかで』吉田裕訳、月曜社、2019年
スチュアート・ホール『親密なるよそ者――スチュアート・ホール回想録』吉田裕訳、人文書院、2021年

第36章
ジェラルド・マーティン『ガブリエル・ガルシア＝マルケス ある人生』木村榮一訳、岩波書店、2023年
ルベン・ブラデス「ウェスト・インディアン・マン」（CD『アモール・イ・コントロール』所収）【原盤1992年】
リッチ・コーエン『バナナ王サミュエル・ザムライ伝』岡久悦子訳、パンローリング、2020年

第37章
エドゥアール・グリッサン『フォークナー、ミシシッピ』中村隆之訳、インスクリプト、2012年
――『カリブ海序説』星埜守之ほか訳、インスクリプト、2024年
エドゥアール・グリッサン、パトリック・シャモワゾー『マニフェスト――政治の詩学』中村隆之訳、以文社、2024年
中村隆之『エドゥアール・グリッサン――〈全-世界〉のヴィジョン』岩波書店、2016年

中村隆之『環大西洋政治詩学――20世紀ブラック・カルチャーの水脈』人文書院、２０２２年

第38章

マリーズ・コンデ『越境するクレオール――マリーズ・コンデ講演集』三浦信孝編訳、岩波書店、２００１年
――『生命の樹――あるカリブの家系の物語』管啓次郎訳、平凡社ライブラリー、２０１９年
――『料理と人生』大辻都訳、左右社、２０２３年

第39章

Baugh, Edward. "The West Indian Writer and His Quarrel with History." *Small Axe* Volume 16, Number 2 (2012): pp.60-74. (originally published in *Tapia* in 1977)
Naipaul, V.S. *A House for Mr. Biswas*. London: Picador, 2022[1961].
———. *The Middle Passage: Impression of Five Colonial Societies*. London: Picador, 1996 [1962].
Walcott, Derek. *Dream on the Monkey Mountain and Other Plays*. London: Faber & Faber, 1971.
———. *What the Twilight Says: Essays*. London: Faber & Faber, 1998.
———. *The Poetry of Derek Walcott, 1948-2013*. London: Faber & Faber, 2014.
V・S・ナイポール『ミゲル・ストリート』小沢自然・小野正嗣訳、岩波文庫、２０１９年

第40章

ルドルフォ・アナーヤ『トルトゥーガ』管啓次郎訳、平凡社、１９９７年
ルドルフォ・アナヤ『アルバカーキ』廣瀬典生訳、大阪教育図書、１９９８年

第41章

グロリア・アンサルドゥーア「野生の舌を飼い馴らすには」管啓次郎訳『世界文学のフロンティア１　旅のはざま』岩波書店、１９９６年
――「メスティーサの自覚」斎藤文子訳『現代思想』１９９１年9月号、63－75頁
杉浦勉『霊と女たち』インスクリプト、２００９年

第42章
エレナ・ポニアトウスカ『トラテロルコの夜 ―― メキシコの1968年』北條ゆかり訳、藤原書店、2005年
――『レオノーラ』富田広樹訳、水声社、2020年
――『乾杯、神さま』鋤柄史子訳、幻戯書房、2023年
レオノーラ・キャリントン『恐怖の館 ―― 世にも不思議な物語』野中雅代訳、工作舎、1997年

第43章
M・プイグ『リタ・ヘイワースの背信［新装第2版］』内田吉彦訳、国書刊行会、2012年
マヌエル・プイグ『赤い唇』野谷文昭訳、集英社文庫、1994年
――『ブエノスアイレス事件』鼓直訳、白水Uブックス、1984年
――『蜘蛛女のキス［改訂新版］』野谷文昭訳、集英社文庫、2011年
――『天使の恥部』安藤哲行訳、白水Uブックス、2017年
――『南国に日は落ちて』野谷文昭訳、集英社、1996年

第44章
クリスティーナ・ペリ＝ロッシ『狂人の船』南映子訳、松籟社、2018年
アリエル・ドルフマン『死と乙女』飯島みどり訳、岩波文庫、2023年
マナネ・ロドリゲス監督、セシリア・ロス、フスティーナ・ブストス主演『赤の涙』、2016年
アントニオ・スカルメタ文／アルフォンソ・ルアーノ絵『ペドロの作文』宇野和美訳、アリス館、2004年
フリオ・コルタサル『愛しのグレンダ』野谷文昭訳、岩波書店、2008年
ナオミ・クライン『ショック・ドクトリン』（上）、幾島直子・村上由見子訳、岩波書店、2011年
杉山知子『移行期の正義とラテンアメリカの教訓 ―― 真実と正義の政治学』北樹出版、2011年
山口恵美子編著『ウルグアイを知るための60章』明石書店、2023年
南映子「ペルスヴァル、パルジファルとパーシヴァル少年――クリスティーナ・ペリ・ロッシ『狂い船』、「聖杯の騎士」の章を読む」、中央大学人文科学研究所編『アーサー王物語研究 ―― 源流から現代まで』中央大学出

版部、2016年

第45章

リカルド・ピグリア『人工呼吸』大西亮訳、水声社、2015年

——『燃やされた現ナマ』大西亮訳、水声社、2022年

第46章

イサベル・アジェンデ『精霊たちの家』（上下巻）、木村榮一訳、河出文庫、2017年

——『エバ・ルーナ』木村榮一・新谷美紀子訳、白水社Uブックス、2022年

——『エバ・ルーナのお話』木村榮一・窪田典子訳、白水社Uブックス、2022年

第47章

フェルナンド・バジェホ『崖っぷち』久野量一訳、松籟社、2012年

ホルヘ・フランコ『ロサリオの鋏』田村さと子訳、河出書房新社、2003年

アルフレッド・ゴメス＝セルダ『雨あがりのメデジン』宇野和美訳、鈴木出版、2011年

第48章

レイナルド・アレナス『夜になるまえに　新装版』安藤哲行訳、国書刊行会、2001年

——『めくるめく世界』鼓直・杉山晃訳、国書刊行会、1989年

第49章

ジャメイカ・キンケイド『川底に』管啓次郎訳、平凡社、1997年

——『アニー・ジョン』風呂本惇子訳、學藝書林、1993年

——『ルーシー』風呂本惇子訳、學藝書林、1993年

——『小さな場所』旦敬介訳、平凡社、1997年

——『弟よ、愛しき人よ　メモワール』橋本安央訳、松柏社、1999年

ステファニー・ブラック監督『ジャマイカ　楽園の真実』（ドキュメンタリー映画、ナレーション原文：ジャメイ

カ・キンケイド）、２００１年（２００５年公開）

コラム２

Alison Donnell and Sarah Lawson Welsh, eds. *The Routledge Reader in Caribbean Literature*. London: Routledge, 1996.

Michael A. Bucknor and Alison Donnell, eds. *The Routledge Companion to Anglophone Caribbean Literature*. London: Routledge, 2011.

Evelyn O' Callaghan and Tim Watson, eds. *Caribbean Literature in Transition, 1800-1920*. Cambridge: Cambridge University Press, 2020.

Raphael Dalleo and Curdella Forbes, eds. *Caribbean Literature in Transition, 1920-1970*. Cambridge: Ronald Cumings and Alison Donnell, eds. *Caribbean Literature in Transition, 1970-2020*. Cambridge: Cambridge University Press, 2020.

コラム３

ギジェルモ・カブレラ・インファンテ『気まぐれニンフ』山辺弦訳、水声社、２０１９年

Ⅳ　21世紀

第50章

柳原孝敦『テクストとしての都市——メキシコＤＦ』東京外国語大学出版局、２０１９年

レベッカ・L・ウォルコウィッツ『生まれつき翻訳——世界文学時代の現代小説』佐藤元状・吉田恭子監訳／田尻芳樹・秦邦生訳、松籟社、２０２１年

第51章

レオナルド・パドゥーラ『アディオス、ヘミングウェイ』宮崎真紀訳、ランダムハウス講談社文庫、２００７年

——『わが人生の小説』久野量一訳、水声社、２０２２年

——『犬を愛した男』寺尾隆吉訳、水声社、２０１９年

パコ・イグナシオ・タイボ二世『三つの迷宮』佐藤耕士訳、ハヤカワミステリ、1994年
ホセ・ラトゥール『追放者』酒井武志訳、ハヤカワ文庫、2001年
久野量一『島の「重さ」をめぐって――キューバの文学を読む』松籟社、2018年

第52章
〈ジュノ・ディアス自身の著作〉
『ハイウェイとゴミ溜め』江口研一訳、新潮社、1998年
『オスカー・ワオの短く凄まじい人生』都甲幸治・久保尚美訳、新潮社、2011年
『こうしてお前は彼女にフラれる』都甲幸治・久保尚美訳、新潮社、2013年
『わたしの島をさがして』都甲幸治訳、汐文社、2018年
〈ジュノ・ディアスに関連した著作〉
ガブリエル・ガルシア＝マルケス『族長の秋』鼓直訳、集英社文庫、1994年
――『百年の孤独』鼓直訳、新潮社、1999年
マリオ・バルガス＝リョサ『チボの狂宴』八重樫克彦・八重樫由貴子訳、作品社、2011年
トニ・モリスン『暗闇に戯れて』都甲幸治訳、岩波文庫、2023年

第53章
カルラ・スアレス『ハバナ零年』久野量一訳、共和国、2019年
ハナ・ロス『自転車と女たちの世紀――革命は車輪に乗って』坂本麻里子訳、Pヴァイン、2023年
ジョゼ・エドゥアルド・アグアルーザ『忘却についての一般論』木下眞穂訳、白水社、2020年

第54章
山本伸『カリブ文学研究入門』世界思想社、2004年
エドウィージ・ダンティカ『クリック？クラック！』山本伸訳、五月書房新社、2018年
――『デュー・ブレーカー』山本伸訳、五月書房新社、2018年

第55章
グアダルーペ・ネッテル『赤い魚の夫婦』宇野和美訳、現代書館、2021年
——『花びらとその他の不穏な物語』宇野和美訳、現代書館、2022年

第56章
フアン・ガブリエル・バスケス『コスタグアナ秘史』久野量一訳、水声社、2016年
——『物が落ちる音』柳原孝敦訳、松籟社、2016年
——『密告者』服部綾乃・石川隆介訳、作品社、2017年
——『廃墟の形』寺尾隆吉訳、水声社、2021年
——『火にうたう歌』久野量一訳、水声社、近刊

第57章
エリザベス・ブルゴス『私の名はリゴベルタ・メンチュウ——マヤ＝キチェ族インディオ女性の記録』高橋早代訳、新潮社、1987年
ミゲル・バルネ『逃亡奴隷——キューバ革命に生きた一〇八才の黒人』山本満喜子訳、學藝書林、1968年
ドミティーラ／M・ヴィーゼル『私にも話させて　アンデスの鉱山に生きる人々の物語』唐澤秀子訳、現代企画室、1984年

第58章
ビル・アッシュクロフト、ガレス・グリフィス、ヘレン・ティフィン『ポストコロニアルの文学』木村茂雄訳、青土社、1998年
エルミロ・アブレウ・ゴメス『カネック——あるマヤの男の物語』金沢かずみ訳、行路社、1992年
ソル・ケー・モオ『穢れなき太陽』吉田栄人訳、水声社、2018年
吉田栄人「メキシコ・ユカタン半島における先住民女性文学の展開」『国際文化研究科論集』29号、1-15頁、2021年
——「ユカタン現代マヤ文学における男性作家の女性表象」『ラテンアメリカ・カリブ研究』28号、19-39頁、

２０２１年
――「ユカタン・マヤ先住民文学における語りの文学的技法とその展開」『国際文化研究科論集』28号、1‐15頁、２０２０年
ル・クレジオ原訳『マヤ神話――チラム・バラムの予言』望月芳郎訳、新潮社、１９８１年
A・レノーシス原訳『マヤ神話　ポポル・ヴフ』林屋永吉訳、中公文庫、２０１６年
Lienhard, Martin. *La voz y su huella: escritura y conflicto étnico-social en América Latina (1942-1988)*. La Habana: Casa de las Américas. 1990.
Pigott, Charles M. *Writing the Land, Writing Humanity: The Maya Literary Renaissance*. New York and London: Routledge. 2020.
Worley, Paul M. *Telling and Being Told: Storytelling and Cultural Control in Contemporary Yucatec Maya Literatures*. Tucson: The University of Arizona Press. 2013.

コラム４

イタマール・ヴィエイラ・ジュニオール『曲がった鋤』武田千香・江口佳子訳、水声社、２０２３年
オスカール・ナカザト『ニホンジン』武田千香訳、水声社、２０２２年
Tenório, Jeferson. *O avesso da pele*. São Paulo: Companhia das Letras, 2020.

コラム５

マリアーナ・エンリケス『寝煙草の危険』宮﨑真紀訳、国書刊行会、２０２３年
――『わたしたちが火の中で失くしたもの』安藤哲行訳、河出書房新社、２０１８年
ピラール・キンタナ『雌犬』村岡直子訳、国書刊行会、２０２２年
サマンタ・シュウェブリン『七つのからっぽな家』見田悠子訳、河出書房新社、２０１９年
――『口のなかの小鳥たち』松本健二訳、東宣出版、２０１４年
フェルナンダ・メルチョール『ハリケーンの季節』宇野和美訳、早川書房、２０２３年
バレリア・ルイセリ『俺の歯の話』松本健二訳、白水社、２０１９年

Abbassi, Jennifer, Sheryl Lutjens eds.. *Rereading Women in Latin America and the Caribbean: The Political Economy of Gender*, Rowman & Littlefield Pub Inc., 2002
Guzmán, Sandra. *Daughters of Latin America: An International Anthology of Writing by Latine Women*, Amistad, 2023
Meyer, Doris ed.. *Rereading the Spanish American Essay: Translations of 19th and 20th Century Women's Essays*, University of Texas Press, 1995
洲崎圭子『《産まない女》に夜明けはこない ── ロサリオ・カステリャノス研究』世織書房、２０２１年
──「ラテンアメリカ文学」『ジェンダー事典』ジェンダー事典編集委員会編（松本悠子、伊藤公雄、小玉亮子、三成美保）、丸善出版、２０２４年、５０８-５０９頁

コラム6

クルーサ文／モニカ・ドペルト絵『道はみんなのもの』岡野富茂子・岡野恭介訳、さ・え・ら書房、２０１３年
ハイロ・ブイトラゴ文／ラファエル・ジョクテング絵『いっしょにかえろう』宇野和美訳、岩崎書店、２０１８年
リリアナ・ボドック『最果てのサーガ1　鹿の時』中川紀子訳、ＰＨＰ研究所、２０１１年
──『最果てのサーガ2　影の時』中川紀子訳、ＰＨＰ研究所、２０１１年
──『最果てのサーガ3　泥の時』中川紀子訳、ＰＨＰ研究所、２０１１年
──『最果てのサーガ4　火の時』中川紀子訳、ＰＨＰ研究所、２０１１年
マルセロ・ビルマヘール著／オーガフミヒロ絵『見知らぬ友』宇野和美訳、福音館書店、２０２１年
グスティ『マルコとパパ　ダウン症のあるむすことぼくのスケッチブック』宇野和美訳、偕成社、２０１８年
リニエルス『エンリケタ、えほんをつくる』宇野和美訳、ほるぷ出版、２０１７年
イソール『ちっちゃいさん』宇野和美訳、講談社、２０１６年
アルフレド・ソデルギット『カピバラがやってきた』あみのまきこ訳、岩崎書店、２０２２年
アントニオ・スカルメタ文／アルフォンソ・ルアーノ絵『ペドロの作文』宇野和美訳、アリス館、２００４年
マリア・ホセ・フェラーダ文／パトリシオ・メナ絵『いっぽんのせんとマヌエル』星野由美訳、偕成社、２０１７年
ミカエラ・チリフ文／イッサ・ワタナベ絵『いいこにして、マストドン』星野由美訳、ワールドライブラリー、

２０１５年
ハイメ・ガンボア文／ウェン・シュウ・チェン絵『まぼろしのおはなし』星野由美訳、ワールドライブラリー、２０１４年
ハビエル・マルピカ作／山本美希絵『おとなってこまっちゃう』宇野和美訳、偕成社、２０２２年

吉田栄人（よしだ　しげと）［コラム 1、58］

翻訳家。元東北大学大学院国際文化研究科准教授。訳書に『穢れなき太陽』（水声社、2018 年。2019 年度日本翻訳協会翻訳特別賞受賞）。国書刊行会刊「新しいマヤの文学」シリーズ（2020 年）の『女であるだけで』『言葉の守り人』『夜の舞・解毒草』。編著に『メキシコを知るための 60 章』（明石書店、2005 年）などがある。

吉田裕（よしだ　ゆたか）［コラム 2、35、39］

東京理科大学教員。カリブ文学・思想。著書に『持たざる者たちの文学史　帝国と群衆の近代』（月曜社、2021 年；Bogosa Books［韓国］、2024 年）。訳書に、ベル・フックス、スチュアート・ホール『アンカット・ファンク――人種とフェミニズムをめぐる対話』（人文書院、2023 年）、スチュアート・ホール、ビル・シュワルツ『親密なるよそ者――スチュアート・ホール回想録』（人文書院、2021 年）、ジョージ・ラミング『私の肌の砦のなかで』（月曜社、2019 年）など。

三宅由夏（みやけ　ゆか）[49]

東京大学人文社会系研究科博士課程（現代文芸論）単位取得満期退学。大東文化大学、共立女子大学、中央学院大学非常勤講師。カリブ海地域を中心とする英語圏文学。主な論文に「《自伝的》まなざしの交わる場所――ジャメイカ・キンケイド『川底に』試論」（『れにくさ』第5号[3]、2014年3月）ほか。共訳書に『アニマル・スタディーズ　29の基本概念』（ローリー・グルーエン著、平凡社、2023年）。

安原瑛治（やすはら　えいじ）[28、50]

ケント大学文化言語研究科博士課程。ラテンアメリカ・アヴァンギャルド、比較文学。共著に *Finisterre II: Revisiting the Last Place on Earth: Migrations in Spanish and Latin American Culture and Literature* (Waxmann Verlag GmbH)。

柳原孝敦（やなぎはら　たかあつ）[2、19、26]

東京大学教授。著書に『ラテンアメリカ主義のレトリック』(エディマン／新宿書房、2007年)、『テクストとしての都市　メキシコDF』（東京外国語大学出版会、2019年）、『映画に学ぶスペイン語』（教育評論社、2021年）、など。訳書にカルペンティエール『春の祭典』（国書刊行会、2001年）、ボラーニョ『野生の探偵たち』（松本健二との共訳、白水社、2010年）、アイラ『文学会議』（新潮社、2015年）、バスケス『物が落ちる音』（松籟社、2016年）ほか。

山田美雪（やまだ　みゆき）[43]

東京大学博士課程単位取得満期退学。東京藝術大学ほか非常勤講師、英・西語翻訳。映画と文学。最近の論文に「アントワーヌ・ド・サン＝テグジュペリの二つの『砂漠』――パタゴニアとブエノスアイレス」（『文学と環境』No.23）など。共訳書にローリー・グルーエン編『アニマル・スタディーズ 29の基本概念』（平凡社、2023年）など。

山辺弦（やまべ　げん）[48、コラム3]

東京経済大学全学共通教育センター准教授。キューバ文学、比較文学。共編著に *Finisterre II* (Waxmann、2024)、『世界文学アンソロジー』（三省堂、2019年）、訳書にビジョーロ『証人』(2023年)、カブレラ・インファンテ『気まぐれニンフ』(2019年)、ピニェーラ『圧力とダイヤモンド』(2017年)、アレナス『襲撃』(2016年、以上訳書は全て水声社)、共訳書に『翻訳地帯』（慶應義塾大学出版会、2018年）、『世界文学とは何か』（国書刊行会、2011年）など。東京大学一高記念賞受賞。

山本伸（やまもと　しん）[54]

東海学園大学経営学部教授・FMラジオDJ。英語圏カリブ文学。著書に『カリブ文学研究入門』（世界思想社、2004年）、『琉神マブヤーでーじ読本――ヒーローソフィカル沖縄文化論』（三月社、2015年）ほか。訳書に『クリック？クラック！』『デュー・ブレーカー』（共に五月書房新社、2018年）ほか。

花方寿行（はながた　かずゆき）[4，5，6]

静岡大学人文社会科学部教授。スペイン語圏の文学、比較文学文化。著書に『我らが大地――19世紀イスパノアメリカ文学におけるナショナル・アイデンティティのシンボルとしての自然描写』（晃洋書房、2018年）、『翻訳とアダプテーションの倫理』（共著、春風社、2019年）、翻訳にバリェ＝インクラン『暗い庭』（国書刊行会、2023年）など。

浜田和範（はまだ　かずのり）[10、18]

慶應義塾大学法学部専任講師。ウルグアイ・アルゼンチンを中心とするラテンアメリカ文学。共著に『抵抗と亡命のスペイン語作家たち』（洛北出版、2013年）、訳書にオラシオ・カステジャーノス・モヤ『吐き気』（水声社、2020年）、フアン・ホセ・サエール『グロサ』（水声社、2023年）ほか。

福嶋伸洋（ふくしま　のぶひろ）[15、24、30]

共立女子大学教授。ブラジル文学。著書に『魔法使いの国の掟』(慶應義塾大学出版会、2011年)『リオデジャネイロに降る雪』（岩波書店、2016年）、訳書にマリオ・ヂ・アンドラーヂ『マクナイーマ』（松籟社、2013年）、ヴィニシウス・ヂ・モライス『オルフェウ・ダ・コンセイサォン』（松籟社、2016)、クラリッセ・リスペクトル『星の時』（河出書房新社、2021年、日本翻訳大賞受賞）などがある。

福島亮（ふくしま　りょう）[34]

日本大学文理学部非常勤講師。フランス語圏文学。主な業績に、「あらゆる島が呼びかけ／あらゆる島は寡である――エメ・セゼールの想像の地理学」（立花英裕編『クレオールの想像力――ネグリチュードから群島的思考へ』水声社、2020年）など。

藤井健太朗（ふじい　けんたろう）[31]

東京大学大学院人文社会系研究科現代文芸論博士課程。専門はメキシコ・ラテンアメリカ文学。論文に「ラテンアメリカの『バロック』――カルロス・フエンテス「アウラ」における実践」(『ラテンアメリカ研究年報』第41号、2021年）など。

松本健二（まつもと　けんじ）＊ [13、17、20、32、46]

編著者紹介を参照

南映子（みなみ　えいこ）[44]

中央大学経済学部准教授。ラテンアメリカ文学、第二外国語としてのスペイン語教育。スペイン語からの訳書に、クリスティーナ・ペリ＝ロッシ『狂人の船』（松籟社、2018年）。日本の現代詩人（野村喜和夫、管啓次郎、大崎清夏）による詩のスペイン語訳も手がける。

鼓宗（つづみ　しゅう）［14、27］

関西大学外国語学部教授。スペイン・ラテンアメリカ文学。共著書に『文化の翻訳あるいは周縁の詩学』（水声社、2013年）ほか。訳書にO・パス『三極の星――アンドレ・ブルトンとシュルレアリスム』（青土社、1998年）、V・ウイドブロ『クレアシオニスムの詩学』（関西大学出版部、2015年）ほかがある。

都甲幸治（とこう　こうじ）［52］

福岡県生まれ。早稲田大学文学学術院教授。東京大学大学院総合文化研究科地域文化研究専攻(北米)博士課程修了。著書に『教養としてのアメリカ短篇小説』(NHK出版)、『大人のための文学「再」入門』(立東舎)など、訳書にモリスン『暗闇に戯れて』(岩波文庫)、ブコウスキー『勝手に生きろ！』（河出文庫）など多数。

富田広樹（とみた　ひろき）［42］

北九州市立大学文学部教授。著書に『エフィメラル』(論創社、2020年)。訳書にカダルソ『モロッコ人の手紙／鬱夜』(現代企画室、2017年)、ウナムーノ『アベル・サンチェス』(幻戯書房、2019年)、ポニアトウスカ『レオノーラ』(水声社、2020年)、『スペイン新古典悲劇選』(論創社、2023年)フランス『僕の目で君自身を見ることができたなら』(水声社、2024年)。

中井博康（なかい　ひろやす）［3］

津田塾大学学芸学部国際関係学科教授。16世紀・17世紀のスペイン語文学。著訳書に、沓掛良彦編『詩女神の娘たち：女性詩人、十七の肖像』(未知谷、2000)、牛島信明編『スペイン黄金世紀演劇集』(名古屋大学出版会、2003年)、ソル・フアナ『抒情詩集』(現代企画室、2018年)など。

中村隆之（なかむら　たかゆき）［37］

早稲田大学法学学術院教員。フランス語を中心とする環大西洋文化研究。著作に『環大西洋政治詩学』（人文書院、2022年）、『第二世界のカルトグラフィ』（共和国、2022年）、『エドゥアール・グリッサン』（岩波書店、2016年）。訳書にエドゥアール・グリッサン＋パトリック・シャモワゾー『マニフェスト』（以文社、2024年）など。

仁平ふくみ（にひら　ふくみ）［29］

京都産業大学外国語学部准教授。ラテンアメリカ文学。文学博士（東京大学）。単著『もうひとつの風景――フアン・ルルフォの創作と技法』（春風社、2022年）。近年の論文に『メキシコ北部に生まれる幻想――エドゥアルド・アントニオ・パラの三短編』（『Hispánica』63号2020)、「瓦礫と音楽とアルコール　ダビー・トスカーナ『消え失せた町』」（『れにくさ』10-1号2020)、共著に *La contemporaneidad de Juan Rulfo* (Vittoria Borsò, Friedhelm Schmidt-Welle編、Ibroamericana-Vervuert, 2021)など。

後藤雄介（ごとう　ゆうすけ）［22］

早稲田大学教育・総合科学学術院教授。ラテンアメリカ思想文化史。著書に『語学の西北――スペイン語の窓から眺めた南米・日本文化模様』（現代書館）、訳書に『ホセ・マルティ選集3・共生する革命』（共訳、日本経済評論社）、シロ・ビアンチ・ロス『キューバのヘミングウェイ』（海風書房）など。

駒井睦子（こまい　むつこ）［11、12］

清泉女子大学准教授。東京大学大学院総合文化研究科博士課程修了。博士（学術）。ラテンアメリカ文学研究。単著『アルフォンシーナ・ストルニの詩の道程――モデルニスモから前衛、アンティソネットの創造へ』（渓水社、2020年）。主な論文に“La evolución de la representación de la ciudad en las poesías de Alfonsina Storni”（*Femenino singular*, Ediciones Universidad de Salamanca, 2021年12月）ほか。

洲崎圭子（すさき　けいこ）［コラム5］

お茶の水女子大学グローバルリーダーシップ研究所研究協力員。博士（人文科学）。中央大学、神田外語大学他非常勤講師。単著『《産まない女》に夜明けはこない――ロサリオ・カステリャノス研究』（世織書房、2021年）。共著に『ジェンダー事典』（丸善出版、2024年）、『ジェンダー研究が拓く知の地平』（明石書店、2022年）。

武田千香（たけだ　ちか）［7、23、コラム4］

東京外国語大学大学院教授。博士（学術）ブラジル文学・文化。著書に『千鳥足の弁証法――マシャード文学から読み解くブラジル世界』（東京外国語大学出版会、2012年）、『ブラジル人の処世術 ジェイチーニョの秘密』（平凡社新書、2014年）など。翻訳にジョルジ・アマード『果てなき大地』（新潮社、1996年）、マシャード・ジ・アシス『ブラス・クーバスの死後の回想』（光文社古典新訳、2012年）、『ニホンジン』（水声社、2022年）等。共編書に『現代ポルトガル語辞典』（白水社、2014年）など。

棚瀬あずさ（たなせ　あずさ）［8、9、41］

東京大学大学院総合文化研究科准教授。スペイン語圏の近現代詩、19世紀末の文学・文化。論文に「詩人ボルヘスとモデルニスモ――『創造者』論」（『迷宮』13号、2023）、「周縁の詩的言語におけるモダニティ――イスパノアメリカ・モデルニスモの軽薄をめぐる考察 」（『ラテンアメリカ研究年報』41号、2021）ほか。

旦敬介（だん　けいすけ）［21］

作家・翻訳家・明治大学教授。訳書にバルガス＝リョサ『ラ・カテドラルでの対話』『世界終末戦争』、ガルシア＝マルケス『生きて、語り伝える』『出会いはいつも八月』、ジェイムズ『七つの殺人に関する簡潔な記録』ほか。著書に『ライティング・マシーン』、『旅立つ理由』（読売文学賞）、『ようこそ、奴隷航路へ』など。

◉**執筆者紹介**（50音順、＊は編著者、［　］内は担当章）

安保寛尚（あんぽ　ひろなお）［33］
立命館大学法学部教授。ラテンアメリカ文学・ヴァナキュラー文化研究。主要論文に「ニコラス・ギジェンの『ソンのモチーフ』の誕生について」（『ラテンアメリカ研究年報』No.31、2011）、「アフロキューバ主義における黒人詩の流行について」（『立命館言語文化研究』第33巻1号、2021）など

井村俊義（いむら　としよし）［40］
長野県看護大学准教授。チカーノ文学。著書に『チカーノとは何か――境界線の詩学』（水声社、2019年）、共著に『アメリカ映画とエスニシティ』（金星堂、2023年）、論文に「ヒスパニック文学が提示する反近代的な世界――イラン・スタバンス『ヒスパニックの条件』を中心に」（『多民族研究』第15号、2022年）ほか。

内田兆史（うちだ　あきふみ）［16］
明治大学政治経済学部准教授。現代イスパノアメリカ文学。訳書にロドリゴ・フレサン『ケンジントン公園』（白水社、2022年）、共訳書にホルヘ・ルイス・ボルヘス『シェイクスピアの記憶』（岩波書店、2023年）および『序文つき序文集』（国書刊行会、2001年）、ロベルト・ボラーニョ『2666』（白水社、2012年）など。

宇野和美（うの　かずみ）［55、コラム6］
翻訳家。訳書にグアダルーペ・ネッテル『赤い魚の夫婦』（現代書館）、セルバ・アルマダ『吹きさらう風』（松籟社）、フェルナンダ・メルチョール『ハリケーンの季節』（早川書房）、マルセロ・ビルマヘール『見知らぬ友』（福音館書店）など。スペイン語の子どもの本専門ネット書店、ミランフ洋書店店主。

大辻都（おおつじ　みやこ）［38］
京都芸術大学教授。フランス語圏カリブ海文学。著書に『渡りの文学　カリブ海のフランス語作家マリーズ・コンデを読む』（法政大学出版局、2013年）。訳書にドミニク・レステル『肉食の哲学』（左右社、2020年）、マリーズ・コンデ『料理と人生』（左右社、2023年）他。

大西亮（おおにし　まこと）［25、45］
法政大学国際文化学部教授。専門は現代ラテンアメリカ文学研究。訳書は、『燃やされた現ナマ』、『人工呼吸』（ともにリカルド・ピグリア著、水声社）、『英雄たちの夢』（アドルフォ・ビオイ＝カサーレス著、水声社）、『アラバスターの壺／女王の瞳』（レオポルド・ルゴーネス著、光文社古典新訳文庫）など。

久野量一（くの　りょういち）＊［1、36、47、51、53、56、57］
編著者紹介を参照。

◉編著者紹介

久野量一（くの　りょういち）

東京外国語大学教授、ラテンアメリカ、カリブ文学。著書に『島の「重さ」をめぐって――キューバの文学を読む』（松籟社、2018年）。翻訳書にレオナルド・パドゥーラ『わが人生の小説』（水声社、2022年）、エドゥアルド・ガレアーノ『日々の子どもたち――あるいは366篇の世界史』（岩波書店、2019年）、カルラ・スアレス『ハバナ零年』（共和国、2019年）、フアン・ガブリエル・バスケス『コスタグアナ秘史』（水声社、2016年）、ロベルト・ボラーニョ『鼻持ちならないガウチョ』（白水社、2014年）、フェルナンド・バジェホ『崖っぷち』（松籟社、2011年）など。

松本健二（まつもと　けんじ）

大阪大学教授。現代スペイン語圏ラテンアメリカ文学。論文：“Trilce como paradigma del mestizaje poético”(*Actas del Congreso Internacional Vallejo Siempre*, No.1, 2014)、「反詩の第二段階――ニカノール・パラ『アルテファクト』をめぐって」（『Estudios Hispánicos』No.41, 2017年）、“Algunos rasgos característicos de la versión japonesa de *Los heraldos negros*”(Archivo Vallejo, Vol.4, No.4, 2019)、訳書：ロベルト・ボラーニョ『通話』（白水社）、セサル・バジェホ『セサル・バジェホ全詩集』、パブロ・ネルーダ『大いなる歌』（以上現代企画室）など。

エリア・スタディーズ　207

ラテンアメリカ文学を旅する58章

2024年5月30日　初版第1刷発行

編著者　久野量一
　　　　松本健二
発行者　大江道雅
発行所　株式会社 明石書店
〒101-0021 東京都千代田区外神田6-9-5
電話 03（5818）1171
FAX 03（5818）1174
振替　00100-7-24505
http://www.akashi.co.jp/
装丁／組版　明石書店デザイン室
印刷／製本　日経印刷株式会社

（定価はカバーに表示してあります）　ISBN 978-4-7503-5775-1

エリア・スタディーズ

1 **現代アメリカ社会を知るための60章**
明石紀雄、川島浩平 編著

2 **イタリアを知るための62章【第2版】**
村上義和 編著

3 **イギリスを旅する35章**
辻野功 編著

4 **モンゴルを知るための65章【第2版】**
金岡秀郎 著

5 **パリ・フランスを知るための44章**
梅本洋一、大里俊晴、木下長宏 編著

6 **現代韓国を知るための61章【第3版】**
石坂浩一、福島みのり 編著

7 **オーストラリアを知るための58章【第3版】**
越智道雄 著

8 **現代中国を知るための54章【第7版】**
藤野彰 編著

9 **ネパールを知るための60章**
日本ネパール協会 編

10 **アメリカの歴史を知るための65章【第4版】**
富田虎男、鵜月裕典、佐藤円 編著

11 **現代フィリピンを知るための61章【第2版】**
大野拓司、寺田勇文 編著

12 **ポルトガルを知るための55章【第2版】**
村上義和、池俊介 編著

13 **北欧を知るための43章**
武田龍夫 著

14 **ブラジルを知るための56章【第2版】**
アンジェロ・イシ 著

15 **ドイツを知るための60章**
早川東三、工藤幹巳 編著

16 **ポーランドを知るための60章**
渡辺克義 編著

17 **シンガポールを知るための65章【第5版】**
田村慶子 編著

18 **現代ドイツを知るための67章【第3版】**
浜本隆志、髙橋憲 編著

19 **ウィーン・オーストリアを知るための57章【第2版】**
広瀬佳一、今井顕 編著

20 **ハンガリーを知るための60章【第2版】** ドナウの宝石
羽場久美子 編著

21 **現代ロシアを知るための60章【第2版】**
下斗米伸夫、島田博 編著

22 **21世紀アメリカ社会を知るための67章**
明石紀雄 監修 赤尾千波、大類久恵、小塩和人、落合明子、川島浩平、高野泰 編

23 **スペインを知るための60章**
野々山真輝帆 著

24 **キューバを知るための52章**
後藤政子、樋口聡 編著

25 **カナダを知るための60章**
綾部恒雄、飯野正子 編著

26 **中央アジアを知るための60章【第2版】**
宇山智彦 編著

27 **チェコとスロヴァキアを知るための56章【第2版】**
薩摩秀登 編著

28 **現代ドイツの社会・文化を知るための48章**
田村光彰、村上和光、岩淵正明 編著

29 **インドを知るための50章**
重松伸司、三田昌彦 編著

30 **タイを知るための72章【第2版】**
綾部真雄 編著

31 **パキスタンを知るための60章**
広瀬崇子、山根聡、小田尚也 編著

32 **バングラデシュを知るための66章【第3版】**
大橋正明、村山真弓、日下部尚徳、安達淳哉 編著

33 **イギリスを知るための65章【第2版】**
近藤久雄、細川祐子、阿部美春 編著

34 **現代台湾を知るための60章【第2版】**
亜洲奈みづほ 著

35 **ペルーを知るための66章【第2版】**
細谷広美 編著

36 **マラウィを知るための45章【第2版】**
栗田和明 著

37 **コスタリカを知るための60章【第2版】**
国本伊代 編著

38 **チベットを知るための50章**
石濱裕美子 編著

39 **現代ベトナムを知るための63章【第3版】**
岩井美佐紀 編著

40 **インドネシアを知るための50章**
村井吉敬、佐伯奈津子 編著

41 **エルサルバドル、ホンジュラス、ニカラグアを知るための45章**
田中高 編著

エリア・スタディーズ

42 パナマを知るための70章【第2版】
国本伊代 編著

43 イランを知るための65章
岡田恵美子、北原圭一、鈴木珠里 編著

44 アイルランドを知るための70章【第3版】
海老島均、山下理恵子 編著

45 メキシコを知るための60章
吉田栄人 編著

46 中国の暮らしと文化を知るための40章
東洋文化研究会 編

47 現代ブータンを知るための60章【第2版】
平山修一 著

48 バルカンを知るための66章【第2版】
柴宜弘 編著

49 現代イタリアを知るための44章
村上義和 編著

50 アルゼンチンを知るための54章
アルベルト松本 著

51 ミクロネシアを知るための60章【第2版】
印東道子 編著

52 アメリカのヒスパニック＝ラティーノ社会を知るための55章
大泉光一、牛島万 編著

53 北朝鮮を知るための55章【第2版】
石坂浩一 編著

54 ボリビアを知るための73章【第2版】
真鍋周三 編著

55 コーカサスを知るための60章
北川誠一、前田弘毅、廣瀬陽子、吉村貴之 編著

56 カンボジアを知るための60章【第3版】
上田広美、岡田知子、福富友子 編著

57 エクアドルを知るための60章【第2版】
新木秀和 編著

58 タンザニアを知るための60章【第2版】
栗田和明、根本利通 編著

59 リビアを知るための60章【第2版】
塩尻和子 編著

60 東ティモールを知るための50章
山田満 編著

61 グアテマラを知るための67章【第2版】
桜井三枝子 編著

62 オランダを知るための60章
長坂寿久 著

63 モロッコを知るための65章
私市正年、佐藤健太郎 編著

64 サウジアラビアを知るための63章【第2版】
中村覚 編著

65 韓国の歴史を知るための66章
金両基 編著

66 ルーマニアを知るための60章
六鹿茂夫 編著

67 現代インドを知るための60章
広瀬崇子、近藤正規、井上恭子、南埜猛 編著

68 エチオピアを知るための50章
岡倉登志 編著

69 フィンランドを知るための44章
百瀬宏、石野裕子 編著

70 ニュージーランドを知るための63章
青柳まちこ 編著

71 ベルギーを知るための52章
小川秀樹 編著

72 ケベックを知るための56章【第2版】
日本ケベック学会 編

73 アルジェリアを知るための62章
私市正年 編著

74 アルメニアを知るための65章
中島偉晴、メラニア・バグダサリヤン 編著

75 スウェーデンを知るための60章
村井誠人 編著

76 デンマークを知るための70章【第2版】
村井誠人 編著

77 最新ドイツ事情を知るための50章
浜本隆志、柳原初樹 著

78 セネガルとカーボベルデを知るための60章
小川了 編著

79 南アフリカを知るための60章
峯陽一 編著

80 エルサルバドルを知るための66章【第2版】
細野昭雄、田中高 編著

81 チュニジアを知るための60章
鷹木恵子 編著

82 南太平洋を知るための58章 メラネシア ポリネシア
吉岡政德、石森大知 編著

83 現代カナダを知るための60章【第2版】
飯野正子、竹中豊 総監修 日本カナダ学会 編

エリア・スタディーズ

84 **現代フランス社会を知るための62章**
三浦信孝、西山教行 編著

85 **ラオスを知るための60章**
菊池陽子、鈴木玲子、阿部健一 編著

86 **パラグアイを知るための50章**
田島久歳、武田和久 編著

87 **中国の歴史を知るための60章**
並木頼壽、杉山文彦 編著

88 **スペインのガリシアを知るための50章**
坂東省次、桑原真夫、浅香武和 編著

89 **アラブ首長国連邦（UAE）を知るための60章**
細井長 編著

90 **コロンビアを知るための60章**
二村久則 編著

91 **現代メキシコを知るための70章【第2版】**
国本伊代 編著

92 **ガーナを知るための47章**
高根務、山田肖子 編著

93 **ウガンダを知るための53章**
吉田昌夫、白石壮一郎 編著

94 **ケルトを旅する52章** イギリス・アイルランド
永田喜文 著

95 **トルコを知るための53章**
大村幸弘、永田雄三、内藤正典 編著

96 **イタリアを旅する24章**
内田俊秀 編著

97 **大統領選からアメリカを知るための57章**
越智道雄 著

98 **現代バスクを知るための60章【第2版】**
萩尾生、吉田浩美 編著

99 **ボツワナを知るための52章**
池谷和信 編著

100 **ロンドンを旅する60章**
川成洋、石原孝哉 編著

101 **ケニアを知るための55章**
松田素二、津田みわ 編著

102 **ニューヨークからアメリカを知るための76章**
越智道雄 著

103 **カリフォルニアからアメリカを知るための54章**
越智道雄 著

104 **イスラエルを知るための62章【第2版】**
立山良司 編著

105 **グアム・サイパン・マリアナ諸島を知るための54章**
中山京子 編著

106 **中国のムスリムを知るための60章**
中国ムスリム研究会 編

107 **現代エジプトを知るための60章**
鈴木恵美 編著

108 **カーストから現代インドを知るための30章**
金基淑 編著

109 **カナダを旅する37章**
飯野正子、竹中豊 編著

110 **アンダルシアを知るための53章**
立石博高、塩見千加子 編著

111 **エストニアを知るための59章**
小森宏美 編著

112 **韓国の暮らしと文化を知るための70章**
舘野晳 編著

113 **現代インドネシアを知るための60章**
村井吉敬、佐伯奈津子、間瀬朋子 編著

114 **ハワイを知るための60章**
山本真鳥、山田亨 編著

115 **現代イラクを知るための60章**
酒井啓子、吉岡明子、山尾大 編著

116 **現代スペインを知るための60章**
坂東省次 編著

117 **スリランカを知るための58章**
杉本良男、高桑史子、鈴木晋介 編著

118 **マダガスカルを知るための62章**
飯田卓、深澤秀夫、森山工 編著

119 **新時代アメリカ社会を知るための60章**
明石紀雄 監修 大類久恵、落合明子、赤尾千波 編著

120 **現代アラブを知るための56章**
松本弘 編著

121 **クロアチアを知るための60章**
柴宜弘、石田信一 編著

122 **ドミニカ共和国を知るための60章**
国本伊代 編著

123 **シリア・レバノンを知るための64章**
黒木英充 編著

124 **EU（欧州連合）を知るための63章**
羽場久美子 編著

125 **ミャンマーを知るための60章**
田村克己、松田正彦 編著

エリア・スタディーズ

126 **カタルーニャを知るための50章** 立石博高、奥野良知 編著

127 **ホンジュラスを知るための60章** 桜井三枝子、中原篤史 編著

128 **スイスを知るための60章** スイス文学研究会 編

129 **東南アジアを知るための50章** 今井昭夫 編集代表 東京外国語大学東南アジア課程 編

130 **メソアメリカを知るための58章** 井上幸孝 編著

131 **マドリードとカスティーリャを知るための60章** 川成洋、下山静香 編著

132 **ノルウェーを知るための60章** 大島美穂、岡本健志 編著

133 **現代モンゴルを知るための50章** 小長谷有紀、前川愛 編著

134 **カザフスタンを知るための60章** 宇山智彦、藤本透子 編著

135 **内モンゴルを知るための60章** ボルジギン・ブレンサイン 編著 赤坂恒明 編集協力

136 **スコットランドを知るための65章** 木村正俊 編著

137 **セルビアを知るための60章** 柴宜弘、山崎信一 編著

138 **マリを知るための58章** 竹沢尚一郎 編著

139 **ASEANを知るための50章** 黒柳米司、金子芳樹、吉野文雄 編著

140 **アイスランド・グリーンランド・北極を知るための65章** 小澤実、中丸禎子、高橋美野梨 編著

141 **ナミビアを知るための53章** 水野一晴、永原陽子 編著

142 **香港を知るための60章** 吉川雅之、倉田徹 編著

143 **タスマニアを旅する60章** 宮本忠 著

144 **パレスチナを知るための60章** 臼杵陽、鈴木啓之 編著

145 **ラトヴィアを知るための47章** 志摩園子 編著

146 **ニカラグアを知るための55章** 田中高 編著

147 **台湾を知るための72章【第2版】** 赤松美和子、若松大祐 編著

148 **テュルクを知るための61章** 小松久男 編著

149 **アメリカ先住民を知るための62章** 阿部珠理 編著

150 **イギリスの歴史を知るための50章** 川成洋 編著

151 **ドイツの歴史を知るための50章** 森井裕一 編著

152 **ロシアの歴史を知るための50章** 下斗米伸夫 編著

153 **スペインの歴史を知るための50章** 立石博高、内村俊太 編著

154 **フィリピンを知るための64章** 大野拓司、鈴木伸隆、日下渉 編著

155 **バルト海を旅する40章** 7つの島の物語 小柏葉子 著

156 **カナダの歴史を知るための50章** 細川道久 編著

157 **カリブ海世界を知るための70章** 国本伊代 編著

158 **ベラルーシを知るための50章** 服部倫卓、越野剛 編著

159 **スロヴェニアを知るための60章** 柴宜弘、アンドレイ・ベケシュ、山崎信一 編著

160 **北京を知るための52章** 櫻井澄夫、人見豊、森田憲司 編著

161 **イタリアの歴史を知るための50章** 高橋進、村上義和 編著

162 **ケルトを知るための65章** 木村正俊 編著

163 **オマーンを知るための55章** 松尾昌樹 編著

164 **ウズベキスタンを知るための60章** 帯谷知可 編著

165 **アゼルバイジャンを知るための67章** 廣瀬陽子 編著

166 **済州島を知るための55章** 梁聖宗、金良淑、伊地知紀子 編著

167 **イギリス文学を旅する60章** 石原孝哉、市川仁 編著

エリア・スタディーズ

168 **フランス文学を旅する60章**
野崎歓 編著

169 **ウクライナを知るための65章**
服部倫卓、原田義也 編著

170 **クルド人を知るための55章**
山口昭彦 編著

171 **ルクセンブルクを知るための50章**
田原憲和、木戸紗織 編著

172 **地中海を旅する62章** 歴史と文化の都市探訪
松原康介 編著

173 **ボスニア・ヘルツェゴヴィナを知るための60章**
柴宜弘、山崎信一 編著

174 **チリを知るための60章**
細野昭雄、工藤章、桑山幹夫 編著

175 **ウェールズを知るための60章**
吉賀憲夫 編著

176 **太平洋諸島の歴史を知るための60章** 日本とのかかわり
石森大知、丹羽典生 編著

177 **リトアニアを知るための60章**
櫻井映子 編著

178 **現代ネパールを知るための60章**
公益社団法人 日本ネパール協会 編

179 **フランスの歴史を知るための50章**
中野隆生、加藤玄 編著

180 **ザンビアを知るための55章**
島田周平、大山修一 編著

181 **ポーランドの歴史を知るための55章**
渡辺克義 編著

182 **韓国文学を旅する60章**
波田野節子、斎藤真理子、きむ ふな 編著

183 **インドを旅する55章**
宮本久義、小西公大 編著

184 **現代アメリカ社会を知るための63章**【2020年代】
明石紀雄 監修 大類久恵、落合明子、赤尾千波 編著

185 **アフガニスタンを知るための70章**
前田耕作、山内和也 編著

186 **モルディブを知るための35章**
荒井悦代、今泉慎也 編著

187 **ブラジルの歴史を知るための50章**
伊藤秋仁、岸和田仁 編著

188 **現代ホンジュラスを知るための55章**
中原篤史 編著

189 **ウルグアイを知るための60章**
山口恵美子 編著

190 **ベルギーの歴史を知るための50章**
松尾秀哉 編著

191 **食文化からイギリスを知るための55章**
石原孝哉、市川仁、宇野毅 編著

192 **東南アジアのイスラームを知るための64章**
久志本裕子、野中葉 編著

193 **宗教からアメリカ社会を知るための48章**
上坂昇 著

194 **ベルリンを知るための52章**
浜本隆志、希代真理子 著

195 **NATO（北大西洋条約機構）を知るための71章**
広瀬佳一 編著

196 **華僑・華人を知るための52章**
山下清海 著

197 **カリブ海の旧イギリス領を知るための60章**
川分圭子、堀内真由美 編著

198 **ニュージーランドを旅する46章**
宮本忠、宮本由紀子 著

199 **マレーシアを知るための58章**
鳥居高 編著

200 **ラダックを知るための60章**
煎本孝、山田孝子 著

201 **スロヴァキアを知るための64章**
長與進、神原ゆうこ 編著

202 **チェコを知るための60章**
薩摩秀登、阿部賢一 編著

203 **ロシア極東・シベリアを知るための70章**
服部倫卓、吉田睦 編著

204 **スペインの歴史都市を旅する48章**
立石博高 監修・著 小倉真理子 著

205 **ハプスブルク家の歴史を知るための60章**
川成洋 編著

206 **パレスチナ／イスラエルの〈いま〉を知るための24章**
鈴木啓之、児玉恵美 編著

207 **ラテンアメリカ文学を旅する58章**
久野量一、松本健二 編著

——以下続刊

◎各巻2000円（一部1800円）

〈価格は本体価格です〉